KB271233

문학적 기억의 탄생

문학적 기억의 탄생

문학적 기억의 탄생

변학수 지음

이 책은 2008년 문화체육관광부 우수학술도서로 선정되었습니다.

이 책은 실로 꿰매어 제본하는 정통적인 사철 방식으로 만들어졌습니다.
사철 방식으로 제본된 책은 오랫동안 보관해도 손상되지 않습니다.

서문

많은 일들이 지나가고 기억에서 지워지고 또 새로운 것들이 오고 기억에 덧입혀졌습니다. 참으로 이 책은 내 삶의 방황에 대한 소산이었다고 말해도 지나치지 않을 것입니다. 또한 그간 많은 학생들이 또 많은 독서가들이 이 책을 찾아주어 감사합니다. 그래서 오늘 나는 마음을 가다듬고 다시 이 책의 서문을 열어 봅니다. 사실 우리가 매일 행동하고 대화할 때 대부분 하는 말은 〈내가 언제 그랬어?〉인데 이 말을 잘 분석해 보면 〈사실은 무슨 행동을 했다. 하지만 그런 뜻은 아니었다〉인 경우가 많습니다. 이 경우 우리는 행동의 사실이 무엇인지, 그것을 어떻게 인식하는지를 구별하는 데 매우 혼란한 상태를 경험하곤 하죠. 그래서 독일의 철학자 니체는 『도덕의 계보학』 서문에서 〈우리는 자기 자신을 잘 알지 못한다. 우리 철학자들조차 우리 자신을 잘 알지 못한다〉고 말했을 겁니다. 사실 내 몸이, 마음이 하는 일을 저도 잘 모릅니다.

우리 모두 잘 알다시피, 기억이라는 주제는 학제 간 연구 주제입니다. 역사학, 철학, 뇌과학, 문학, 심리학, 진화생물학, 정신분석 등의 다양한 스펙트럼으로 존재할 수밖에 없는 이 영역은 그 때문에 오히려 등한시되어 왔다고 볼 수 있습니다. 여러 식구들에게 사랑받는 아이가 오히려 부모로부터 방치되듯 말입니다. 슬픔, 기쁨, 분노, 증오, 환회, 열정 등을 토대로 만들어지는 기억은 내밀한 개인적 기억에서부터, 집단이 공유하는 공적이고 합법적인 역사적 기억에 이르기까지 다양합니다. 그 기억은 우리의 삶을 규정하고 우리의 정체성을 유지하게 합니다. 그러나 자주, 개인적인 영역에서나 합법적이고 공론적인 영역에서 보호를 받지 못한 기억들은 마치 공터에 버려진 쓰레기처럼 방치되게 마련입니다. 이렇게 탄핵된 채 버려져 있는 기억들을 우리 모두는 세상에 글(문학)이라는 이름으로 끊임없이 복권(復權)시키려 합니다. 저는 이런 행위에 〈문학적 기억〉이라는 이름을 붙였습니다. 그러니, 독자들은 이 책을 통하여 자신의 기억과 좀 더 원만한 화해를 이룰 수 있기를 바랍니다.

2013년
변학수

차례

시작하며

만약 우리가 지금 왜 기억이 중요한지 질문을 받는다면, 우리의 기억 담론에 영향을 미치는 두 가지 문제를 말하지 않을 수 없다. 그중 하나는 〈이데올로기〉 문제이다. 이는 우리 근대사의 변화와도 관련되어 있다. 우리는 지난 수십 년간 이데올로기의 변화를 몸으로 실감하고 있다. 우리 중 누구라도 — 그가 어떤 이데올로기의 수혜자든 간에 — 이 문제를 비껴갈 수는 없다. 친일파의 역사 해석이든, 좌파의 정치 이념이든 시간이 변하면서 대두되는 기억의 문제는 간단없는 변화를 겪어 왔다. 이런 문제는 역사가들만의 문제가 아니라, 친일 문학과 참여 문학에도 적용되는 문제다. 또한 이데올로기는 개인적인 측면에서 보면 개인 기억의 소멸과 새로운 정체성의 확립과도 밀접하게 연관된다. 즉자적 기억이란 존재할 수도 없지만 있다 해도 공적 기억에 위배되기 때문에 그것은 쇠락하고 만다(간단한 예로, 나는 〈국민학교〉를 다녔지 〈초등학교〉를 다니지 않았다. 따라서 그것을 초등학교라고 명명하면 그 말로 연상되는 내 기억의 많은 부분이 소실되고 만다).

또 다른 하나는, 〈기술·과학〉과 관련된다. 우리는 굉장히 빠른 속도로 정보를 기억하고 삭제할 수 있는 시대, 그 기술로 만든 이미지의 시대에 살고 있다. 이미지는 순식간에 만들어지고 얼마든지 해체되거나 조작될 수 있다. 경우에 따라서는 아예 현실적으로 존재하지 않는 허구적 이미지를 기억으로 각인하는 경우도 있다. 그러니까 기억 패러다임이 망각 패러다임으로 변했다 할 정도가 되었다. 또 어떤 경우는 한번 저장한 것이 없어지지 않거나 급속도로 전달되어(인터넷으로 유포되는 경우) 삭제하기 어려운 경우도 있다. 어디 그뿐인가. 과학 기술은 인간의 신체적 이미지 또한 변경하고 왜곡할 수 있다. 성형 수술이나 장기 이식, 약물 등으로 사람의 개성이나 이미지가 바뀌는 경우가 있는데, 이런 신체적 변화는 기억의 안정체 *Stabilisator*[1]를 뒤흔들어 전체적 기억을 훼손하는 것은 물론 그 사람의 개성까지도 변화하거나 왜곡할 수 있다.

기억은 인간 문화의 심층에 자리하고 있음에 틀림없다. 뿐만 아니라 인간의 문화적 행위나 하비투스와 밀접한 관련을 맺고 있어 인간의 행위를 유발하는 동기로 작용한다. 이에 문화적 기억은 공식적인 기억으로 작용하면서 개인의 행위를 어느 정도 규정하고 있다. 그런 의미에서 인간이 기억을 위해 산다고 해도 과언이 아닐 것이다. 원시인들도 토템과 같은 상징물을 통해 무엇인가를 기억에 남기기 위해 애썼고, 가까이 조선 시대만 하더라도 사람들은 송덕비를 세우거나, 삼묘(文廟, 宗廟, 家廟)에 배향되기 위해 삶의 목표를 정했다[3] 할 만큼 기억은 중요한 의미를 띠었다. 현대에도 기억 문화는 변함없이 작동하는데, 무엇인가를 남기기 위해 학력을 위조하기도 하고 후세가 이름을 얻기 위해 조상의 분묘를 호화롭게 만들기도 하며, 책을 남기거나 과학자, 기술자, 정치인으로 이름을 남기려고 애쓰기도 한다. 전승비나 전쟁이나 학살을 경고하는 추모비도 있다. 그것은 비단 남기려는 것에만 목적을 두지 않는다. 부정적인 것은 없애고 새로운 권력의 정당성을 위해 부단히 파괴하기도 한다. 새로운 세력이

집권하면서 이전의 업적을 기리기도 하지만 말살하기도 한다.

기억은 마음대로 조정할 수 없다. 갑자기 번개가 치듯 떠올라 그림처럼 눈앞에 떠오르기도 하지만 아무리 노력해도 떠오르지 않을 수 있다. 반면 기억은 지울 수도 없어서 경우에 따라서는 편집증이 될 만큼 정신에 깊이 각인될 수도 있다. 어떻게 기억이라는 것이 망각의 검은 심연에서 화려하게 부활하는가? 기억이 어떻게 의식의 장벽을 넘어 캄캄한 창고에 있는 그 비밀스런 조각들을 연결해 문학과 예술로 부활하는가? 부활하지 못하고 억눌린 기억들은 예술과 문학으로 모습을 바꾸는데, 문화의 한 축이라고 할 수 있는 이 영역에서 나는 기억이 어떤 기능을 하는지 궁금증을 풀 수 없었다. 기억이 문학이나 예술 속에서 일반적인 기억, 또는 역사적 기억 그대로 재연되는 것일까?

문학에서 기억의 서술은 개인의 특수한 기억이다. 접근 방식은 비슷해도 서술과 표현, 목표에 있어 역사적 기억과 현격한 차이를 보이고 있는 문학적 기억은 역사적 기억과 비슷한 맥락에 있지만 그 성질은 다르다. 문학은 때로 집단적이고 문화적인 기억을 넘어 개인의 상상력에 의존한 기억이다. 그러므로 독자나 타자가 그것을 공유할 수 없다. 그런데도 문학적 기억에 대한 패턴을 이야기한다면 그것은 하나의 〈형식〉이라는 차원에서 가능할 것이다. 그 형식들로는 수사를 중심으로 전승과 모방에 익숙한 패턴, 시간 개념을 도입한 회상 기억, 의식적으로 드러내 놓지 않은 애상 기억이나 몸의 기억을 예로 들 수 있다.

회상 기억은 근대 문학의 전형적인 형식으로서, 가령 『돈키호테』나 플로베르의 『보바리 부인』, 셰익스피어의 희곡, 괴테의 『빌헬름 마이스터』, 박경리의 『토지』, 이문열의 『타오르는 추억』, 오정희의 「유년의 뜰」, 박완서의 『그 많던 싱아는 누가 다 먹었을까』, 에코의 『장미의 이름』 등의 작품들과 수많은 근대의 시 작품들을 들 수 있다. 어떤 작품은 과거의 수사학적 기억을 버리고 새로운 기억을 택한다는 의미에서, 또 다른 작품들은 말하기 어려운 부분을 문학적 상상력이란 이름으로 새롭게 조명할 수 있는 기회를 얻고 있다는 점에서 그렇다. 대부분의 근대 문학은 이런 회상 기억의 범주를 벗어날 수 없다.

그리고 기억에 대한 연구가 의식적인 기억보다 무의식적인 기억으로 옮겨 갔을 때인 19세기 말 이후에는 프루스트의 『잃어버린 시간을 찾아서』에서 애상 기억에 대해 새로운 담론이 부상하였다. 보들레르 이후의 현대 시들은 더 이상 자연에 대한 감상이나, 고대의 송덕, 봉상스*bon sens*로서의 자연스런 감정에 기대지 않는다. 그보다는 알 수 없는 몸의 기억에 대한 통찰이 그 주류를 이루고 있다. 특히 기억의 왜곡에 가세하는 유추나 상식을 넘는 인과성, 흔적 개념이 기억을 표현하는 새로운 형식으로 자리 잡게 되었다. 이렇게 보면 문학적 기억의 형식들은 회상과 애상에 있어서 프로이트가 말하는 은폐 기억이라는 기억의 왜곡과 관련을 맺고 있다.

프로이트는 예술의 기원을 〈신경증*Neurose*〉이라고 보았는데, 완전히 망각되지 않은 기억을 억압으로 여긴 데서 그 원인을 찾고 있다. 이렇게 문학은 병리학적 관점이 아니더라도 기억 또는 망각, 전승, 왜곡과 매우 밀접한 관련성을 맺고 있다. 한 걸음 더 나아가 문학적 기억은 우리의 기억에서 사라졌지만 반복이나 흔적으로 남아 있고 그것을 현재의 욕망에서 출발하여 재구성하는 것이라 할 수 있는데, 이때의 구성하는 상상력 또한 기억의 흔적이라고 할 수 있다. 내가 이미 다른 저서에서 밝혔듯이 장정일, 윤대녕, 김영하 같은 작가들에게서 그런 면모를 쉽게 찾아볼 수 있다.[4]

문학적 기억은 이제 왜곡의 늪에서 소실되어 가는 기억을 어떻게 보존할 것인가, 또 상처받은 기억을 어떻게 지울 것인가 하는 치유적 주제에도 참신하게 다가간다. 오늘날 우리가 〈기억은 없다〉[5]는 말을 자주 듣는데, 그 이유는 욕망이 그 기억을 다른 형태로 왜곡하기 때문이다. 기억과 문학에 대한 연구는 인간을 유기체로 볼 때 〈보상〉과 〈치유〉라는 과제를 갖고 있다. 하지만 한국 문학의 전형적인 패턴이 기억 작용보다는 수사학적 묘사에 치중한 나머지 아직 이런 기억의 내면성과 어떤 상관관계를 갖고 있는지를 파악하는 것은 어려운 일이다.

전근대 문학의 전형인 과거의 신화나 종교 경전, 동화나 아동 문학 등이 단순히 감정으로 만들어진 것이 아니라 기억으로 만들어졌다는 새로운 주장을 하려면 이미지에 대한 연구가 동반되어야 한다. 왜냐하면 문학에서의 기억의 부활은 망각의 심연을 넘어 새로 본 나의 과거이기 때문이다. 새로 볼 때, 다시 말해 더 이상 내가 아닌 나를 볼 때 나의 정체성이 생기고, 더 이상 타자가 아닌 타자를 볼 때 이미지가 생기기 때문이다. 사람은 살아가면서 고통 받고, 상처받은 것을 문학적으로 형상화시킨다. 때문에 역설적으로 기억 저편에 서 있는 망각이 더 중요한 역할을 하게 된다.

고대 그리스에서 새로 태어난 생명은 〈므네모시네〉라고 불리는 강물을 마심으로써 기억을 갖게 되며, 이와 반대로 죽은 영혼은 환생을 하기 전에 망각의 강 〈레테〉 강물을 마셔 이전 삶을 기억하지 못하게 된다고 한다. 레테는 밤의 가문(그리스 말로 〈닉스〉) 출신으로, 어머니는 불화(不和)의 여신인 에리스이다. 고대 그리스에서는 망각을 레테(망각의 강 — 아케론, 스틱스, 플레게톤, 코키토스 중의 하나)로 표현한다.[6] 망각이란 밤, 어둠, 죽음, 불화와 관련되어 있다는 것이 이 책의 가설이다. 문학은 망각이다. 문학은 기억을 잊기 위해서 쓴다. 모순적인 말이지만, 그러기 위해서는 다시 기억해야 한다. 그리고 문학은 망각되지 않은 것을 불러내어 화해를 이루게 하는 과정이다. 이런 측면에서 기억이라는 주제는 문학 연구의 좋은 아웃소싱이 될 수 있다.

주

1 기억을 유지시켜 주는 장소나 공간, 신체, 매체 등을 말한다.

2 대표적으로 Aleida Assmann, *Erinnerungsräume. Formen und Wandlungen des kulturellen Gedaechtnisses*(München, 1999), 한국어 판, 『기억의 공간』, 변학수 외 옮김(경북대

학교 출판부, 2003); 하랄트 바인리히, 『망각의 강 레테』, 백설자 옮김(문학동네, 2004) 등이 있다.

3 최봉영, 「조선 시대 선비 정신 연구: 가묘 종묘 문묘를 중심으로」, 한국정신문화연구원, 석사학위논문, 1982. 제2절 〈선비들의 유형과 행위 유형〉 참조.

4 변학수, 『프로이트 프리즘』(책세상, 2004), 47면, 211면, 248면 참조.

5 피에르 노라의 말; 알라이다 아스만, 같은 책, 11면에서 재인용.

6 라틴어에서 유래한 *latent*라는 말도 이 말에서 나온 것이다.

1 · <u>문학에서의 기억</u>

우리말에서 기억이란 말은 크게 분화되어 있지 않다. 기억이라는 말은 〈기억하다〉란 말과 함께 가장 기본적으로 〈무엇이 기억에 오래 남다〉, 또는 〈예전의 기억이 희미하다〉라는 용례에서 무엇인가를 저장한 상태를 말한다. 다음으로는 〈생각하다(회상하다)〉, 〈생각나다(추억하다)〉는 뜻으로 기억이란 말을 사용하기도 하는데, 〈지금 생각해 보면 그때 참 철이 없었던 것 같아〉의 용례에서 찾아볼 수 있다. 이 두 가지를 종합하면 사전에서 말하는 〈이전의 인상이나 경험을 의식 속에 간직하거나 도로 생각해 냄〉이라고 정의할 수 있다. 물론 심리학에서는 기억을 〈사물이나 사상(事象)에 대한 정보를 마음속에 받아들이고 저장하고 인출하는 정신 기능〉이라고 기술적으로 설명하기도 한다. 이 말이 우리말에서는 기억이라는 포괄적인 말로 표현되지만 영미권이나 유럽에서는 기억의 기능을 분화하여 설명한다. 〈*memorize*〉, 〈*remember*〉, 〈*reminisce*〉를 위시해서 독일어의 〈*denken*〉, 〈*erinnern*〉, 〈*vorstellen*〉이 그 예들이다.

그런데 우리가 보통 말하는 〈~을 기억해 내다〉란 말은 인지 과학이나 뇌 과학적 측면에서는 〈어떤 사실의 기억〉과는 전혀 다른 것이다. 그러니까 무엇을 회상하는 기억 활동은 보존하거나 저장하는 것이 아니라 역동적이고 창조적 성격을 지닌 구성 작업을 말한다.[1] 때문에 기억은 뇌의 어느 부분에 위치해 있는 것이 아니라 전체 행동을 통합적으로 운영하는 지속적인 인식 구조로 자리 잡고 있다. 이런 구조를 통해 인간은 다음 인식을 행할 수 있기 때문에 기억이 없으면 사물을 인식할 수 없다. 뇌를 다쳐서 기억을 상실한 경우 어떤 기억의 대상을 상실하는 것이 아니라, 기억 활동을 상실하기 때문에 교통사고로 뇌를 다친 사람이 자기가 잘 아는 식구를 모를 때 그것을 가르쳐 주어도 다음번에 또다시 가르쳐 주어야 인식하게 된다.

이런 점에서 우리는 기억이 과거의 일을 다룬다 하여도 과거를 다룰 수 있는 인식 구조가 만들어지기 전에는 과거를 회상할 수 없다는 사실을 추론할 수 있다. 기억 행위는 복잡한 인식 관계 속에서 만들어진 구조적인 길을 활성화하는 것으로 〈인식 행위〉와 밀접한 관련이 있다.[2] 기억의 활성화는 앞서 있었던 체험이 다른 체험과 결속되면서 만들어진 체계화된 인지 구조를 거쳐 일어난다. 환언하면 새로 인지하는 느낌이나 사건이 얼마나 새롭고 중요한지는 이전 경험을 배경으로 이루어질 수 있다. 그러므로 기억 작용, 즉 〈회상〉과 〈인지 행위〉는 매우 유사하다. 다만 차이가 있다면 기억 작용은 인지 작용과 달리 감각적 자극이 필요하지 않다는 것이다. 기억 작용은 자동 감각 자극으로 움직이기 때문이다. 환지통(幻肢痛)이 그 대표적인 예로서, 다리가 잘린 사람이 마치 발가락이 있는 것처럼 느끼고 통증을 느끼는 것과 같다.

뇌 과학이나 신경 과학이 아닌 해석학적 관점에서도 마찬가지다. 가다머는 기억을 〈오로지 인간의 어떤 보편적 소질이나 능력으로 본다면, 우리는 기억의 본질 그 자체를 올바르게 파악하지 못한다〉[3]고 말하고 있다. 가다머에 따르면 인간이 기억에 간직하는 것, 망각하는 것, 그리고 다시 회상하는 것은 〈인간의 역사적 구조〉에 속하고, 그 자체가 인간의 역사 및 교양, 교육의 일부분을 이룬다. 그에게 — 물론 이 또한 니체의 생각이지만 — 기억은 일체의 모든 것을 보존한다는 의미에서의 기억을 의미하지 않는다. 그보다는 어떤 것은 기억하고, 어떤 것은 기억하지 못하며, 어떤 것은 지워 버리는 활동적인 기억, 즉 〈상기(想起)하는 것〉을 말한다.

그런 만큼 우리는 기억의 현상을 기능 심리학적 관점에서 해방시켜 역사적 존재로서의 인간의 특성으로 이해해야 한다. 그렇게 되면 우리가 기억의 이면에 망각이라는 강이 흐르고 있다는 점을 오랫동안 간과해 왔다는 사실을 알 수 있다. 망각은 니체가 말했듯이, 단순한 탈루나 결여가 아니라 인간 생존의 조건이자 정신적 조건이다. 이 말을 가다머는 이렇게 설명한다. 〈망각을 통해서만 정신은 전적으로 새로움의 가능성, 즉 모든 것을 신선하게 보는 능력을 가지게 되며, 따라서 오랫동안 친숙한 것이 새롭게 보이는 것과 더불어 다양한 층의 통일성으로 융합된다.〉[4] 그렇기 때문에 기억은 망각과의 상호 작용을 통해 만들어진다고 할 수 있다. 다시 말해, 문학의 핵심이라고 말할 수 있는 기억은 어느 정도 망각의 강을 건너 조정된 기억을 말하기 때문에 문학 현상으로서의 기억은 이런 방향에서 좀 더 면밀히 검토할 필요가 있다.

기억은 일반적으로 저장으로서의 기억과는 다른 〈회상 기억〉이나 〈애상 기억〉이 있다. 그러므로 기억은 회상에 필수 불가결한 망각과 동전의 양면처럼 붙어 있다. 망각과 불가분의 관계에 있는 기억은 저장과 인출이 같은 저장 기억으로서의 역할을 하기도 하고, 또 과거를 왜곡하거나 새롭게 정리하는 회상의 역할을 하기도 한다. 그리고 어떤 때에는 몸에 상처로 저장된 애상(哀傷)으로 반복되어 나타나기도 한다. 저장 기억으로서의 기억은 성서나 그리스 신화 같은 전승을 목표로 하는 전근대의 문학 유산에서 쉽게 찾아볼 수 있는데, 이는 기억이 어떤 사건이 끝나고 난 뒤 재편하는 과정이라는 것을 여실히 보여 준다.

기억은 인류 문화 초기에는 창의력으로, 또 그 이후부터 계몽 시대 이전까지는 저장과 보존으로 이해되었는데, 이는 기억이라는 말의 유래를 보아도 잘 알 수 있다. 기억이라는 말은 그리스 말로 〈므네메〉인데, 이는 뮤즈의 어머니인 므네모시네에서 유래하였다. 므네모시네는 기억을 담당하고, 단어를 창조한 여신이며 또한 기억의 강 이름이기도 하다. 기억의 여신 므네모시네와 아폴론 신전의 왕 제우스 사이에서 태어난 아홉 뮤즈들은 각각 시가, 음악, 무용 등의 여신들이다. 여기서 보다시피 만들어 낸다는 것은 오늘날 창의력으로서의 예술성을 말하지만, 신들의 업적이나 영웅의 업적을 송덕하기 위해 저장했다는 측면에서는 기록으로 볼 수 있다.

기억이 단순한 전승에서 시간적 패러다임으로 옮겨 간 것은 근대 철학자 로크와 흄에 의해서였다. 데카르트의 주체는 어떤 시간적 연장을 가지지 않은 초월적 주체였다. 그리고 그 주체는 사고하는 한 존재한다. 그러나 로크의 주체는 의식을 통해 만들어지는데 그 의식은 기억의 소산물이다. 그러므로 로크의 주체는 인간이 현재에서 과거를 회상하며 만들어지는 것이다. 합리론과 경험론의 차이가 극명하게 드러나는 대목이다. 데카르트가 〈나는 생각한다. 고로 나는 존재한다〉고 말한다면 로크는 〈나는 회상(즉, 기억)한다. 고로 나는 존재한다〉고 할 수 있다. 로크는 인간의 정체성이 단순히 수학적인 사고 능력에서 만들어지는 것이 아니라 〈시간성과 기억의 합성 능력〉[5]에서 만들어진다고 보았다. 로크가 기억과 인지 상상을 말하기 전에 홉스가 이 길을 개척했는데, 그는 아마도 기억을 퇴화하는 그 무엇으로 보았던 것 같다. 그는 기억에는 망각의 흔적이 남아 있다고 보았다. 여기에서 우리는 이 책에서 관심을 두고 살펴볼 기억과 문학, 즉 상상의 관계의 초석이 될 만한 개념을 구별해 볼 수 있다.

볼프강 이저Wolfgang Iser의 『허구와 상상』에서 우리는 인식과 기억, 상상과 환상이 만나는 흔적을 감지할 수 있을 것 같다. 17세기 서양에서는 환상(또는 상상*phantasia*)에 대한 관심이 증폭했는데, 이 개념은 아리스토텔레스가 〈지각〉과 〈사유〉의 중간으로 보았던 것이다. 이저에 따르면, 홉스는 우선 그리스 말 〈판타시아*phantasia*〉와 라틴어 〈이마지나치오*imaginatio*〉를 이렇게 구분하였다고 한다. 후자는 더 이상 존재하지 않는 대상을 떠올리는 것, 즉 〈잠자는 또는 쇠퇴한 감각*decaying sense*〉이고, 전자는 그런 〈지각의 회상〉이다.[6] 반면 알라이다 아스만은 상상이라는 관점에서 로크를 해석한 이저와는 달리 상상과 환상을 기억이라는 카테고리에 흡수한다. 알라이다 아스만은 홉스가 파악한 〈쇠락한 감각〉이라는 말 안에서 기억과 상상이 만난다는 것을 주장하고 있는 셈이다. 그러니까 홉스가 말한 〈*fancy*〉가 바로 기억이고, 〈*imagination*〉은 기억하는, 즉 회상하는 〈행위〉를 말한다.

홉스가 말한 〈*fancy*〉(지각의 회상)나 〈*imagination*〉은 로크가 사용하는 〈*imagination*〉과 다르다. 영국 경험론의 발전 과정에서 홉스의 이런 〈상상〉 개념은 상상이라는 의미와는 관계가 적고 오히려 〈마음의 힘*power of mind*〉과 같이 차츰 관계적인 행위로 이해되기 시작한다. 로크는 본유 관념을 부정한다. 그는 인간의 모든 의식 내용은 내적 외적 경험에서 파생한 것이며, 인간의 의식은 원래 아무것도 쓰여 있지 않은 백지상태(타불라 라사)라고 주장하였다.

로크는 『인간 오성론』(1690) 서문에서 〈무엇이든 인간의 오성에 같은 방식으로 영향을 미치는 것은 아니다. 인간의 오성은 개개인의 입맛만큼이나 다르게 작용한다〉[7]고 말했는데, 이는 곧 우리의 경험이 개개인에게 얼마나 다른 영향을 미치는지 알 수 있게 한다. 또한 개개인의 경험(기억)에 있어서도 〈의식이 망각의 상태에 따라 계속 단절된다는 사실이다〉. 이 경우 과거를 동시에 돌아볼 수 없는 인간이 과연 〈동일한 사유 주체인가〉 하는 문제가 생긴다.[8] 데카르트의 철학이 기억의 공간적 패러다임이라면, 로크의 철학은 기억에 대한 시간적 패러다임을 정립한 것이다. 로크는 종국적으로 관념 연합을 작동하기 위해서는 상상이 필요하다는 것을 역설했는데, 그것이 로크 철학의 핵심이다.

로크의 철학은 흄에 이르러 좀 더 명확한 시선을 갖게 된다. 흄은 로크에게서 사유의 주체인 정체성이라는 것이 시간의 흐름에 따라 변한다는 사실을 주장하였다. 가령 기억이나 상상력이 여러 가지 표상들을 결합하거나 분리함으로써 허구의 세계로 들어갈 수 있다고 보았다. 다시 말해 그는 로크가 말한 정체성은 허구일 뿐이라고 정의한다. 예를 들면, 기억 착각도 현존하는 관념을 허구적인 인상에 잘못 귀착시켜 얻은 결과물일 수도 있다. 현재 관념 연합의 실마리가 된 인상은 경우에 따라 나의 기억에서 이미 소멸된 뒤에 만들어진 것일 수 있기 때문이다. 흄은 지각을 통해 주어지는 〈인상〉과 기억이나 상상에 의해 주어지는 〈관념〉이라는 최소 단위들이 유사성, 인접성, 인과성의 법칙에 따라 움직인다는 점을 역설하였다. 흄이 로크의 정체성 개념을 해체하고 난 뒤에 비로소 낭만주의가 만들어질 수 있었던 것도 바로 회상에 대한 허구성 개념 때문이다. 이렇게 일반적 기억과 문학적 기억의 구별을 가능하게 한 최초의 인식론적 실마리가 흄에게서 태동하게 되었다.

우리는 이제 한참 건너 현상학에서 기억에 대한 생각을 어떻게 정리하고 있는지 살펴볼 필요가 있다. 메를로퐁티는 『지각의 현상학』에서 모든 지각은 연합력을 가지고 있는데, 이것은 기억의 투사에서 비롯됐다는 생각을 하고 있다. 〈연합(또는 연상)은 자율적 힘으로 활동하지 않으며 (……) 과거의 경험의 맥락에서 잡았던 의미에 의해서만, 그리고 그러한 경험에 대한 의지를 암시함으로써만 움직이며, 피실험자가 그 의미를 인지하는 데 따라서, 과거의 국면이나 모습 아래에서 그 의미를 파악하는 데 따라서 효력을 발휘한다.〉[9]

메를로퐁티의 말을 다시 풀어 보면, 과거의 기억이 있다고 해서 누구나 다 그것을 문학적으로 형상화하지 않을 뿐더러 형상화할 능력이 있는 것도 아니라고 할 수 있다. 에드문트 후설의 지향성을 토대로 현상학을 발전시킨 메를로퐁티의 경험주의에 대한 비판이 묻어난다. 그러나 그것은, 다시 말해 〈기억의 투사란 없다〉는 현상학적 시각은 특별한 〈판단 중지〉와 〈현상학적 환원〉, 그리고 나아가 〈지향성〉의 노력이 없는 경우는 불가하다. 그 이유는 대체로 일반적인 삶의 과정에서는 기억의 투사가 항상 일어나고 있기 때문이다. 메를로퐁티는, 기억의 색깔은 우리가 이미 아는 대상을 다시 보거나 〈다시 본다고 믿을〉 때마다 그것이 되살아난다는 헤링Karl Ewald Konstantin Hering의 견해를 반박한다. 나는 여기서 그의 현상학적 지각이나 기억에 대한 관점을 옹호하거나 비판하기보다는 어떻게 이런 〈기억〉에 대한 이론이 문학에서 받아들여질 수 있는지를 가늠하고자 하는 것이다.

메를로퐁티는 결론적으로 지각에 대해 다음과 같이 말한다. 〈상기하는 것은 즉자적으로 존속하는 과거의 그림을 의식의 시선 아래 가져오는 것이 아니며, 과거의 지평에 빠져 드는 것이고, 그 지평이 개괄하는 경험들이 시간적 장소에 따라 새로이 체험된 것으로서 존재할 때까지 몇 겹씩 얽혀 있는 조망들을 그 지평 안에서 점차로 전개하는 것이다. 지각하는 것은 상기하는 것이 아니다.〉[10] 경험주의를 이처럼 주도면밀하게 비판하고 있다. 그러나 문학적 지각이나 인식은 그런 철학적으로 무장한 인식의 노력을 통해서가 아니라 오히려 기억에 포획되고 욕망이나 고착에 포획된 그야말로 형편없는 삶의 대상화를 통해 의미를 얻기 때문에 이런 성급한 결론은 필요 없을 것이다.

1·1 기억과 문학 창작

오르텅스 블루는 「사막」이라는 시를 썼다. 〈그 사막에서 그는 / 너무도 외로워 / 때로는 뒷걸음질로 걸었다. / 자기 앞에 찍힌 발자국을 보려고.〉 이 시는 인간에게 기억이 얼마나 중요한지를 보여 준다. 발자국이라도 봐야 인간은 살아남는다. 그런 만큼 기억이 문학 창작에서 중심적인 역할을 한다는 데는 이의가 없을 것이다. 박완서는 『그 많던 싱아는 누가 다 먹었을까』에서 자신의 유년 기억을 그리고 있다. 그러면서 그는 〈이런 글을 소설이라고 불러도 되는 건지 모르겠다. 순전히 기억력에만 의지해서 써보았다〉[11]라고 고백하고 있다. 그러면서도 책에는 장편소설이라고 적어 놓은 것을 보면 이 말은 순전히 기억력에만 의존한 소설임을 강조한 것이 아니라 자신이 어떤 다른 전략으로 글을 썼음을 강조하려는 말일 것이다. 그리고 어쩌면 〈회상〉과 〈상상〉이라는 의미의 기억을 말하려는 것이 틀림없다. 그렇지 않다면 도대체 아래에서 서술하는 그의 기억이란 무엇인가 하는 의문이 들기 때문이다.

그는 이 책의 몇 줄 정도를 더 내려가서 〈그러나 소설이라는 집의 규모와 균형을 위해선 기억의 더미로부터의 취사선택은 불가피했고, 지워진 기억과 기억 사이를 자연스럽게 이어 주기 위해서는 상상력으로 연결 고리를 만들어 주지 않으면 안 되었다〉라고 말함으로써 그가 말하는 〈기억력〉이 기억을 재편하고 선택하며 왜곡하는 회상과 상상을 지칭하는 말이라는 것을 알 수 있다. 그렇다면 작가가 말한 〈순전한 기억〉이란 실제적으로 무엇이며 〈기억만〉으로 쓴 소설은 또 무엇인가. 그것은 아마도 칸트가 말한 〈물자체 *Ding an sich*〉로서의 기억일진대 실제로 그런 기억을 기대하기란 어렵다. 그러므로 우리가 이렇게 기억을 이야기하는 것은, 기억이란 것이 처음부터 존재하지 않기 때문일 것이다.

이런 생각이 부당하다고 생각하는 사람이 있다면 마르셀 프루스트가 〈실제란 오로지 기억 속에서만 만들어진다. 내가 오늘 처음 보는 꽃은 나에게 진정한 꽃처럼 보이지 않는다〉[12]라고 한 말을 진중히 생각해 보아야 할 것이다. 또한 프루스트의 이런 생각에 소설가 박완서도 동의할 것이다. 왜냐하면 기억의 왜곡 작용이 자신의 문제를 다룰 때 훨씬 더 깊이 작용한다는 것을 알고 있기 때문이다. 박완서는 앞서 언급한 책의 다른 곳에서 〈교정을 보느라 다시 읽으면서 발견한 거지만 가족이나 주변 인물 묘사가 세밀하고 가차 없는 데 비해 나를 그림에 있어서는 모호하게 얼버무리거나 생략한 부분이 많았다. 그게 바로 자신에 정직하기가 가장 어려웠던 흔적이라고 생각했다〉고 고백하고 있는데, 이 대목에서 기억의 왜곡 작용이 바로 자신에 의해 일어난다는 것을 알게 한다. 현재 자신의 욕망에 의해 어떤 사실이나 사람을 묘사하기 때문에 소설은 곧 작가의 의도적 기억이라고 할 수밖에 없다.

프루스트의 말에 의해서도 분명히 알 수 있지만 일반적으로 〈무엇을 회상한다〉는 것은 어떤 과거의 경험이 완결되고 난 후에 비로소 생기는 일이다. 이 말은 곧 기억력이, 즉 회상이 시간의 단절을 전제하고 있다는 것을 의미한다. 만약 기억이 시간을 넘어서도 완벽하게 재현될 수 있다면, 그리고 인간이 시간을 넘어서 전혀 변하지 않는다면 욕망의 왜곡 작용으로 인한 기억, 즉 기억의 저장과 인출 사이의 불일치가 일어날 수 없다. 그렇게 되면 상기나 회상으로서의 기억이란 말을 사용하지 않고 컴퓨터처럼 단순히 저장하고 인출한다고 할 것이다.

또한 이 경우는 앞서 박완서가 말하듯이 〈순전히 기억력에만 의지해서〉 쓰는 것이 역설적으로 소설이 될 수 없다는 것을 말하기도 한다. 소설이란 시간이 활성화되어 기억의 과정에 망각이 개입한 경우, 기억의 흔적을 상상력으로 펼치는 것을 말한다. 이렇게 되면 저장과 인출 사이에는 근본적인 불일치가 일어나는데 그 근본적인 불일치를 감행하는 것이 바로 인간의 현재 욕망이다. 그 욕망이 〈나를 그림에 있어서는 모호하게 얼버무리거나 생략하게〉 만든다. 그리고 그 욕망이 과거를 다시 보게 하는 것이다. 말하자면 서문에서도 예를 들었듯이 〈지금 생각해 보니 그때 내가 왜 그랬는지〉 같은 표현이 나오는 것이다.

그러므로 〈저장하는〉 기억 작용과 〈회상하는〉 기억 작용은 전혀 다른 특성을 지니고 있다. 잘 들여다보면 회상하는 기억 작용은 저장을 인출하는 기억 작용과 달리 의도적이지 않다. 독일어에는 이를 잘 검증할 수 있게 말에 잘 표현되어 있다. 기억하다, 즉 〈회상하다〉는 뜻의 동사는 재귀 동사를 사용하여 *man erinnert sich*(*man erinnert*는 문법에 맞지 않는 문장임)라고 표현하는데, 이는 무엇을 〈회상한다〉는 뜻으로서 〈어떤 일이 끝나고 난 뒤 그것을 의식한다〉는 뜻을 포함하고 있다. 우리말에서도 〈(갑자기) 생각난다〉, 또는 〈떠오른다〉처럼 회상하는 기억은 대체로 유럽 언어들에서 비인칭으로 많이 표현된다.

페트라르카의 서정시에 보면 〈*Mi viene a mente*(생각이 떠오르다)〉, 〈*mi rimembra*(회상하다)〉, 〈*torna alla mente*(생각나다)〉 같은 말들이 쓰이고 불어에서는 〈*Je me souviens*(떠올린다)〉, 독일어에서도 〈*sich erinnern*(생각난다)〉 이외에 〈*es gedenkt mir*(내게 떠오르는 것은)〉 같은 표현이 쓰이고, 특히 시인 횔덜린은 〈*Noch denket das mir wohl*(아직 내게 남아 있는 기억은)〉이라는 표현을 씀으로써 회상 기억이 갑자기 찾아옴을 시인했다.[13] 그러므로 저장한 기억이 지식이라면, 회상하는 기억은 개인적 경험이라고 할 수 있다. 이 회상은 근본적으로 재구성된 것이며 그것은 항상 현재에서 시작되고 망각이 개입되었다. 이런 이유 때문에 회상 기억이 치환, 변형, 왜곡, 가치 전도 되는 것을 피할 수 없다.

박완서의 말을 다시 인용하자. 〈쓰다 보니까 소설이나 수필 속에서 한두 번씩 우려먹지 않은 경험이 거의 없었다. 그러나 그때그때의 쓰임새에 따라 소설적인 윤색을 거치지 않은 경험 또한 없었으므로……〉 이렇게 보면 기억은 확실한 저장소에 보관되어 있는 것이 아니라 변화의 과정에 노출되어 있다는 것을 알 수 있다. 여기서 말하는 변화의 과정이란 기억력을 곧 에너지로 이해하게 한다. 그 에너지는 두 가지에 의해 차단될 수 있는데, 그 하나는 다른 기억의 침투에 의해 망각되는 경우이며, 다른 하나는 쾌감 원칙과 현실 원칙의 충돌에 의해 억압되는 경우를 말한다.

그러나 기억력이라는 에너지, 즉 회상의 힘은 저장 기억과 상호 작용을 한다는 점을 간과해서는 안 된다. 저장 기억 없이는 회상할 수 있는 기초가 없고, 그 저장 기억이 망각되지 않고는 회상이 작동할 근거가 없다. 이렇듯 회상의 경우에는 기억과 망각이 서로 분리되지 않고 상호 영향을 미친다. 그러므로 망각은 저장의 적이긴 하지만 회상의 친구일 수 있다. 기억과 망각의 이런 상호 작용은 동물이나 컴퓨터가 따라 할 수 없는 인간적 특성이다. 때문에 동물이나 컴퓨터는 소설을 쓸 수 없는 것이다. 문학은 바로 이런 회상의 에너지를 이용한다. 그러므로 기억, 즉 회상의 소재는 이 에너지에 의해 전적으로 다른 채색을 얻게 된다.

이렇게 볼 때, 문학 창작에서의 기억은 정통성과 정체성을 유지하는 일반적인 기억이 아니라 개인의/작가의 특수한 기억으로 볼 수 있다. 다른 기억들이 공통적인 시점을 가지고 있는 데 비하여 문학적 기억은 특수하고도 개별적인 시점을 가지고 있다. 역사가 과거를 재현한다면 회상 기억, 즉 문학은 그것을 현재로 활성화한다. 역사가 기억을 탈마법화한다면 문학은 그것을 마법화한다. 역사가 모두에게 속하지만 누구에게도 속하지 않는 데 비하여 문학은 작가/개인의 특수한 문제를 다루고 있지만 모든 이의 문제가 될 수 있다. 이문열은 『그대 다시는 고향에 가지 못하리』 서문에서 이렇게 말한다.

먼저 독자들에게 밝힌다. 이 작품의 기록성은 전적으로 부인하겠다. 모든 것은 픽션으로 받아들여 주기 바라며, 소설의 주인공과 작가의 동일시(同一視)는 철저히 사양하겠다. 아울러 고향 사람들에게도 미리 말한다. 이 작품에 나오는 사람들은 나의 다른 작품에서와 마찬가지로 당신들 중 어느 누구도 아니다.[14]

아무리 특수한 개인의 일을 그대로 전달한다 하더라도 작가가 그것을 회상하는 순간 이미 기억은 왜곡되고 마는 것이다. 하지만 전통적 사고는 그것을 있는 그대로 보는 경향이 있다. 이 경우 집단적인 기억이 개인적 기억에 우선한다. 기억과 상상력에 대한 정당한 통찰이 결여되어 있기 때문이다.

회상이나 상기(想起)와 같은 기능 기억이 특수한 개인이나 집단, 제도와 결부되어 있다면, 역사와 같은 저장 기억, 즉 기억으로서의 기억은 그 보유자와 단절되어 있다. 심지어 자신의 고유한 기억이라 할지라도 그것을 회상하지 않으면 그 기억은 따로 분리되어 존재한다. 문학적 회상 기억이 과거와 현재, 미래의 다리를 놓는 반면, 역사적 기억은 현재와 과거, 미래를 철저히 분리한다. 문학의 기억은 위에서 살펴보았듯이 기억을 선별적이고 선택적으로 조합하지만 역사적 기억은 모든 것이 같은 가치를 지니고 있다. 문학적 기억은 가치를 중개하지만 역사적 기억은 단지 회상할 때의 자료가 될 경우에만 가치를 표방하고 그전에는 가치중립적으로 존재할 뿐이다.

역사적 기억의 합법적이고 공론적인 보호를 받지 못하는 기억들은 마치 공터에 버려진 쓰레기처럼, 훼손되어 버려진 유물처럼 우리의 삶에 널브러져 있다. 글을 쓰는 주체는 탄핵된 채 버려져 있는 자료들을 세상에 문학이라는 이름으로 복권을 시도한다. 이 과정을 우리는 〈문학적 기억의 탄생〉이라고 말한다. 이런 유사한 정황을 우리는 이문열의 『레테의 연가』에서 찾아볼 수 있다.

나는 내일이면 한 남자의 아내가 된다. 그 남자는 건강하고, 쾌활하고, 아마는 성실하다. 나는 그를 사랑하게 될 것이고 ― 그의 이름은 앞으로의 내 삶에서 어려움이 닥칠 때마다 가장 먼저 떠오르는 이름이 될 것이다.

그러나 여자에게 있어서 결혼은 하나의 레테(망각의 강)다. 우리는 그 강물을 마심으로써 강 이편의 사랑을 잊고, 강 건너의 새로운 사랑을 맞아야 한다. 죽음이 우리를 찾아올 때까지 오직 그 새로운 사랑만으로 남은 삶을, 그 꿈과 기억들을 채워 가야 한다.

나는 지금 그 강가에서 나를 건네 줄 사공을 기다리고 있다. 내 귓가에는 느릿느릿 저어 오는 그의 노(櫓) 소리가 들린다. 나는 가리라, 앞서의 수많은 여인들이 희망과 기쁨으로 또는 탄식과 눈물 속에 건너간 이 뱃길을. 가리라, 강 이편의 그 무엇에도 연연함이 없이.

그리하여…… 나는 이제 그 홀가분한 출발을 위해 지난 세월과 마주하고 섰다. 내가 새삼 이 낡은 일기장을 펴드는 것도 다시는 돌아올 수 없는 미혼 시절을 향한 결별의 허심한 목례, 또는 여기에 담긴 기억들을 망각의 불 속으로 던져 버리기 위한 마지막 작별의 의식에 지나지 않는다. 잘 있거라. 아직은 현란한 애증(愛憎)의 그림자를 벗어나지 못했지만 이윽고는 똑같은 빛깔로만 떠오르게 될 시간들이여. 한때는 내 삶에 버금가는 소중함이었지만 이제는 끝 모를 침묵과 어둠 속으로 사라져 가야 할 기억들이여. 기쁠 수도 슬플 수도 없는 노래여.[15]

이 글에서 말하는 것은 모순적이다. 보다시피 망각을 해야 한다고 말은 하면서도 그것을 일일이 다 기억하고 있는 형국이기 때문이다. 그리고 그렇게 의도적으로 망각한 것이 〈불 속으로 던져〉진다고 하여 완전히 사라지는 것도 아니다. 그것은 억압이라는 이름으로 어디 공터나 구석에서 따로따로 굴러다닐 것이다. 문학적 기억은 망각한 것을 망각한 것으로 보지 않고 망각된 것으로 보며, 회상은 그것을 자신의 현재 욕망에 따라 재구성하는 것이다. 〈강 이편의 사랑을 잊고〉라는 표현에서 보다시피 강제로 〈망각해야 한다〉는 것이 바로 억압임을 말하고 있다. 그런 의미에서 결국 〈레테의 연가〉는 레테, 즉 망각의 연가가 아니라 〈회상의 연가〉라고 볼 수밖에 없다. 회상 기억에 대한 작가들의 비슷한 의식은 독일 작가 베른하르트 슐링크의 소설『책 읽어 주는 남자』에서도 찾아볼 수 있다.

　　　한나가 그 도시를 떠난 뒤 그녀를 찾아 이곳저곳을 헤매는 일을 그만두고 또 오후의 시간들이 제 모습을 상실했다는 사실에 익숙해지고, 그리고 책들을 보면 그것들이 낭독에 적합한지를 생각하지 않고서 펼쳐 보게 되기까지는 한참의 시간이 걸렸다. 나의 육체가 더 이상 그녀의 육체를 그리워하지 않게 되기까지는 오랜 시간이 걸렸다. 가끔 나는 나의 팔과 다리들이 잠결에 그녀를 찾아 더듬거리는 것을 내 눈으로 목격하였으며, 식사를 할 때 나의 형은 내가 잠결에 〈한나〉 하고 소리쳤다고 여러 번 빈정거렸다. 나는 또 수업 시간에도 줄곧 그녀만을 꿈꾸며 그녀만을 생각하던 것이 기억난다. 그녀가 떠난 뒤 첫 몇 주 동안 나를 괴롭히던 죄책감은 점차 사라졌다. 나는 그녀의 집을 피해 다른 길로 우회하여 다녔고, 그로부터 반년 뒤 나의 가족은 그 도시의 다른 곳으로 이사했다. 그렇다고 내가 한나를 잊었다는 뜻은 아니다. 그러나 어느 때인가부터 그녀에 대한 기억이 나를 따라다니는 일을 그만두었다. 그녀는 기차가 계속해서 앞으로 달리면 뒤쪽에 처지는 도시처럼 뒤에 남았다. 그 도시는 그대로 있다. 우리의 등 뒤 어디엔가. 우리는 기차를 타고 그곳으로 가서 그 도시를 확인할 수도 있을 것이다. 하지만 무엇 때문에 그런 일을 해야 하는가?[16]

우리는 위에서 살펴본『레테의 연가』와는 반대되는 방향에서 기억에 대한 모순을 이 글에서도 만날 수 있다. 〈그렇다고 내가 한나를 잊었다는 뜻은 아니다. 그러나 어느 때인가부터 그녀에 대한 기억이 나를 따라다니는 일을 그만두었다.〉 기억하되 기억하는 것은 아니며 망각하되 망각된 것이 아닌 것들이 화자의 기억 속엔 마치 〈기차가 계속해서 앞으로 달리면 뒤쪽에 처지는 도시처럼 뒤에 남아〉 있다. 때문에 우리는 문학을 통해 서술하는 작가들의 서술에 그 모든 기억을 의존할 수밖에 없다.

　문학의 기원으로 볼 수 있는 종교적 경전이나 신화는 기억에 관한 한 송덕과 전승을 목표로 한다. 그리스 신화나 성서 등은 그것이 신앙이든 신화이든 신에 대한 칭송, 기림이 중심에 놓여 있다. 그러므로 이 시기의 문학은 ― 물론 구술 문화와 기록 문화라는 것은 좀 더 면밀히 구별해야겠지만 ― 수사학이 중심에 서 있을 수밖에 없다. 그러나 이것은 어디까지나 기억이 문자로 고정된 이후의 생각이지 실제로 고대인들이 어떻게 기억을 활성화한 것인가는 상상하기가 어렵다.

　이런 칭송이 소위 문제성 있는 개인을 다룬다는 근대에 들어와 사라지고 난 뒤 문학은 수사학을 대신할 만한 그 무엇이 필요하였는데, 그것 중의 하나가 회상 기억, 즉 무엇인가를 생각해 내는 것이다(또는 무엇이 〔문득〕 생각나는 것이다). 한 시대가 단절되고 근대라는 다른 시대가 도입되는 순간, 과거의 전승은 새로운 인식과 동시에 새로운 느낌을 가져다주었다. 불과 몇 십 년 사이에 절대 권력의 상징인 마리 앙투아네트의 유품이 박물관에 전시된 것을 보고 샤토브리앙이 어떤 느낌을 가졌는지 우리에게 분명히 밝히는데, 이는 곧 문학적 기억이 회상을 중심으로 한 낭만주의에 진입했음을 말해 준다.

　이후 문학적 기억은 더 이상 회상이 아닌 길로 접어들게 되었는데, 이 현상을 우리는 프로이트의 말을 빌려 〈신경증자는 기억하는 대신 반복한다〉고 표현할 수 있다. 근대 이후의 소설들은 독자들을 매료시킬 다른 방법을 찾았다. 1인칭 자전적 기술을 표방으로 한 기억의 진정성 문제는 이제 더 이상 관심을 끌지 못했다. 왜냐하면 문학을 담당하는 계층이 소수의 글 쓰는 사람들에서 다수의 일반적인 독자들로 바뀌면서 이제 독자들은 〈누구의 이야기〉라는 데서 눈을 뗀다. 생각을 해보라. 박경리나 박완서는 특수한 공간에서 일어나는 특수한 개인의 문제를 쓰기 때문에 그 작품을 누가 썼는지 다 알 수 있다. 그러나 독자가 스스로 만들어 가는 텍스트를 쓸라치면 누구나 겪을 수 있는 보편적인 기억을 담아야 한다. 남녀를 초월해야 하고, 주관적 시점을 — 종국적으로는 주관적 시점이겠지만 — 초월해야 한다.

문학 창작이 더 이상 기억이 아닌 것처럼 보이는 것은 바로 이 지점에서 시작된다. 대개 우리는 솔직한 글쓰기를 요구받거나, 문학 치료 현장에서 글쓰기를 요구할 때 어려움을 느끼거나 어려움이 있다고 호소하는 경우를 보는데, 그것은 자신의 문제를 과감히 발설할 수 없기 때문이다. 자신의 과거가 기억나지 않는 경우, 기억은 나지만 수치심이나 죄의식 때문에 감추고 싶은 경우, 기억은 나고 감추고 싶지는 않지만 법적으로 처벌을 받거나 도덕적으로 지탄을 받을 경우에 진실을 말하기를 거부한다. 그런데 사람들은 실제적인 이야기보다 객관적으로 다르게 꾸민 이야기에 더 흥미를 느낀다는 사실을 알고 작가들은 직접적인 경험을 간접적으로 바꾸는 원리를 터득했다. 과거를 현재로 바꾸고, 나를 그녀로(1인칭을 3인칭으로), 우울증을 정신병으로 바꾸면 자신의 기억이 사라지는 것일까? 파울로 코엘료의 소설 『베로니카, 죽기로 결심하다』의 경우를 보자.

파울로 코엘료는 석 달 후, 베로니카의 이야기를 알게 되었다. (……) 파울로 코엘료는 도대체 무슨 일이 있었는지 자세히 알고 싶었다. 그에게는 베로니카의 이야기에 관심을 가질 만한 충분한 이유가 있었다. 그 역시 피난소, 아니 요즘 흔히 부르는 식으로 말하면, 정신 병원에 입원했던 적이 있었던 것이다. 그것도 세 번씩이나 — 1965년, 1966년 그리고 1967년에. (……) 파울로 코엘료와 베로니카 사이에는 공통점이 있었다. 어느 날 그의 첫 번째 아내가 내뱉은 말에 따르면 〈그가 절대 나오지 말아야 했던〉 정신 병원에 입원한

적이 있다는 공통점이.[17]

이런 상황을 두고 상상력이라고 말하는데, 남의 이야기를 자신의 이야기로 환원하는 독서 행위처럼 파울로 코엘료는 자신의 기억을 필터링해서 그 구조나 은유적 체계만 뽑아내고 원래의 기억은 버린 것(또는 왜곡하는 것)이다. 베로니카의 우울증을 정신병으로 대체하고, 과거 시제를 현재 시제로 바꾸고, 나를 그녀로 바꾸면 픽션이 된다. 그러기에 픽션이다, 논픽션이다라는 개념은 오늘날 문학에서는 그리 중요하지 않다. 보통 문학 (심리) 치료에서 글쓰기를 할 때 1인칭 화자에서 3인칭 화자로 바뀔 때 작가는 스토리에 좀 더 거리감을 둘 수 있고 독자는 안전함을 느낄 수 있다고 한다. 한 예를 들어 보자.

내가 어렸을 때 엄마와 할머니는 항상 싸웠다. 그러고 나면 엄마는 곧장 집을 나갔다. 나는 엄마와 할머니의 감정싸움에 휘말리기 일쑤였다. 왜냐하면 두 사람은 나를 항상 자신들의 싸움에 끌어들이려고 했기 때문이다.

이 문장을 3인칭으로 바꾸면

그가 어렸을 때 그의 어머니와 할머니는 항상 싸웠다. 그러고 나면 그의 어머니는 곧장 집을 나갔다. 그는 그의 어머니와 할머니의 감정싸움에 휘말리기 일쑤였다. 왜냐하면 그의 어머니와 할머니가 그를 항상 자신들의 싸움에 끌어들이려고 했기 때문이다.

좀 더 편해진다. 내친김에 코엘료처럼 아예 그를 그녀로 바꾸면 어떨까?

그녀가 어렸을 때 그녀의 어머니와 할머니는 항상 싸웠다. 그러고 나면 그녀의 어머니는 곧장 집을 나갔다. 그녀는 그녀의 어머니와 할머니의 감정싸움에 휘말리기 일쑤였다. 왜냐하면 그녀의 어머니와 할머니가 그녀를 항상 자신들의 싸움에 끌어들이려고 했기 때문이다.

뭔가 좀 이상하다. 왜냐하면 내용은 같지만 사실 남자인 아들 또는 손자와 어머니와 할머니의 관계가 딸 혹은 손녀와 그들의 관계로 변하면서 긴장감이 없어졌기 때문이다. 사실은 내용이 바뀐 것이다. 코엘료는 남자의 경험이지만 독자로 하여금 여자의 느낌을 가지게 한다. 그러나 대표적으로 은희경의 소설 『아름다움이 나를 멸시한다』에서는 주인공이 전혀 남자란 느낌을 받을 수 없다. 이 소설의 첫 부분이다.

보티첼리의 「비너스의 탄생」을 처음 본 날을 잊을 수가 없다. 때늦은 봄눈이 펄펄 내리는 날이었다. 아버지를 따라 카펫이 깔린 이탈리아 식당에 들어갔을 때 나는 그곳이 내가 알던 곳과는 다른 세계임을 알았다. 테이블 위에는 작은 꽃병과 촛대가 놓였고, 부유하고 세련된 분위기의 사람들이 양식기를 능숙하게 다루며 나누는 나직한 대화가 실내 공기를 조용히 흔들고 있었다.[18]

소설가를 포함해서 글을 쓰는 사람들이 보통 자신의 특수하고도 일회적인 기억들만 나열해서는 독자들을 실망시키고 말 것이기에 여성 작가지만 스토리를 남자의 경험으로 바꾸기도 한다. 그러나 나는 이 소설의 주인공이 뒤에서 남자임을 암시하는 대목이 나오기까지 여성인 줄 알았다. 물론 나의 기대 지평이 실패하였다고 말할 수도 있지만 작가의 매너리즘에 가까운 언어 때문일 수도 있다. 보통 남자들이 글을 쓰거나 글 속에서 주변에 대해 서술할 때 〈보티첼리의 그림〉이나 〈꽃병과 촛대〉 등에 대해서는 관심이 적다. 여성적이란 말이다. 더욱이 일반적으로 〈나직한 대화가 실내 공기를 조용히 흔들었다〉 식으로 느끼지 않는다. 만약 여기서 1인칭 대신 3인칭을 사용하였다면 문제는 달라진다. 서술자의 시점을 여성으로 잡을 수 있기 때문이다.

그러니까 작품 속의 기억은 기억 내용이나 저장 기억이 아니라 〈기표의 절대 우위〉란 말이 가르치는 것처럼 서술 자체가 〈여성〉의 기억이라는 점을 드러내고 있다. 작품은 이성의 우위를 포기하고 몸의 기억에 의해 조종당하는 것이다. 이렇게 되면서 문학적 기억의 주류는 회상 기억이 아니라 애상 기억이나 몸의 기억이 우위를 점하게 되었다. 우리는 이러한 정황을 〈저자의 죽음〉이란 말이 등장하게 된 것과 같은 맥락에서 이해할 수 있다. 이런 것들이 흄이 말한 대로 경험이 〈허구〉에 더 가깝다고 한 것들이다. 다음은 김인숙의 『꽃의 기억』에 써놓은 작가 후기이다. 여기에서도 기억이 사실이 아니라 허구라는 것을 여실히 보여 주고 있다.

사람은 기억으로 살아가는가, 희망으로 살아가는가. 하이텔에 석 달간 연재되었던 이 글을 끝내고 다시 책으로 묶기까지는 일 년 반 정도의 시차가 있다. 지난 일 년 반 동안, 내겐 또 어떤 희망이 있었고, 또 그 희망이 지나간 자리의 어떤 기억이 남았는지. 나는 또 어떤 기억을 붙들고, 또 이런 기억을 지워 가야 할지.

연재를 시작할 때, 〈작가의 말〉에 이런 구절을 써넣었었다.

……기억컨대 분명 지난 5월의 꽃들은 아름다웠다. 그때 나는 사진을 아주 많이 찍었고, 그곳에 피어 있던 장미나 들꽃들을 잊지 못하리라 생각했었

다…… 그러나 가슴에 남아 있는 의미 이외에 추억이나 기록 따위의 다른 것
은 무슨 소용이 있겠는지.

　　일 년 반이 지난 지금에 와서 생각하면, 가슴에 남아 있는 의미라는 것조
차 사실은 믿을 만한 게 못 된다는 생각이 든다. 시간과 함께 의미도 변하고,
그 의미를 담았던 가슴도 변한다. 남아 있는 것은 여전히, 끈질기게 나를 붙들
고 있는 삶이라는 그릇뿐이다.
　　내 삶의 그릇이 세월의 힘만으로도 조금씩 조금씩 채워져 나가는 것이라
면 좋겠는데, 때로는 어딘가 구제 불능의 구멍이 뚫려 있어서 채워지기는커녕
끊임없이 새 나가는 것은 아닌가 생각될 때가 있다. 채움으로 다시 이 글을 썼
는지, 당해 낼 수 없는 소실로 이 글을 다시 썼는지 알 수가 없다. 연재를 할 당
시와 달리 많은 부분이 개작되었다. 글이 고쳐지는 것처럼, 익숙했던 사람들이
내 곁을 떠나기도 했고 새로운 사람들이 내 곁에 머물기도 했다. 지나감과 만
남. 그 사이의 찰나적인 순간들. 기쁨이기도 했고, 때로는 슬픔이기도 했겠
만 결국, 그 모든 것은 오래된 의미라는 생각도 든다. 어쩌면 변함이라는 것조
차 오래된 의미가 아닐까. 혹은 오래된 미래. 그런 말을 해주었던 사람이 생각
난다. 모든 만남은 오래된 미래라고. 모든 변해 가는 것들 속에서도, 그 말은
그나마 위로가 된다. 지금이나 마찬가지로, 앞으로 어떤 모습으로 다가올지 알
수 없는 앞날의 내 글들 역시, 오래된 만남이거나 오래된 미래일 것이다.[19]

문학적 기억의 생명은 바로 여기에 있다. 작가가 기억이란 믿을 것이 못
되고 의미라는 것만 남는데, 그 의미조차 믿을 것이 못 된다는 것은 곧 〈기억이
라는 것은 없다〉는 극단적인 말로 표현할 수 있을 것이다. 기억은 그것을 해석
하는 욕망의 주체가 바뀜에 따라 그 의미를 상실하거나 새로운 것으로 대체된

36

다. 그것은 우리가 이 책의 제목 〈꽃의 기억〉이라는 것이 내용과 아무 관련이
없는 것을 보아도 알 수 있다.

작가가 말하고 있는 〈오래된 미래〉란 결국 〈회상한 미래〉를 의미하는 것으
로서 개작과 투사를 통해 끊임없이 변해 가는 것 중에도 변하지 않는 형질이 있
음을 말해 주고 있다. 꽃잎은 그저 〈기억의 터〉로서만 작용할 뿐 그 꽃잎이 실
제로 있었는지조차 가늠할 길 없다. 그래서 나를 포함한 보통 사람들은 어디까
지가 개인적인 이야기(기억)고 어디서부터 허구가 시작되는지 궁금해한다. 그
리고 그렇게 자신의 이야기가 아닌 이야기의 신빙성은 있기라도 한 걸까 하고
생각한다.

쓸데없는 의미들…… 나른한 것, 낡은 것…… 멀미 같은 것…… 그 모든
것의 뒤얽힘. 그러나 그것이 전부 다인 걸까. 그 안에 문득 반짝이는 것이 있
어서, 어느 날 찬란하던 시절의 아름다운 꽃잎 같은 것을 추억하게 하지는 않
을 것인가. 또다시 빈속에 역겨운 구토의 욕구가 치밀어 오르는 기분이었다.
그런 희망이야말로 가장 쓸데없는 것, 나른한 것, 낡은 것, 멀미 같은 것, 이었
다.(107면)

문학 속에서의 기억의 내용은 있는 그대로 작품으로 옮겨지는 것이 아니
라 상상력으로 가공되어 욕망의 흔적만을 남긴다. 자크 라캉은 이런 주체를
〈욕망의 주체〉라 하였다. 욕망의 주체는 철학적, 인식론적, 의식적 주체와는 다
르다. 그것은 〈아름다운 꽃잎〉과 〈낡은 것〉을 공존하게 하는 힘으로 기억 작용
의 저변에 있다. 기억의 고정체로서의 꽃잎은 소설의 마지막에서도 드러난다.

나는 그때, 아이의 얼굴이 꽃처럼 피어나는 것을 보았다. 꽃처럼 피어난

얼굴의 아이가 내게로 수화기를 내밀었다. 고무줄을 넓게 펴 뒷머리를 묶으며, 나는 비어 있던 한 손으로 수화기를 받아 들었다. 숨소리가 먼저 들렸다. 귀에 익은…… 천 년이나 만 년쯤 귀에 익어 온 것 같은…… 그 숨소리가 먼저 목소리를 내기 전에 나는 거실 창밖을 내다보았다. 뺨 근처로 담배 연기를 길게 피워 올리고 있는 한 남자의 영상이 보였다. 천천히 돌아선 그 남자가, 어둠 속의 얼굴로 내게 묻고 있었다.(220면)

기억이란 이렇게 희미하다. 기억이 이처럼 희미한 의식으로 시작해 분명한 그림에 이르는 것은 서문에서도 밝혔듯이 회상 기억의 특징이기도 하다. 때문에 현대 작가의 소설 내용은 순전한 기억으로 받아들이기 힘들다. 그보다는 어떤 유사한 기억을 비슷한 구도에 넣어 작가가 고안한 것이다. 그러므로 이야기 창작의 기초는 다만 흔적일 뿐이다.[20] 그렇다면 그 흔적을 어떻게 재구성할 수 있을까? 흔적은 작품 여기저기서도 찾아볼 수 있다. 물론 그것을 구성한 것은 작가의 상상력이겠지만 말이다.

때로 내 피 속에는 알코올이 함께 흐르는 게 아닌가 생각될 때가 있다. 피의 기억보다 더욱 진한 알코올의 기억. 그 속에는 한때의 나의 아버지가 있다. 아버지는 사흘이고 나흘이고, 기록적으로는 꼬박 여섯 밤 일곱 날을 내리 술만 마시고도 살았다.

「술 좀 그만 마실 수 없어!」

사춘기였던 어느 날, 나는 주먹을 부르쥐고 아버지에게 소리를 질렀었다. 술을 마시지 않는 한, 세상에 더없이 선량한 남자인 그 사람, 나의 아버지는 마치 동생에게 해대는 듯한 나의 말투에도 불구하고 화를 내지 않았다. 그가 그때 내게 했던 말이었다.

「술을 안 마시면 아무것도 잊을 수가 없다.」

(……) 아버지의 사업 실패와 함께 같이 좌절되어 버려야 했던, 이미 상처가 되어 버린 내 빛나는 꿈을 말이다.(43~44면)

물론 이 어린 시절 회상 부분이 작가의 전기는 아니다. 그럼에도 기억의 특성을 말해 주는 데 손색이 없다. 글은 마치 술을 마시는 것처럼 기억을 잊기 위해 쓴다. 머리에서 불쑥불쑥 떠오르는 기억을 잊기 위해 글을 쓰는 것이다. 동시에 우리가 기억하고 싶지 않은 일은 절대로 그냥 올라오는 일이 없다. 김인숙의 글에서 자신이 경험한 일을 그대로 썼다고 보는 순진한 독자는 없을 것이다. 그러나 이런 문학적 기억은 원망(願望)을 불러일으키는 유추의 사건이라는 점에서 진실하고 신빙성이 있다.

1990년대 중반 멜라니 그린버그, 아서 스톤, 카밀 워트먼과 그 동료들은 실험에서 매우 재미있는 것을 발견했다. 그들은 비밀 이야기를 털어놓을 때의 정서적 반응을 연구하였는데, 참여자들에게 자신이 경험하지도 않은 상처나 트라우마에 대해 쓰라고 했을 때 의외로 눈에 띄게 빠른 건강 회복을 보였다고 한다.[21] 이제 페니베이커가 제시한 작업을 요약해 보자.

1. 일을 마치고 집으로 돌아오는 길에 15년 동안 살았던 당신의 집이 불타서 잿더미로 변한 것을 알게 된다. (……) 게다가 죄가 없는데도 경찰은 당신을 방화죄로 체포한다.

2. 세 명의 친구들과 음식점에 갔다가 돈을 내지 않고 달아났다. 차를 가로막는 주인을 치고 모두들 도망간다. 각자 다른 도시에서 살아가지만 머릿속에 그 기억이 계속 맴돈다.

3. 당신은 7년간 행복한 결혼 생활을 했다. 그런데 우연히 당신의 여자가

다른 남자와 1년 이상 교제를 해온 사실을 알게 된다. 주위 사람들은 알고 있었지만 이야기해 주지 않았다.

    4. 당신이 열 살 때 엄마가 재혼을 했고 당신은 엄마가 좋아하는 계부를 잘 따른다. 어느 날 술에 취한 계부가 방에 들어와 당신을 껴안는다. 그 후에도 이런 일이 지속된다.

    위의 네 가지 시나리오 중에 당신의 삶과 〈가장 관계가 없는〉 하나를 고르라. 그리고 이야기를 완성하되 진정으로 속 시원히 털어놓고 내가 그 상황을 경험했다면 어떤 감정이었을지 써보라.[22]

우리가 이런 작업에서 알 수 있는 것은 작가가 구상하는 어떤 스토리, 가령 누군가로부터 들은 이야기, 신문에서 본 사건, 역사에서 채집한 사건 등은 어떤 경우에도 자신의 경험(기억)을 반영한다는 뜻이다. 아니, 오히려 자기 처지와 거리가 먼 이야기일수록 훨씬 더 친밀감을 느끼고 상상력을 발휘할 수 있다.

모순적이게도 자기의 의식적 기억과 거리가 있는 이야기일수록 좀 더 자신의 진실한 기억에 가까이 갈 수 있다. 이것은 심리적 법칙이자 문학의 기본 원리이기 때문에 문학 창작이나 독서에 공히 적용되는 원칙이다. 그래서 우리는 문학 창작을 통해 위에서 말한 관점 바꾸기, 다른 사람의 이야기 쓰기, 방어 기제를 완화하는 방법 찾기, 글 쓰는 시간을 적절하게 찾기, 자동적 글쓰기, 난센스 문장 만들기, 서로 다른 에피소드의 편집 등의 기술을 익힐 수 있다. 이런 말들을 요약하면 결국 문학(창작)이란 기억의 왜곡 작용에 불과하다. 그러나 이 왜곡이란 말을 부정적으로 생각할 필요는 없다. 니체가 『도덕의 계보』에서 말한 것처럼 그렇게 왜곡하고 사는 것이 인간의 형질이기 때문이다. 다만 아무리 왜곡해도 남는 것이 있는데 — 물론 이 말은 모순으로 들린다 — 그것은 또한 기억이기도 하다.

1·2 일상의 체험과 문학적 기억

〈문학적 기억〉이란 말을 사용하려면 문학에 대한 정의부터 새롭게 해야 한다. 그렇지 않으면 역사적 기억과 문학적 기억을 구분할 수 없기 때문이다. 문학이 과거의 전승을 포기하고 새로운 상상력으로 접근하게 된 것을 근대 문학이라고 말하는데, 그 시초는 대개 세르반테스의『돈키호테』부터라고 생각한다. 영국에서도 16세기 말부터 이러한 경향성이 대두되기 시작하여 17세기와 18세기에 와서는 기억술의 특권이 몰락하면서 회상 기억이 그 자리를 대신했다. 문학적 창작 과정은 회고, 반추와 더불어 시작된다. 워즈워스의 말대로라면 〈창의적 과정의 원류는 평정한 상태에서 되불러 온 기억 활동에서 생긴다〉.[23]

역사적 기억이 어떤 것을 단순히 되불러 오는 것이라면, 문학적 기억은 어떤 것을 새로 만드는 것이다. 다시 말하면 원래의 느낌과 갑자기 떠오른 회상의 조합에서 새로운 정서가 만들어지는데, 이것이 문학적 창작이다. 이런 느낌이 정서 발생의 원인인 것만큼이나 정서는 문학을 발생시키는 근원이다. 그렇게 보면 문학과 삶을 연결하는 직접적인 통로는 없다. 왜냐하면 문학은 느낌과 체험에서 만들어지는 것이 아니라 회상, 즉 회고와 상기, 반추에서 만들어지기 때문이다. 세르반테스는『돈키호테』서문에서 누차 강조하고 있듯이 지난날의 수사학적인 이야기를 쓰지 않는다. 대신 현재의 시점에서 과거를 재조명하는 방식으로 이야기를 진행하고 있다. 재조명한다는 말이 어렵게 들린다면 그것을 우리는 다른 방식으로 조명한다고도 설명할 수 있다.

이렇듯 문학은 단순한 이야기나 또는 감정이 아니라 회상의 소산물이다.

말하자면 과거와 현재의 정합성 문제를 산문으로 풀거나 아니면 정서적으로 풀어 가거나 갈등으로 전개시켜 나가는 것이 근대 문학이다. 글을 처음 써보는 사람들이 이렇게 접근하면, 즉 감정이 아니라 기억을 말함으로써 문학에 빨리 입문할 수 있다. 우선 아래 글을 먼저 읽어 보자.

내가 어렸을 때 겪은 일이다. 아직도 그 이유를 잘은 모르겠지만 지금까지도 확실한 것은 내가 그것을 분명히 보았고 느꼈다는 사실이다. 두 가지가 있었는데, 그 이야기를 하고자 한다. 첫 번째 이야기는 조그마한 먼지 이야기이다. 나는 어렸을 때 몸이 아주 허약했다. 그래서 자주 누워 있던 기억이 난다. 그때마다 가끔씩 나에게 찾아왔던 것이 있다. 그것은 바로 조그마한 먼지였다. 아픈 몸으로 누워서 천장을 바라보고 있노라면 먼지들이 형광등 불빛을 받아 반짝거리곤 했다. 그런데 갑자기 그중 하나가 눈에 띄곤 했고, 그러고 나서는 그 조그마한 것이 점점 커지기 시작했다. 그러고는 점점 나에게 내려오고 있는 것이었다. 나에게 닿을 때쯤이면 그 작은 먼지가 엄청나게 큰 나무 덩어리가 되어 나를 위협하고 있었다. 그러고는 그 덩어리는 내 가슴과 온몸으로 내려앉아 내가 숨을 못 쉴 정도로 나를 감싸 안았다. 한참을 괴로워하다 보면 어느 순간 그 나무 덩어리는 사라져 버리곤 했다. 나는 그러한 사실을 옆에 있던 할머니께 말씀드렸지만 믿지 않았다. 그저 내가 많이 아파서 헛것을 봤다는 생각을 하시는 듯 불쌍히 여기시며 바라보시곤 했다. 몇 번씩 이야기했지만 누구도 나의 말을 진지하게 들어준 사람은 없었다. 물론 지금 생각해 보면 할머니나 어른들의 생각이 맞을지도 모른다. 내가 너무 허약해서 그랬을지도 모른다. 하지만 그 당시 내가 느꼈던 두려움과 괴로움을 생각할 때면 그때의 일이 생생하게 그려지고 느껴진다.(천희중, 가명)*

이 이야기에서 작자가 어떤 느낌과 사건을 말하고 있지는 않다. 그보다는 정지된 현재의 상황에서 과거를 돌아보고 그때 무시되었던 감정을 현재의 관점에서 새로 만드는 것이다. 어떤 것이든 시간의 원리에서 도망칠 수 없기 때문에 이런 관점은 항상 다를 수밖에 없다. 현재, 즉 이성의 관점에서 불가능한 것을 경험하거나 경험 가능하다고 생각할 때 상상력과 허구가 창조될 수 있다. 이 사람이 본 것은 허구이지만, 다시 말해 역사적 기억으로는 허구이지만 문학적으로는 분명 어떤 기억을 말하고 있다. 같은 사람의 두 번째 체험을 들어 보자.

두 번째 이야기는 팔 이야기이다. 이 경험은 위의 것과는 다르게 몸이 아프지 않았을 때도 가끔씩 겪었던 일이다. 한참을 자다가 일어나면 팔의 감각이 느껴지지 않았다. 놀라서 나의 팔을 보았는데 엄청난 일이 벌어져 있었다. 팔이 감각을 잃었을 뿐 아니라 굽어 있었다. 뼈가 완전히 탄성을 잃은 고무처럼 되어 손등 위쪽으로 굽어 있었다. 무서움에 사로잡혀 원래처럼 팔을 세워서 갖다 놓았는데 전혀 힘없이 다시금 굽어 버리는 것이었다. 그래서 나는 팔을 이리저리 주물렀다. 그랬더니 다행히 팔이 점점 굳어짐을 느꼈고 다시금 정상적인 팔을 가지게 되었다. 그러한 경험을 초등학교 때까지 자주 했다. 하지만 나의 이야기를 누구도 믿어 주지 않았을 뿐 아니라 그런 일을 경험했던 당시의 나조차도 내가 꿈을 꾸었을 거라는 생각을 했었다. 하지만 그것이 한두 번이 아니었다는 사실이 나를 두렵게 했다. 지금 되돌아보아도 나는 분명히 그 일을 겪었다. 하지만 왜 그러한 일이 있었는지 설명할 수가 없다. 그리고 아무도 그러한 사실을 믿어 주지 않았다. 자연히 이야기를 하지 않게 되었고, 지금도 그러한 사실에 대해서 사람들에게 말하지도, 믿어 줄 거라는 생각도 하지 않게 되었다. 하지만 나는 분명히 그 체험에는 조금도 거짓이 없다.(천희중, 가명)

이 글은 그 기본 요건이 그런 일을 경험했을 때 나의 느낌이 어떠했다 하는 데 초점을 맞추고 있지 않다. 그보다는 현재와 과거의 정합성 문제에서 생긴 문제를 털어놓음으로써 독자가 어떤 감정이나 정서를 가질 수 있게 하는 데 관심을 두고 있다. 문학적 기억은 역사적 기억과 달리 단순히 기억을 저장으로 이해하고 있지 않다. 입력한 것을 되불러 오려는 노력은 하지만 그대로 되불러 오려고 노력하지는 않는다. 때문에 문학은 있는 그대로 기록하려고 노력하지도 않는다. 그보다는 회복할 수 없는 어떤 상실감을 보충할 새로운 것을 찾아내는 데 주력한다. 그러므로 문학적 기억은 근원적으로 〈사후성(事後性, *Nachträglichkeit*)〉[24]의 특성을 지니고 있다. 프로이트가 사용한 이 말은, 인간의 인지와 인식이 사건이 끝나고 난 후 그것을 회상하는 과정에서 가능하고, 회상을 하면서 그 사건의 의미가 만들어진다는 뜻을 내포하고 있다. 그러므로 문학이 어떤 삶에 대한 이해라면 그것은 당연히 사후성을 띠고 새로 만들어 내는 회상 기억과 밀접한 관련이 있다. 다른 이야기를 들어 보자.

나는 어렸을 때 말수가 적은 편이었다. 그래서 거짓말 아닌 거짓말을 한다거나 하는 일이 거의 없었다. 그러나 말을 하지 않았을 뿐 다른 아이들처럼 가끔은 그것이 진실인지 아닌지 나조차 알 수 없는 일들이 진짜 일어났다고 믿은 적이 있다. 첫 번째 이야기는 지구 자전에 관한 것이다. 초등학교를 갓 입학한 나는 말 없고 혼자 놀기 좋아하는 아이였다. 학교를 마치고 집으로 오면 숙제를 하고 뭔가를 곰곰이 생각하기 좋아했다. 그날도 나는 어김없이 숙제를 마치고 장롱에 등을 기댄 채 지금은 기억조차 못하는 무언가를 곰곰이 생각하고 있었다. 그 나이에 나는 이미 지구가 스스로 돌고 있다는 것을 어떻게 해서인지 이미 알고 있었고, 지구는 몹시 커서 우리는 지구가 돌고 있다는 사실을 느낄 수 없다는 것도 알고 있었다. 장롱에 기댄 채 골몰히 생각하고 있던 나는 문득 내 몸이 가라앉는 것을 느끼고 분명 지구가 돌고 있기 때문이라고 생각했다. 그리고 나는 내가 유일하게 지구가 돌고 있는 것을 느낄 수 있는 사람이라고 믿게 되었다. 지금 생각해 보면 그날은 내가 감기에 걸려서 어지럽거나 몸이 축 처지는 느낌을 그렇게 믿지 않았던 것일까 생각한다.(김나래, 가명)

스스로 해석할 수 있는 것은 회상이기 때문에 가능하고, 유년기의 기억은 지금 현재의 기억에 덮어씌움으로써 가능하다. 이런 것을 프로이트는 〈은폐 기억〉[25]이라고 했는데 회상 기억은 거의 대부분 은폐 기억을 말한다. 이 글은 회상하는 과정에서 원본을 수정한 흔적들이 많이 보이는데 적극적인 지각 과정에서 필연적으로 개작을 하게 마련이다. 자연은 그 틀이 영구적인 데 비해 인간의 문화는 멸망의 위협 앞에 놓여 있다. 문학이 보상의 메커니즘에 의해 만들어졌다면 회상 기억을 토대로 하는 문학도 반드시 보상의 메커니즘을 필요로 한다. 공지영은 『우리들의 행복한 시간』에서 주인공으로 하여금 〈나는 실은 그를 기억하고 싶지 않았다. 잊기 위해서 아주 많은 날들을 잠 못 이루었다. (……) 그래 차라리 기억하자, 기억하자, 다 기억하자, 하나도 남김없이, 하고 생각했던 날에는 그러나 나는 술에 취해 쓰러져 버리곤 했다〉(9면), 〈잊으려 하는데 잊을 수 없다〉라고 되풀이하여 말하게 한다. 지난 과거의 상처는 그 자체로 화해되지 않은 불안정한 상태이기 때문에 화해 조정을 받은 기억을 요구한다. 그것이 문학이 되기도 한다. 아래 글도 그와 유사한 체험을 보여 준다.

막 고등학교를 입학했을 당시에는 교칙에 대해 알 턱이 없었다. 물론 신입생을 위한 안내 책자를 학교에서 나누어 주기는 했으나 도움이 되지는 않았다. 우리 고등학교 교복의 블라우스는 70년대 갈래 머리 학생들이 입고 다니던 스타일과 아주 흡사하였다. 소매에는 뽕이 들어가서 어깨는 자신의 것보다는 한 절 반 정도 넓어 보이고 칼라는 아주 커서 교복 재킷 밖으로 빼서 입는 그런 모양이다. 아직도 여고 시절을 꿈꾸시는 분들이 좋아했지 그때 우리들에게는 입고 싶지 않은 아주 촌스러운 교복이었다. 그래도 어찌하겠는가? 그걸 벗고 다른 것을 입을 배짱이 없는걸. 모양새는 그렇다 치고 그 블라우스는 얇아서 춥기까지 했다. 어느 날 선생님이 날씨가 추우니 블라우스 속에 폴라 티를 입어도 된다고 하셨다. 그다음 날 블라우스 속에 분홍색 폴라 티를 입고 등교했다. 그 분홍색 폴라 티가 예쁘기도 한 데다 나의 속내는 교문만 벗어나면 그 블라우스를 벗어도 되리라 생각한 것도 한몫을 했다. 지금 생각하면 왜 그랬는지 모르겠다. 버스를 타고 고등학생들을 볼 때 교복 안에 하얀색을 잘 갖추어 입은 학생이 제일 예쁜 것 같았다. 여하튼 선생님께서 전날 블라우스 속에 아무거나 입어도 된다고 분명히 말씀하셨기 때문에 난 당당히 교문을 들어섰다. 그때 조폭같이 생긴 윤리 선생님께서 〈야, 니 거기 서봐라!〉 난 그때까지도 나를 가리키는 줄 몰랐다. 날도 춥고 그래서 그냥 빨리 교실로 들어갈 생각뿐이었다. 그런데 다시 〈니 거 서보래도!〉라고 부르는 소리가 들려왔다. 〈저요?〉라고 물으니 선생님의 표정은 정말이지 나를 잡아먹을 듯했다. 〈니 말하는데 왜 아닌 척하고 도망가노?〉라고 선생님은 말을 시작하시더니 〈그리고 니 속에 왜 이런 거 입었노?〉 그때까지도 떳떳한 나였기에 〈저 부르시는 줄 몰랐고요. 그리고 블라우스만 입으면 안에 아무거나 입어도 된다고 하던데요〉라고 말을 했다. 〈누가 그러데? 응? 니 몇 반이고?〉라고 다시 선생님은 나에게 다그쳐 물었다. 그때도 나는 이름이 적히면 끝장이라고 생각했고 분명히 안에 입어도 된다고 생각했기에 〈입어도 된다고 하던데요〉라고 몇 번을 반복해서 우기기만 했다. 선생님은 내 머리를 때리면서 〈안 된다고 안 카나. 왜 거짓말하노〉라고 그랬다. 정말이지 억울했다. 그때 선생님의 얼굴이 불타는 고구마의 색깔로 변해 가는 것을 느끼고는 나는 학년과 반, 그리고 번호, 이름을 말하고는 또다시 머리를 한 대 맞고 교실로 들어갔다. 정말이지 억울했다. 분명히 블라우스만 입으면 속에는 아무것이나 입어도 된다고 들었던 것이다. 하지만 선생님은 믿어 주지 않았다. 그 이후로는 블라우스만 입고 다녔고 나중에야 블라우스 속에는 흰색의 옷만 된다는 것을 알았다. 흰색의 속옷을 폴라 티로 생각했던 나의 기억이 자아낸 해프닝이었다.(유연실, 가명)

이 사람은 자신의 욕망이 마음대로 기억을 왜곡했다는 것과 그로 인해 크게 상처받았다는 점에 대해 화해를 신청하고 있다. 다시 말하면 역사적 기억이 단순히 화자를 잘못된 인간으로 처리하지 않도록 새롭게 조정된 기억을 만들고 있는데 이 또한 은폐 기억이라는 점에서, 그리고 해석을 한다는 점에서 문학적 기억의 기본 특성을 지니고 있다.

만약 이 글이 일반적 기억에 대한 담론을 말한다면 누가 무엇을 말했고, 그것이 어떤 귀결을 가져왔는지가 중요하다. 그러니까 그것을 입증하려면 이 글을 쓴 사람의 주장을 객관화해야 하고 그러자면 다른 제3자의 진술이 필요하다. 만약 그런 진술이 없다면 이 글을 쓴 사람을 신뢰할 수밖에 없고 글의 내적 논리를 통해 사실 또는 진실을 추론할 수밖에 없다. 그런데 그것은 글쓴이가 마지막에 자신이 어떻게 생각(!)을 했는지, 다시 말해 잘못 기억한 것에 대해 스스로 동의하고 있기 때문에 문제가 되지 않는다. 동시에 그런 동의 때문에 이 글은 문학적 특성을 부여받기도 한다. 글로 추정컨대, 선생님이 〈추우면 교복 안에 흰 폴라 티를 입어도 된다〉는 의미로 말한 것을 폴라 티만 강조해서 기억하고 나중에는 그것만 기억나서 분홍색 폴라 티를 입게 된다.

글쓴이가 원래 〈폴라 티〉를 입고 싶었던 것이 아닐까 추론해 볼 수 있으므로, 이 글은 의도된 문학성이 만들어진다. 근대 소설의 주체는 문제성 있는 개인이고, 이 글은 수난당하는 주체로 읽힐 수 있기 때문이다. 이런 주인공은 종교적 경전이나 호메로스 또는 『삼국지』의 주인공이 될 수 없다. 멋있는 여고 시절이 교복과 선생님의 처벌로 얼룩지는 상황을 감정이 아니라 기억의 편차(즉, 지금은 그것을 알고 있다, 그러나 당시에는 그랬다)로 서술함으로써 독자들에게 그림을 보여 주기 때문이다. 이런 방법은 감정적으로 묘사하는 게 불가능하다. 왜냐하면 서사하는 화자의 입술 때문에 글을 보여 주는 것이 아니라 이야기하는 구도로 변하기 때문이다.

이런 현재와 과거의 구별 또는 변화에 의해 문학적 기억은 탄생하는 것이다. 우선 현재와 다른 상황을 떠올려라. 그리고 파울 클레가 말한 것처럼 〈보이는 것을 표현하는 것이 아니라 어떤 것을 보이게 해야 한다〉.[26] 그러자면 내가 기억하고 있는 것과 타자가 기억하고 있는 것을 대비하여 드러내 보여야 한다. 자신의 기분을 이야기하는 것보다 훨씬 객관성이 있다. 좋은 독자들은 자신이 읽고 있는 것을 보기를 원하는 데 반하여 작가의 감정은 독자의 체험을 그림으로, 즉 시각적으로 떠올리게 할 능력이 없다. 작가 측면에서든 독자 측면에서든 문학적 상상은 경험이라는 기반 위에서 이루어지고, 그 경험은 생생한 시각적 기억에서 출발한다. 존 드라이든은 〈이미지를 만들어 낸다는 것은 그 자체만으로 시의 생명이자 정점이다〉[27]고 했는데 이는 산문에도 그대로 적용된다. 〈조폭 선생님〉 앞에 서 있는 분홍색 폴라 티를 입은 학생은 바로 어떤 기억의 공간과 시간을 보여 주는 이미지가 된다.

예리한 관찰과 기억은 문학의 기본이다. 그러므로 문학적 재능이 없다는 것은 표현력이 없어서가 아니라 각인된 기억이 없거나 있다 해도 예리한 관찰이 없어서라고 보아야 한다. 소설가 대프니 듀 모리에는 그녀가 10대 시절에 경험한 것들이 후일 어떻게 소설이 될 수 있는지를 이렇게 설명하고 있다.

열여덟 살 먹은 소녀의 무의식 어딘가에 배아 단계의 작가가 들어앉아서 미동도 하지 않은 채 담임 여교사의 시시각각 변하는 기분을 관찰하고, 주시하고, 감지하고 있었다. 그녀는 자신의 삶이 다소 불만스러웠고 젊은 동거남에게도 권태를 느끼고 있었다. 이 생각의 씨앗이 다른 생각으로부터 떨어져 나와 발아하고, 의식의 표면을 뚫고 나와 다른 관찰로부터 비롯된 생각들과 결합하고, 이 결합된 생각들이 오랫동안 잊고 있었던 책들에 나오는 등장인물과 섞이려면 5년이나 20년, 혹은 그 이상의 시간이 걸릴 터였다. 그러나 이 생각들이 결국에 가서는 하나의 단편이나 장편소설로 나오게 될 것이었다.[28]

듀 모리에가 자서전에 쓴 이야기들이다. 그녀는 자신의 소설을 우선 관찰하고 기억에 저장해 두었다가 거기에 상상을 붙여 소설로 만들었다는 것이다. 그러니까 〈담임 여교사의 시시각각 변하는 기분〉은 그녀의 개인적인 관찰력이고 기억이다. 이것이 어느 작품에 들어가 있는지 모르지만 그녀의 상상으로 꾸며 낸 허구는 사실 이상의 것이다.

이런 문학적 기억은 역사적 기억과는 엄연히 다른 것으로서, 역사가가 볼 때는 이야기하는 당사자가 나쁜 사람일 수 있지만 그가 살아남기 위해서 〈만드는〉 기억의 주인공으로서의 그에 대한 변명과 보상과 망각은 선악적 판단을 필요로 하지 않는다. 아마 역사 왜곡 논쟁으로 비화된 『요코 이야기』 또한 마찬가지일 것이다. 따라서 그것은 문학적 관점에서 한 일본인의 자기변명으로 보아야지 역사적 왜곡 문제로 다룰 수 없다. 문학적 기억이란 결국 과거를 현재의 지배하에 두겠다는 것이고, 역사적 기억은 거꾸로 현재가 과거의 억압하에 있는 것이다.

여기서 우리는 집단의 정체성을 지켜 주는 역사적 기억과 개인의 특수한 경험을 이야기하는 문학적 기억의 차이점을 알 수 있다. 역사적 기억은 집단의 특성과 정통성을 유지하는 보편적인 기억이다. 그러나 문학적 기억은 집단보다는 개인의 정체성을 유지하는 기능을 한다. 보편적인 역사적 기억은 단수로 존재하고 객관적이지만 문학적 기억은 개인의 측면에서는 단수이지만 전체로 볼 때는 항상 복수로 존재한다. 이런 관점을 좀 더 객관화하기 위해 우리는 사회적 기억 연구가인 모리스 알박스의 견해를 들어 볼 만하다.

> 역사적 세계란 모든 개별적 역사가 모여드는 대양과 같다. (……) 역사는 인류의 보편적 기억처럼 보일 수 있다. 그러나 보편적 기억이란 없다. 모든 집단적 기억은 시간적으로 공간적으로 제한된 집단이 갖는 특수한 기억이다. 우리는 과거의 사건들이 가지는 총체성을 단지 유일한 상(像)에 대한 전제하에서 조합할 수 있다.[29]

역사적 기억이 존재한다는 사실에 이의를 제기할 사람은 아무도 없다. 그렇다면 문학적 기억은 역사적 기억에 전혀 영향을 미칠 수 없는가? 프랑스 출신 역사가 피에르 노라의 논문들을 보면 집단 기억 뒤에는 집단의 혼도, 객관적인 정신도 숨어 있지 않고 기호와 상징을 가진 사회만 있다는 것을 알 수 있다. 공동의 상징을 매개로 개개의 상징은 공동의 기억과 공동의 정체성에 참여한다. 문학과 역사. 이 둘은 원래 같은 의미였다. 가령 독일어의 〈이야기*Geschichte*〉는 〈이야기〉와 〈역사〉란 의미를 함께 지니고 있다. 〈*History*〉와 〈*Story*〉도 같은 내용을 담고 있다. 그러나 어떤 측면에서는 대립되는 양상을 띠고 있다. 문학은 현재 활성화되고 있는 현상이며, 영원한 현재에서 체험한 구속력이다. 그러나 그에 반해 역사는 과거의 재현에 불과하다. 문학은 회상을 멋있게 만들지만 역사는 그것을 추방한다. 쉽게 말해 문학이 하는 일이 〈마법화〉라면 역사가 하는 일은 〈탈마법화〉이다. 문학적 기억은 개인이나 집단에서 성장하여 맥락을 만든다. 그래서 개인에게 속하는 일이지만 모두에게 속하는 데 비하여, 역사는 모두에게 속하지만 아무에게도 속하지 않는다. 이렇게 하여 문학은 특수자, 역사는 보편자라는 이름을 얻게 되었다.[30]

그래서 문학적 기억은 사건을 선별하여 기억하지만 역사적 기억은 모든 것에 관심이 있고 모든 것이 동등하다. 문학적 기억은 과거, 현재, 미래에 다리를 놓지만 역사적 기억은 현재와 미래로부터 과거를 철저히 분리한다. 역사적 기억이 특수한 기억의 〈터〉로부터 분리되어 있다면 문학적 기억은 개인 내지는 특수한 집단의 기억의 〈터〉 그 자체다. 역사적 기억이 가치와 규범을 멀리하는 데 비해 문학적 기억은 개인이나 집단의 특수한 가치와 규범에서 정체성을 만든다.

물론 니체가 말한 바대로 우리는 기억과 역사를 양자택일로 선택할 수 없듯이 문학적 기억을 역사적 기억과 완전히 분리하여 생각할 수 없다. 가령 소설 『태백산맥』에서 말하는 빨치산과 역사 교과서에서 말하는 빨치산을 전혀 구별할 수 없는 것과 마찬가지고, 단군 설화를 단군 역사로 보자는 의견 또한 마찬가지다. 전근대의 역사에는 명백히 신화적 마법의 요소들이 존재하고 있다. 그리고 『당신들의 천국』 같은 소설에 역사적 요소가 명백히 남아 있다는 것을 우리는 부정할 수 없다. 그렇기 때문에 문학이 역사가 될 수 없고 역사가 문학이 될 수도 없지만 이 둘은 서로에게 상당히 많은 영향력을 행사한다. 만약 양자택일의 방법을 지향한다면 그러한 입장은 문화 비판적 수사학이 지니는 에세이적 페이소스와 같은 것이다.

문학적 기억은 역사적 기억의 정통성에서 벗어난 기억들의 정당화이기 쉽다. 왜냐하면 공식적이거나 정치적인 기억에서 배제된 것들이 문학이라는 이름으로 그 자리를 배정받고 싶어 하기 때문이다. 『다빈치 코드』 같은 예에서 볼 수 있듯이 지배 문화에 대한 불만은 쉽게 문학적 소재가 될 수 있다. 지배자들은 개인의 과거뿐만 아니라 미래까지도 찬탈해 간다. 그들은 기억에 자신들을 남기고 그 행적을 기념비로 남긴다. 교회나 남성 중심 사회 같은 것이 거기에 해당될 것이다. 이런 공식적인 기억 정치의 맥락에서 벗어난 여성과 세속의 기억은 문학적 이름으로 회귀한다. 그러므로 문학적 기억은 고대 중국이나 오리엔트의 역사 자료에서 오늘날에 이르기까지 거의 모든 것을 포함한다. 그러나 문학에서만 그런 기억이 권리를 찾을 수 있는 것은 공적 기억의 검열과 왜곡으로부터 자유로울 수 있기 때문이다. 승자가 역사를 쓴다면 문학적 역사는 패자가 쓴다.

> 종종 역사는 승자들에 의해 쓰인다, 라는 말을 한다. 그 말은 동시에 역사는 승자에 의해 잊혀진다, 라는 뜻이기도 하다. 승자들은 일어난 일에 순응할 수 없는 패자들에게 숙명적으로 일어난 것을 잊어버리고 잘 숙고해 보고, 재구성해 보고, 그들이 다르게 했다면 어떤 결과가 날 수 있었는가 하고 생각해 볼 수 있다.[31]

가령 광주 민주화 운동 같은 경우 승자에 의해 그들이 잊혔다가 패자들에 의해 다시 복권되었고, 그들이 승자가 되었다. 그에 대한 기억은 소멸되지 않았고 책에서 제거되었다는 조건하에 오히려 깊이 각인되었다. 반(反)기억 모티프는 패자와 억압받은 자들이 주도적 역할을 하였는데, 억압적으로 경험된 권력 구도의 정통성 소멸을 의미한다. 그것은 두 가지 경우 모두 정통성과 권력의 문제이기 때문에 공적 기억과 마찬가지로 정치적이다. 이때 선택되고 보존되는 기억은 현재의 기반이 아니라 미래의 기반을 구축하는 데 쓰인다. 미래의 기반이란 다시 말하자면 존립하는 권력 구도가 붕괴한 후 이어지는 그런 현재를 말하는 것이다.

1·3 기억과 상상

텔레비전에 우아한 피겨 스케이팅 선수가 있다. 마치 그녀의 눈이 나를 보는 것 같다. 잠시 나는 그녀의 모든 것에 빠져 들면서 결국은 〈그녀와 같이 살아 본다면……〉 하고 상상해 본다. 하지만 그녀와 나는 너무 차이가 많이 난다. 나이가 차이가 나고, 가진 것이 차이가 나고, 신체 조건이 차이가 난다. 나는 실망하고 만다.

이렇게 실망할 때 비로소 나에게는 〈정서〉가 생긴다. 왜냐하면 정서는 감정이 방해를 받아야 생기기 때문이다. 그리고 나는 그 정서를 표현하지 않고는 못 배긴다. 유기체는 기억에 남아 있는 정서적 부채를 보상하려 들기 때문이다. 이처럼 현재의 강한 체험은 대부분 작가에게 어린 시절의 기억에 포함되어 있는 이전의 기억을 다시 일깨우는데, 이렇게 환기된 어린 시절의 기억에서 풀려나온 욕망은 마침내 문학 창조 속에서 그 충족을 얻게 되는 것이다. 철학자 아르놀트 겔렌은 이 순간을 〈상상의 순간*état imaginaire*〉, 즉 경계[32] 넘기의 상황으로 보고 있다. 그리고 본능의 열세로 가득한 인간은 강한 발달 욕구를 투사하여 현실을 상상과 허용된 환상으로 확장하면서 이 순간을 극복한다.

그러면 우리의 주제와 관련하여 물어보자. 이런 상상의 순간이 자신의 기억과 관계되는 일인가? 그렇다. 최소한 그녀에게 빠지는 것은, 그녀에게 눈이 가는 것은 욕망의 기호가 있을 때만 가능한 일이다. 특정한 사람에게 빠지는 것은 그만의 독특한 욕망의 구조가 있기 때문이다. 그러므로 그녀와 더불어 무엇인가를 할 수 있다는 상상은 항상 기억과 관련된다. 그러나 우리는 무엇을 기억한다는 것과 무엇을 회상하고 상기한다는 것을 구별해야 한다. 우리는 문학에서 진실을 있는 그대로 서술했다고 믿지 않는다. 결코 존재하지 않았던 사람과 장소, 일어난 적이 없는 사건들을 작가의 기억에 의존하여 독특한 방식으로 꾸며 낸다.

길버트 라일에 따르면, 기억한다는 것은 〈무엇을 할 수 있다〉는 뜻이거나 〈무엇을 안다〉는 뜻과 같다.[33] 때문에 〈무엇을 기억한다〉는 것은 이미 그것이 정확하다는 것을 말한다. 그러나 무엇을 상기한다는 것은 정확히 상기한다는 말과 같이 쓰일 수 없다. 다시 말하면, 회상한다는 것은 그가 그것을 잊지 않고 있다는 것을 함의하지만, 어떤 사람이 무엇을 잊지 않고 있다는 것이 회상한다는 것을 함의하지는 않는다. 그러나 거꾸로 무엇을 회상한다는 것은 정확히 그 사실을 기억하는 것이 아니라 그 사건을 기억한다는 뜻이다. 그에 반해 무엇을 잊지 않고 있다는 것은 사실을 정확히 기억하지만 사건을 기억하고 있는 것이 아니다. 그러므로 여러 가지 면에서 상기하거나 회상하는 것은 상상하는 것과 공통점이 많다. 내가 나도 모르게 사물들을 상상하듯이 회상을 할 때도 그렇게 한다.

여기서 우리는 기억이라는 말이 여러모로 사용된다는 것을 알 수 있다. 내가 알파벳을 기억하고 있다는 이야기는 〈메모리*memory*〉로서의 기억을 말하는 것으로, 우리는 알파벳을 상기하거나 회상할 수 없다. 그러나 나는 그가 나를 때리거나 놀리던 것을 회상할 수 있지만 정확히 어떤 식으로 때렸는지, 또는 놀렸는지를 기억하지는 않는다. 그러므로 길버트 라일에 따르면, 회상이나 상기하는 일을 지각이나 추론으로 여겨서는 안 된다.[34] 회상하다는 말이 엄밀한 의미에서 목적어를 사용할 수 없는 것은 이 같은 이유에서다. 문학이 특정한 순간에 무엇인가를 기억해 내거나(즉 상상한다는 의미에서) 어떤 에피소드를 되돌아본다면 그것은 무엇에 자기도 모르는 사이에 빠져 들어가는 것이다. 이 말을 유럽의 언어들은 재귀 동사 〈*sich erinnern*〉, 〈*mi rimembra*〉, 〈*me souviens*〉 (모두 〈생각나다〉라는 뜻)으로 표현하고 있는데 자신의 내면을 찾아 들어간다는 매우 의미 있는 말이다.

이는 무엇을 잊어버리다, 즉 망각하다는 말에도 마찬가지로 적용된다.

〈잊어버리다〉는 동사는 〈무엇을〉이라는 목적어를 사용할 수 없다. 왜냐하면 무엇인가가 자신의 의지와 상관없이 기억에서 소실되어 가는 과정을 망각이라는 말로 표현하기 때문이다. 그런 의미에서 상기하다는 의미에서의 회상은 〈발견하다〉, 〈해결하다〉, 〈증명하다〉는 의미를 가질 수 없다. 그보다는 〈묘사하다〉, 〈서술하다〉, 〈인용하다〉처럼 〈보여 주다〉는 의미의 동사에 가깝다. 그러므로 시든 소설이든 〈회상하다〉는 의미의 기억 행위는 조사를 잘한다는 뜻이 아니라 드러내 보여 주는 데 능하다는 뜻이다. 소설에서뿐만 아니라 시에도 서술하다, 이야기하다는 뜻의 〈내러티브*narrative*〉란 말이 통한다면 회상한다, 상기한다는 의미는 곧 〈이야기하다〉, 〈묘사하다〉, 즉 〈상상하다〉란 뜻과 일치한다. 아래 시를 보자.

아침마다 사과를 먹는다. 몸속에 사과가 쌓인다. 사과가 나를 가득 차지하면 비로소 사과는 숨진다. 사과가 숨질 때 나는 사과나무를 본다. 사과나무는 아름답다.

때로 다른 일이 벌어지기도 한다. 내가 먹은 사과들이 내게서 탈주하는 것이다. 어제를 살해한 오늘의 태양처럼 빛나고 향기 나는 사과들. 사과는 사과나무를 불태운다. 사과나무는 아름답다.[35]

이 시를 상상력이란 관점에서 앞에서 말한 텔레비전 속의 피겨 스케이팅 선수에 대한 상상과 비교해 보자. 그 상황에서 어느 정도까지는 실제로 보는 것에 의해 상상이 유도된다. 〈피겨 스케이팅 선수〉의 〈환상적인 모습〉이 보는 사람의 상상력을 만들어 낸다. 그런데 그 상상력은 보는 현실, 또는 처해 있는 현실 그대로가 아니다. 상상은 거절되거나 (불)가능해 보일 때 불러올 수 있다.

물론 거절당함으로써 상처라는 고착을 형성하여 상상이 전혀 작동하지 않는 경우도 있다. 그와 마찬가지로 상상은 이 시 「사과나무」에서 〈사과가 숨질 때 나는 사과나무를 본다〉는 말로 표현되어 있다.

아름다운 〈사과나무〉에 대한 상상은 사과가 죽음으로써 가능한 것이다. 그러면 이런 상상은 기억과 어떤 관계에 있는가? 그것은 아마 소원과 불가능한 현실을 토대로 한 욕망의 이미지에 기인할 것이다. 기억하지는 못하지만 상상이라는 것은 기억의 다른 형식인 〈반복〉으로 제시되는 그림들이라 할 수 있다. 이런 이미지의 자유로운 연합에 의해 다른 그림으로 체현되지만 그것은 정신 분석적 관점에서 볼 때 전이의 일종이 될 뿐이다. 가령 이 시의 〈사과〉를 너로 치환해 보라. 쉽게 말해서 〈사과〉의 자리에 너를 대입해 보면 〈먹는다〉는 말은 욕망이고 실제의 욕망이 죽어야(거절되어야) 비로소 상상적 욕망이 시작되고 그것이 곧 서사이자 정서이자 창의력이다.

라캉은 〈나는 어떤 것의 결핍이다. 나는 그것을 애도하고 있는 중이다〉라고 말했는데, 이 말이야말로 상상과 이미지를 드러내 주는 중요한 말이다. 왜냐하면 이미지는 대상의 죽음에 의해 탄생하기 때문이다. 가령 아이가 배고프다는 욕구를 표현하여 엄마가 젖을 주면 아이는 그것으로 욕구를 충족하는 순간, 또 다른 지각 체험을 하게 된다. 이 지각 체험이 우수리(또는 잉여)로 나타나는데, 이 지각은 대상의 성질, 형태를 의식하는 작용 및 그 작용에 의해 얻게 되는 표상을 말한다. 프로이트는 이를 〈기억 이미지〉라고 말한다. 하지만 이러한 지각 체험은 실재하는 대상이나 사물로 충족되지 않는다. 때문에 지각 작용을 통한 이미지가 발생하는 순간 사물과 대상은 사라지고 만다.

우리가 〈어머니〉란 이미지를 떠올릴 때, 실제의 어머니는 죽고 없다. 사랑하는 여자를 그렸을 때 이미 그 여자는 죽고 없다. 그렇기 때문에 산 자는 이미지, 즉 기억 이미지를 통해 죽은 자를 이해한다. 문학이 묘사하는 것은 바로 이해의 현상이다. 그런 이유로 이미지라는 용어는 죽음과 밀접한 관련성을 맺고 있다. 이미지의 어원인 〈이마고*imago*〉는 〈유령 혹은 밀랍으로 된 조상의 초상화〉이며, 현관 홀이나 장례 입구에 놓아두었던 데스마스크였다고 한다. 이미지와 관련된 용어, 〈피구라*figura*〉는 귀신을 의미하며, 〈우상*idole*〉은 〈에이돌론*eidolon*〉에서 유래했는데 이는 사자의 망령과 유령을 뜻했다. 기호라는 말의 기원인 〈세마*sema*〉는 묘석을 의미하며, 재현*representation*은 장례 의식을 위해 검은 포장이 덮인 텅 빈 관〉이었다고 한다.[36]

사르트르는 인지와 상상을 〈인간 의식의 더 이상 환원할 수 없는 본질적인 것〉으로 규정했다.[37] 그 또한 이 의식의 행위에서 의향이 목표한 대상에 다다르는 동안 상상 속에서는 대상이 〈결여되어 있다〉[38]고 주장했다. 우리가 주어진 대상을 파악하거나 보게 되는 것을 일러 〈지각한다〉라고 한다면 이때 의식은 그 대상과 관계를 맺게 된다. 그러나 그때 대상성이 사라지고 의식만 주어지는데, 이 의식은 〈대상이 아예 존재하지 않거나 존재하였던 것이 부재 내지는 결여되어 있는 상태〉[39]의 의식을 말한다. 이 부분에서 프로이트나 라캉, 고대의 죽음에 대한 의식이 이미지와 맺는 관계가 확연해 보인다.

문학적 상상력의 경우에서 보듯 우리는 회상을 토대로 상상하거나 회상 기억 없이 그냥 환각 상태를 체험할 수도 있다. 이때 대상은 사라지고 대상성만 남게 되는데 그것을 이미지(또는 그림, 영상)라고 한다. 이것은 어디에서 발생하는 것일까? 그것은, 볼프강 이저에 따르면, 회상 기억이나 지식, 경험, 욕망, 주어진 정보에 의해서 만들어진다.[40] 그런 것을 바탕으로 지각할 수 있고 상상할 수 있는 것들이 만들어진다. 그런데 이 회상 기억이 불러일으킨 〈존재하지 않음〉 또는 〈부재〉는 상상 속에서만 재현되는데 이것이 곧 창의성의 원천이 된다.

아침에 부석사 목어를 구워 먹다

저녁에 천은사 목어를 삶아 먹다

한밤에 아무도 몰래 운주사 목어를 데쳐 먹다

다음 날 아침에도 내소사 목어를 구워 먹고

선운사 목어를 삶아 먹고

송광사 목어를 회 떠 먹고

그다음 날에도

그다음 날에도

우리나라 산사의 목어란 목어는 다 회 떠 먹고

부처님 앞에 설사하다[41]

이 시에서 보듯 부재의 상상은 의식의 보호막으로 체현된다. 현상학자 후설은 상상을 〈의식의 유사 영역이라 할 수 있되 그것은 비현실성 의식으로 나타난다〉고 말했다. 그리고 〈현실성이란 입장과 같은 것이기에 비현실성은 순수한 공상처럼 그 모습을 드러낸다〉.[42]

이런 기억과 상상의 상호 관계에 대하여는 프로이트와 라캉, 겔렌 같은 정신분석학자나 인류학자가 그 메커니즘을 정확히 분석하고 있다. 우선 프로이트는 「창조적인 작가와 몽상」이라는 글에서 상상에 대해 다음과 같이 말하고 있다.

이러한 상상 행위의 결과들, 즉 몽상들, 모래성들, 비몽사몽 등을 언제 어디에서나 고정 불변하는 것으로 생각해서는 안 된다. 이것들은 오히려 변화무쌍한 삶의 여러 인상들 속에서 형성된 것들이고 개인적인 상황들이 변화할 때마다 같이 변화하며, 또 매번 우리가 흔히 〈시대의 각인〉이라고 부르는 새로운 자국들을 덧붙이게 된다. 상상과 시간의 관련은 일반적으로 매우 중요한 요소다. 상상은 세 개의 각기 다른 시간 사이를, 다시 말해 재현 행위의 세 순간 사이를 부유(浮遊)하고 있다고 말할 수 있다. 정신 활동은 현재의 인상에 밀착되어 있는데, 이 현재의 인상이란 개인이 품고 있는 어떤 큰 욕망을 일깨우는 계기이기도 하다. 이 계기에서 시작해 우리의 정신 활동은 이전의 경험에 대한 기억으로 돌아가게 되는데, 이 경우 대부분은 현재의 인상으로 인해 일깨워진 욕망이 충족되었던 어린 시절의 경험으로 되돌아간다. 정신 활동은 이때 미래와 연관된 상황을 창조해 내는데, 이 상황이 욕망이 충족되는 상황, 더 정확히 말해 낮에 꾸는 꿈 혹은 몽상인 것이다. 이 욕망은 현재의 계기와 과거의 기억에서부터 출발해 욕망이 출발되었던 기원의 흔적들을 정신 활동 속에서 드러나게 하는 것이다. 시간을 가로지르는 욕망의 도화선이 요컨대 과거, 현재, 미래라는 세 시간대를 꿰뚫고 있다.[43]

이와 같이 프로이트에게 몽상이나 상상은 기대와 충만의 꼭짓점이다. 그런데 이런 상상은 과거의 기억에서부터 연유한 것이라는 점을 그는 분명히 하고 있다. 이런 생각에서 문학적 상상력을 그는 다음과 같이 설명하고 있다.

부모를 잃은 한 가난한 젊은이에게 그를 고용할지도 모르는 어떤 기업인의 주소를 일러 주었다고 해보자. 기업인을 찾아가면서 이 젊은이는 적당한 기회만 주어진다면 자신을 불우한 환경에서 벗어날 수 있게 해줄 방법들을 이리저리 궁리하며 꿈을 꾸어 본다. 이 꿈의 내용은 가령 다음과 같은 것일 수가 있다. 일단 입사를 하게 된 그는 사장의 마음에 들게 되고 급기야 회사에 없어서는 안 될 인물이 된다. 사장의 가족들과도 한 식구처럼 지내게 된 그는 사장의 예쁜 딸과 결혼에까지 이르게 되고, 이어 처음에는 협조자의 위치겠지만 후일에는 사장의 후계자로서 회사를 직접 경영하게 된다. 이런 꿈을 꾸면서 젊은이는 행복했던 어린 시절을 이 꿈의 자리에 병치시킨다. 자신을 보호해 주던 집, 다정했던 부모님, 그리고 정들었던 여러 물건들이 꿈의 자리에 들어오는 것이다. 이제 우리는 이런 예를 통해 욕망이 어떻게 현재의 계기를 이용해 과거의 모델에 바탕을 두고 미래의 그림을 그리는지 알게 된다.[44]

기억이 없다면 상상이 없다. 상상이 없다면 창의성도 없다. 기억은 기억할 수 있는 내용만이 아니라 기억의 모델로 작용했던 욕망이나 소원이 하나의 유형으로 작용한다. 때문에 〈허구〉와 〈허위〉는 다르다. 오늘날 사람들이 말하는 콘셉트나 패턴이나 모델이란 말에는 모두 이런 종류의 기억이 변형된 것을 볼 수 있다. 소설이나 시 또한 마찬가지다. 상상으로 꾸며 낸 허구는 사실 이상의 것이다. 기억은 존재하지 않는 것을 상상하게 한다. 무의식에 깊이 각인된 기억의 시각적 형식이 바로 몽상, 환상, 상상으로 발현하는 것이다.

1·4 기억과 창의력

그러면 이런 기억과 상상의 메커니즘에서 어떻게 새로운 기억의 형식인 창의성이 나올 수 있는가. 문학적 창의력이란 이런 상상에서 비롯되는 산물을 생산하는 것을 말하는데 우리는 게슈탈트 심리학에서 그 원리를 유추해 볼 수 있다. 게슈탈트의 형성과 해소 과정은 생각과 느낌이 전경과 배경을 이루며 변화되면서 새로운 것을 창조하는 과정을 말한다.

물러남(배경) ― 감각(전경) ― 알아차림 ― 에너지 동원 ― 행동 ―

건강한 유기체가 이런 과정을 끊임없이 되풀이하는 가운데 무엇인가 창조되고 파괴된다면, 이는 뇌가 기억을 끊임없이 각인하고 지우는 과정과도 같다. 죽음(즉 현실적인 욕망의 거부, 그래서 망각)을 통해 새로운 기억을 만드는 것이 곧 창조의 순간이다. 우리의 삶에서는 기쁨과 슬픔, 불안과 안전이 반복된다. 하지만 그것을 받아들이는 우리의 상태는 항상 반복되는 것이 아니다. 가령 우리의 창조성은 고통을 기쁨으로 바꿀 수도 있으며 한계를 극복하고 새로운 가능성을 만들어 낼 수도 있다. 예를 들어, 어떤 학생이 대학 시험에 떨어지거나 원하지 않은 대학에 들어간다고 하여 그것이 곧 삶의 끝을 의미하는 것은 아니다. 새로운 상황에 직면해 그가 어떤 새로운 사고와 행위로 그 문제를 해결하느냐에 따라 상황은 얼마든지 반전될 수 있기 때문이다.

이렇게 보면 문학적 창조성도 그와 별반 다르지 않다. 그것은 곧 자신의 삶을 새롭게 만들어 내는 과정의 일환인 것이다. 모든 작가나 예술가들은 세계와의 관계에서 자신의 모습을 새로 발견하고 새로운 삶의 가능성들을 찾아낸다. 게슈탈트 심리학에서는 이런 관점에서 자신의 생각이나 감정, 상상들을 보다 적극적이고 창조적인 단계로 발전시킴으로써 창의성을 유발하고 그 창의성을 자극하면서 마음을 치유한다. 말하자면 자동화된 기억의 패턴을 바꾸고 새로운 기억의 패턴으로 나가는 것이 게슈탈트의 형성을 통해 새로운 경험 지평을 연다는 가설을 갖고 있다.

문학적, 예술적 창조성에 기억이 어떻게 작용하는가 하는 것은 기억과 관찰을 비교하는 일이다. 우리는 이를 유추(類推)라고 하는데, 유추는 유사(類似)와 다르다. 유사란 색이나 형태처럼 관찰에 근거한 외형적 닮음을 말한다. 〈석류가 구슬 같다〉란 예에서 우리는 그런 것을 찾을 수 있다. 하지만 유추란 내적 유사성이 있어야 한다. 앞에서 살펴본 이수명 시인의 시 「사과나무」에서 사과를 태양에 비유하면서 〈숨진 사과〉와 〈어제를 살해한 태양〉은 유추 관계이다. 어제 떨어진 사과와 어제 낙조한 태양은 유추에 의해 동질성을 가질 수 있다. 사과가 둥글고 태양도 둥글다고 하면 그것은 유사 현상이지 유추가 아니다. 유추는 알려진 것으로 알려지지 않은 사물의 비밀을 드러내는 것이다. 마치 뉴턴이 떨어진 사과처럼 달도 떨어져야 한다고 믿는 것이 유추다.

이는 창의적 놀이와도 상관관계가 있는데, 학자들은 놀이를 위해 장난감을 한 아름 안겨 주는 것이 창의력을 방해하는 이유를 든다. 장난감 완제품들이 유추할 수 있는 공간과 체험을 활성화할 수 있는 요인들을 빼앗아 가버렸기 때문이다. 그 장난감이 만들어 놓은 상황에서만 상상할 수밖에 없기 때문에 상상을 할 수 없고 기억의 공간도 마련할 수 없기 때문이다. 그 대신 모래나 흙, 물, 돌, 나무 같은 자연이 아이들의 창의적인 힘을 키우는 데 도움이 된다. 상상을 자극하기 위해 장난감을 사용한다 하더라도 여러 가지 다른 방식으로 놀게 해야 한다. 빗자루를 가지고 하늘을 날게 한다든가, 막대기를 칼로, 스카프는 강으로, 돋보기를 마녀로 상상하도록 한다.

이는 성인의 놀이에도 적용된다. 누군가 〈이 재떨이는 예쁘고 귀엽게 생겼네요〉라고 말한다면 그 말을 자신에게 적용시켜 자신을 소개하게 한다. 〈저는 예쁘고 귀엽게 생겼습니다.〉 그러면 대상에 대한 표현이 자기 자신과 유리되어 있는 것이 이제는 색다른 유추로 인해 새로운 체험을 가능하게 할 수 있다. 이렇게 보면 유추란 과거에 가지고 있던 기억의 내용이나 기억의 유형을 상상을 통해 변화시키는데, 이것을 창조적 태도라고 한다. 그리고 자신의 구태의연한 시각에서 벗어나 새로운 눈을 갖는 것이 창의성이다. 유추가 없으면 새로운 것을 발견하는 것이 불가능하다. 왜냐하면 무엇인가를 설명하려는 자는 알려지지 않은 것을 알려진 것에 비유함으로써 사람이 알아듣도록 해야 하기 때문이다.

　　그리고 기억에 고착된 사람은 늘 정형화된 삶을 산다. 이는 마치 정해진 철로로만 다니는 기차와도 같고, 그들이 하는 학습이란 정형화된 시냅스의 작동만을 반복하는 기계적인 학습과 같다. 창조적인 태도는 양으로 결정되는 것이 아니라 새로운 질의 체험을 함을 뜻한다. 개인적인 경험이나 기억을 다른 대상이나 어느 상징에 투사하는 의지는 곧 상상력을 계발하고 창조적이 되게 한다. 그러기 위해서는 우리가 다른 사람을 사랑할 때 생기는 위험 같은 불확실성을 감수할 용기가 있어야 한다. 망할지도 모른다는 위기감이 아니라 망하면 또 다른 길이 있다는 적극성을 가져야 한다.

　　인간의 행동 심리를 연구한 하버드 대학교의 엘렌 랭어 교수는 마인드 개발 분야에서는 미국에서도 독보적 존재다. 특히 명상의 한 분야인 〈마음 챙김 *Mindfulness*〉을 학습에 도입하여, 기존 학습에 새로운 방향을 제시하고 있다. 실상 삶의 중요 영역들을 가르고 있는 많은 범주 구분들이 상당 부분 허구적이고 임의적으로 만들어진 것이므로 그런 범주에 의해 제한을 받아서는 안 된다는 것을 깨닫는 것이 마음 챙김이다. 〈마음 챙김이란 매우 단순하고 활발하게 새로운 것들을 깨달아 가는 과정, 매 순간 현재에 발생하는 것입니다. (……) 활발하게 새로운 것들을 깨달아 갈 때면, 그것이 사소한 것이든 뛰어난 것이든 간에, 전에도 잘 알고 있다고 생각했던 것들인데 사실은 잘 모르고 있었다는 것을 깨닫게 됩니다. 그럼으로써 지금 이 순간에 더 민감해질 수 있게 됩니다. 새로운 것들을 깨달아 가는 동안 현재에 더 충실히 존재하게 되는 것이고 그러면 놓칠 수도 있었던 기회들을 더 잘 활용할 수 있게 되는 것이죠. 아니면 아직 닥치지 않은 위험들을 감지할 수도 있게 됩니다. 그 목표는 명상과도 매우 흡사합니다.《무심한 상태*Mindlessness*》일 때에는 한 가지 방향으로만 정보를 받아들입니다. 어떤 정보가 주도적이라면, 단순히 그에 따라 행동하게 되는 것이죠. 다른 가능성이 있을 수 있다는 사실을 자각하지 못하고 말입니다.〉[45]

이는 프리츠 펄스의 게슈탈트 심리학적 관점과 너무 흡사한 대목이다. 사람들은 보통 무언가를 배우고 또 그것을 반복하면서 스스로 그 안에 갇히게 된다고 한다. 선택의 여지 없이 특정한 방향으로 고정돼 버리는 경우를 말하는데, 이는 바로 기억에 고착되어 있는 상태를 말한다. 그가 말하는 〈마음 챙김〉이란 일종의 〈자각awareness〉 상태를 말하는데, 무심함 대신 〈유심함〉을 뜻한다. 나는 이것이 유추적 사고 훈련과 같이 주의를 집중하면서 생긴다고 본다. 특정한 방식으로 주의를 집중하는 것은 한 번으로 되는 것이 아니다. 마치 시인이나 작가가 실험을 계속하듯이, 마치 정원사가 식물과 꽃을 체계적으로 키우듯이 자기만의 방식으로 자각하는 것이 창의력에 도움이 된다.

지금 이 순간, 의도적으로, 아무런 판단 없이 주의를 집중하는 연습을 해 보자. 가령, 컴퓨터와 이성 친구의 공통점을 아무런 선입견 없이 이야기해 보자. 아니면 원자와 현악기의 공통점을 아무런 판단 없이 이야기해 보자. 우리는 모든 것을 사전에 판단하기 때문에, 선입견을 갖고 생각하기 때문에 유추적 사고를 하기가 매우 어렵다. 그래서 가끔 우리는 분명하게 보지 못한다. 그래서 후설이 인식을 할 때 〈판단 중지epoche〉를 요구했듯이 〈마음 챙김〉이란 판단을 보류하는 것을 말한다. 그리고 자신의 자동화된 기억의 통로를 벗어나는 것을 말한다. 우리는 기억으로 인해 상상을 할 수도 있지만 기억 때문에 상상을 제어당하기도 한다.

삶에서 경험하는 대부분의 고착은 우리 자신의 마음, 즉 기억에서 나온다. 그러나 우리의 감각, 즉 보는 것, 듣는 것, 냄새 맡는 것, 맛보는 것, 만지는 것을 통한 깨달음은 순수하다. 그래서 〈마음 챙김〉은 호흡, 시각, 청각, 후각, 미각, 촉각 그리고 자신이 가지고 있지만 학교에서는 전혀 이야기해 주지 않는 깨달음을 위한 깊은 수용력과 접촉하는 것(유추적 사고)을 말한다. 우리는 학교에서 비판적인 사고를 배운다. 그것도 기계적으로. 그리고 빤한 생각을 즐긴다.

너무 생각만 해서 어떨 때는 자고 싶어도 잠들지 못한다. 마음이 계속 생각만 하기 때문이다. 많은 사람들은 몸과의 접촉이 없다. 그래서 대부분 몸에서 살지 않고 머릿속에서 산다.

무심함에 대한 좋은 사례로 우리는 페터 빅셀의 〈기억력의 이야기〉라는 콩트를 들 수 있다. 이 이야기에서는 단순한 암기를 좋아하는 한 남자의 행위에 대해 잘 묘사하고 있다.

나는 열차 시간표를 모조리 암기하고 있는 어떤 남자를 알고 있다. 그에게 낙이라고는 오직 기차밖엔 없었다. 그는 기차가 도착하고 출발하는 모습을 지켜보며, 그렇게 역에서 시간을 보내고 있었다. 그는 차량들, 기관차의 힘, 바퀴의 크기에 경탄하였으며, 또 달리는 기차에 뛰어오르는 차장과 역장들의 모습을 보고도 경탄하였다.

그는 기차에 관해서라면 모든 것을 다 알고 있었다. 그는 기차가 어디에서 오고 어디로 가며, 언제 어디에 도착하게 되며, 어떤 열차가 다시 거기에서 떠나 언제 다시 여기에 도착하게 되는지를 죄다 알고 있었다.

(……)

그런데 5월과 10월에 열차 시간표가 바뀌면, 우리들은 몇 주일 동안 그를 볼 수 없게 된다. 그는 집에 틀어박혀 테이블에 앉아 암기를 시작한다. 그는 열차 시간표를 첫 페이지에서 끝 페이지까지 읽어 내려가면서, 변경된 부분을 체크하고는 어린애처럼 기뻐하는 것이었다.

누군가가 그에게 기차의 출발 시간을 묻는 일이 생기게 된다. 그러면 그는 얼굴에 온통 함박웃음을 지으며, 어디로 여행을 하려는지를 정확히 알고자 한다. 그런데 그에게 시간을 물은 사람은 십중팔구 출발 시간을 놓치고 만다. 왜냐하면 그는 질문한 사람을 놓아주려 하질 않기 때문이다. 그는 그에게 시간을 알려 주는 것에 만족하지 않고, 기차의 번호, 차량의 수, 접속하게 될 차량의 수, 운행 소요 시간 등등을 상세하게 알려 주는 것이다. 뿐만이 아니다. 그는 또 그 기차를 타고 파리로도 갈 수 있으며, 그렇지만 거기에서는 기차를 갈아타야만 하며, 또 언제쯤 그곳에 도착하게 되는가 등등을 잔뜩 설명해 준다. 그는 사람들이 왜 그런 사실에 전혀 흥미를 느끼지 못하는지를 이해할 수가 없다. 만일 누군가가 그의 모든 지식을 다 털어놓기도 전에 그를 놔두고 도망쳐 버린다면, 그는 화를 내면서 사람들을 욕한다. 그는 그 사람들의 등에다 대고 소리를 버럭 지른다.

「당신들은 기차에 대해서는 아무것도 몰라!」

하지만 그 자신은 기차를 타는 일이 절대 없다.

기차를 타는 일은 쓸데없는 짓이야, 하고 그는 중얼거린다. 그는 기차가 언제 도착하게 되는지를 이미 알고 있기 때문이었다.

〈기억력이 나쁜 작자들이나 기차를 타지〉 하고 그는 말한다. 「머리만 좋다면야 나처럼 출발 시간과 도착 시간을 잘 기억할 수 있을 텐데 말이야. 그것도 몰라서 시간을 직접 체험하려고 기차 여행을 해야 하다니, 원, 한심하기는.」

나는 그 친구에게 그런 게 아니라고 설명해 주었다.

「여행 자체를 즐기는 사람들도 있지. 말하자면 그들은 기차를 타고 가면서, 창문을 통해 그들이 어디를 통과하고 있는지를 지켜보는 거야.」

그러자 그는 화를 냈다. 그는 내가 자기를 놀리고 있다고 믿었던 모양이다. 그는 이렇게 말하는 것이었다.

「그것도 열차 시간표에 다 나와 있어. 예를 들어 저 기차를 타면 루터바흐를 경유해서 다이티겐, 방엔, 니더비프, 윈징엔, 오버북시텐, 에거킹엔과 헤겐도르프 등등에 닿게 되지.」

〈아마도 사람들은 어디론가 훌쩍 떠나고 싶어서 기차를 타는지도 모르지〉 하고 내가 말했다.

〈그것도 사실이 아닐 거야〉 하고 그가 대꾸했다.

「그렇게 떠난다 해도 거의 대부분은 언젠가는 다시 돌아오기 마련이지. 심지어는 하루도 거르지 않고 아침이면 여기를 떠났다가는 저녁 무렵에는 되돌아오는 사람들도 있다니까. 참, 어지간한 기억력들이야.」[46]

이야기 속의 주인공은 무엇이든 암기하려고 한다. 이것이 바로 무심한 상태를 말한다. 물론 무료하게 생을 사는 것보다는 낫겠지만 단순하게 모든 것을 암기하는 것은 창의력과는 별로 관계없는 일이다. 그러나 이런 소재를 문학적 즐거움으로 승화하는 사람은 그 창의력을 인정받을 수 있다. 우리는 유추와 유사를 구별하였는데, 아마도 이 주인공이 한 일은 유사에 가까운 행위가 아닐까 싶다. 기차표를 외우는 것은 그것의 기능성과 용도 목적을 깨닫지 못하는 행위로서 상상력과는 거리가 멀다.

그러나 알렉스 쿠소의 『나만 빼고 뽀뽀해』에 나오는 주인공은 유추적 사고와 창조적 사고의 방향에 이정표를 제시한다. 아홉 살 소년 알랭은 구두를 사기 위해 아빠와 함께 집 근처 신발 가게에 들른다. 알랭은 그곳에서 일하는 레오노르 누나를 보는 순간 첫눈에 반한다. 스무 살 누나의 아름다운 모습에 넋을 잃은 알랭은 그날부터 짝사랑을 통한 상상에 빠진다.

그래 나는 사랑에 빠진 거야. 그리고 지금 내 사랑이 내 앞에 있어. 바로 내 앞에 무릎을 꿇고서! 갑자기 온 세상이 멈추었어. 난 숨조차 쉴 수 없었지. 그녀가 내 앞에 무릎을 꿇다니…… 그녀가 내 앞에 무릎을 꿇다니…… 내 사랑은 바로 우리 집 근처에 있는 신발 가게 누나였어. 「알랭!」 난데없는 호통 소리에 정신을 차리고 보니, 아빠가 내 어깨를 흔들고 있었다. 「누나가 신발을 벗으

라잖아! 갑자기 귀가 먹은 거니 뭐니?」불쌍한 아빠, 오늘따라 갑자기 늙어 보였어. 그리고 우리 엄마, 지금 한 여인이 당신의 아들을 빼앗아 갈 거예요.[47]

실제로 주인공의 기억은 신발 가게 누나가 좋았지만 속으로만 생각하고 있었을 것이다. 그러나 지금 이야기에서의 주인공은 그것을 행동으로 옮길 뿐만 아니라 그렇게 파악하고 있다. 신발을 신겨 보는 여점원을 마치 자기에게 사랑에 빠진 사람, 그래서 무릎을 꿇고 있는 것처럼 묘사하고 있다. 이것이 문학적 기억이자 문학적 상상력이다. 외형적 유사 현상을 내면적 유추로 귀결시키는 것이 상상력이다.

그리고 어느 날 알랭은 세상 사람들 모두가 자기만 빼놓고 사랑에 빠져 있음을 깨닫는다. 엄마 아빠도 매일 사랑하고 심지어는 알랭이 키우던 강아지와 두더지인 피라무스와 단지도 사랑에 빠진다는 것을 안다. 알랭은 이런 유추에서 자신의 사랑도 이루어지지 못하리란 법은 없다는 생각으로 사랑하는 레오노르 누나를 다시 만나기 위한 작전을 짠다. 누나가 있는 신발 가게에 가기 위해 신발을 망가뜨리기도 하면서 알랭은 상상력을 발휘한다. 이렇게 아이들이 상상력이 큰 것은 기억의 고착이 덜 이루어졌기 때문이다. 다시 말해 기억의 고착이 덜할수록 상상력이 뛰어날 수밖에 없는 것이다. 그러나 반대로, 경험이 없으면 상상력은 발휘되지 않는다. 어린 시절 작가의 이루어지지 못했을 법한 기억에서 상상력이 발휘되었다.

1·5 기억술에 대하여

인류가 고대로부터 문화를 보존하기 위하여 시작했던 〈기억술 *Mnemonic*〉

은 과연 어디에 자리매김할 수 있을까? 그리고 그 기억술은 과연 쓸모가 없는 것일까? 기억술은 인간 정신 활동의 가장 오래된 기술이라고 할 수 있는데, 인간은 고대로부터 이 기억술에 의존하여 생존할 수 있었다. 또 그것은 일상생활의 필수적인 요소였으며 역사를 기록하는 수단이기도 하였다. 아직 문자가 고안되지 않았던 시기, 원시 시대에 인간은 그런 기억을 보존하기 위해 노력했는데 그것이 오늘날까지 전승되었고, 엄격하게 말해 오늘날 인간의 정신 활동에서 그 기억술은 크게 변한 바 없다. 연필이 있고 컴퓨터가 있다 하더라도 기본적인 암산만큼이나 기억술은 필수 불가결하기 때문이다.

고대인들은 사실이나 숫자를 기억해야 했는데 이때 상상력과 지적 능력이 요구되었다. 가령 호메로스의 경우, 기록되지 않은 전 세기의 구전 작품을 기억하고 기록하면서 다채로운 시각적 상상력을 필요로 했던 것이다. 인도의 성전인 〈리그베다〉의 경우 역시 구전으로 전해 내려온 것인데 신성한 찬가를 부를 때 일말의 착오라도 생기면 신에게 벌을 받을 수 있기 때문에 사제들은 일체의 실수도 용인하지 않으려고 기억술을 연마했다고 한다.[48]

인류 문화가 시작된 후, 기억술에 관한 언급은 그리스 시대로 거슬러 올라갈 수 있다. 그리스와 로마인들은 웅변을 중요하게 여겼기 때문에 대사를 외워야 했고, 따라서 자연히 기억술에 관심이 많았다. 기억술은 정보를 잘 조직화해서 쉽게 저장하고 인출하는 방법으로 〈심상 *image*〉, 〈연상 *association*〉뿐만 아니라 기억 속에 있는 〈도식 *schema*〉까지 이용한다. 기억술은 일반적으로 기계적인 암기보다 처음에는 시간이 더 많이 걸릴 수 있다. 그러나 긴 안목으로 보면 두 가지 장점을 가지고 있다. 그 하나는 정보를 좀 더 효율적으로 암기하게 해준다는 것이고, 두 번째는 문제를 해결하거나 추론할 수 있는 정보의 근거를 제공해 준다는 것이다. 흔히 사용되는 기억술에는 시연과 조직화, 약호화 그리고 정교화를 들 수 있다.

〈시연〉이란 나중에 회상해 낼 것을 생각하고 미리 기억해야 할 대상이나 정보를 눈으로 여러 번 보아 두거나 말로 되풀이하는 것으로, 기억력을 증진시키는 데 사용되는 전통적인 전략이다. 일반적으로 시연 횟수가 많으면 많을수록 단기 기억에 있는 정보가 장기 기억으로 전환되어 영구적으로 저장될 확률이 높아지는 것으로 알려져 있다. 〈조직화〉란 제시된 기억 자료를 그것의 속성에 따라 의미 있는 단위로 묶어서 기억하는 방법을 말하는데, 〈군집화 *chunking*〉와 〈범주화 *categorization*〉를 들 수 있다.

〈약호화〉란 정보를 처리 체제 내에 표상하는 과정을 말한다. 다시 말해, 정보를 부호화함으로써 약호화한다고 할 수 있다. 〈부호화〉란 철자를 점과 선으로 변환시킨 것과 같이, 정보를 한 가지 형태에서 다른 형태로 변환하는 것을 말한다. 부호화에는 축소형 부호화와 정교형 부호화, 심상 부호화, 의미 부호화가 있다.

마지막으로 〈정교화〉를 들 수 있는데, 기억해야 할 정보에 무엇인가를 덧붙이거나 다른 정보와 서로 관련시킴으로써 기억하는 것을 말한다. 전통적으로 정교화 전략은 두 개의 낱말을 서로 관련짓는 쌍연합 학습 과제에서 주로 사용되어 왔다.

아직도 런던의 기네스북에 오르기 위해 노력을 경주하는 사람들이 있다. 하지만 그런 기술의 문화적 전성기가 지나갔다는 사실은 부정할 수 없다. 어떤 일간지에 난 다음과 같은 기사도 기억술에 관한 것이다.

유대인 남자 에란 카츠(Katz, 42) 씨는 깜짝 묘기를 보여 줬다. 〈*camera*〉, 〈*interview*〉, 〈*vice president*〉 등 청중들이 마구잡이로 부른 영어 단어 20개를 1~20번까지 번호를 붙여 칠판에 적은 그는, 곧바로 뒤돌아선 뒤 청중이 호명한 번호에 해당하는 단어를 모조리 알아맞혔다. 탄성을 자아내는 사람들을 향해 카츠 씨는 빙그레 웃으며 그 비결을 말해 줬다. 「저는 숫자마다 미리 특정 단어를 이름처럼 붙여 놓습니다. 예를 들어 〈12〉라는 숫자에 제가 붙여 놓은 단어는 〈금속metal〉인데요, 여러분이 12번으로 호명한 단어는 〈letter〉였지요? 그럼 저는 〈금속 봉투에 넣은 편지〉라는 식으로 조합해 머리에 저장합니다. 절대 잊을 수 없죠.」[49]

예루살렘 출신의 에란 카츠는 5백 자리의 숫자를 한 번 듣고 기억해 기억력 부문에서 세계 기네스 기록(1998년)을 보유하고 있는 사람이다. 그가 사용하는 방법은, 기억술 대가들이 대개 그렇듯이, 오늘 우리가 얼마든지 실행할 수 있다.

마트에 가서 쇠고기와 고등어, 콩나물, 무, 시금치, 우유, 건전지, 형광등, 두부, 파, 라면, 사과, 딸기, 치약, 상추를 사야 한다면 보통 사람들은 메모를 해서 갈 것이다. 그냥 갔다간 낭패를 당할 수 있기 때문이다. 그런데 연필과 종이가 없는 옛날 사람들이 만약 시장에 가서 이것을 다 사 오지 않을 경우, 사안에 따라(하인이나 하녀라고 생각해 보자) 매를 맞거나 때론 죽임을 당할 수도 있다고 가정해 보자. 그러면 어떻게 하겠는가? 옛날 수사학에서는 〈공간 배열〉과 〈심상법〉이라는 것을 이용했다고 한다. 가령 냉장고에 방을 몇 개 만들어 보자. 그리고 부엌과 2층 거실을 만들면 상상하기가 편리하다. 집에 들어온다. 부엌으로 가 냉장고 문을 연 뒤 냉동실에 고등어를 넣고, 냉장고 문 쪽에 우유를 넣는다. 두부와 쇠고기는 신선도실에 넣고 야채실에 상추와 무를 넣는다. 시금치와 콩나물은 다듬어야 하니까 부엌 싱크대 위에 두고, 파는 신문지에 싸서 싱크대 옆에 둔다. 벽시계의 건전지를 갈아 끼우고, 2층 거실에 가서 형광등을 갈아 끼운다. 거기서 사과와 딸기를 먹고 난 후, 치약을 사용해 양치질을 한다.

연습을 해보라. 단순히 첫 자를 따서 쇠-고-콩-무-시-우-건-형-두-

파-라-사-딸-치-상이라고 약호화하여 외우는 것보다 훨씬 손쉽게 외울 수 있고 지속 기간도 길다. 그 이유는 대상을 공간으로 배열하여 그림을 떠, 다시 말해 심상과 배열, 연상과 도식을 사용해 저장하였기 때문이다. 특히 이것을 몇 번이고 시연하여 저장하면 인출하기가 쉽다. 오늘날 학습법에도 상당히 영향을 미치는 방법이다. 강의할 때도 이렇게 하면 편리하다. 이는 키케로의 수사학과 연설의 방법에 사용된 것이기도 하다. 아무리 기억의 매체가 뛰어난 시대에 우리가 살더라도 말을 할 때는 역동적으로 해야 하기 때문에 이런 기억술은 매우 필요하다. 연설을 할 때 실제적인 느낌을 부여하기 위해서는 반드시 심상이라는 것을 가져와야 하기 때문이다. 어떤 사람이 내용이 어떻게 전개되는지 알지 못하면서 연설을 하거나 설득하는 것보다는 그림을 떠서 할 경우가 훨씬 영향력이 크기 때문이다.

기억술은 동화 같은 민담에서도 매우 중요한 문화적 현상으로 각인되어 있음을 알 수 있다. 그림 동화가 그것을 잘 보여 주고 있다. 「맛있는 죽」은 주문을 못 외어서 심각한 위기를 겪는 것을 보여 주고 있고, 「영리한 한스」는 기억이 단순히 암기에 머물러서는 안 된다는 것을 경고하고 기능하는 기억, 즉 〈상식〉을 요구하고 있다.

어머니가 물었습니다.
「어디 가니, 한스야?」
한스는 대답했습니다.
「그레텔네 집에 가요.」
「조심해라, 애야.」
「걱정하지 마세요, 엄마. 다녀올게요.」
한스는 그레텔네 집에 도착했습니다.

「안녕, 그레텔.」

「안녕, 한스. 나한테 줄 무슨 근사한 것 좀 가져왔니?」

「아무것도 가져오지 않았어. 너한테서 뭘 좀 얻었으면 해.」

그레텔은 그에게 칼 한 자루를 주었습니다.

한스는 말했습니다.

「잘 있어, 그레텔.」

「잘 가, 한스.」

한스는 그 〈칼을 소매 속에 찔러 넣고〉는 집으로 돌아왔습니다.

「다녀왔어요, 엄마.」

「어서 와라. 이제까지 어디 있었니?」

「그레텔네 집에요.」

「그 애한테 뭘 가져다주었니?」

「그 애한테 뭘 가져다준 게 아니고 제가 그 애한테서 뭘 얻었어요.」

「뭘 얻었는데?」

「칼이요.」

「그 칼은 어디다 두었니?」

「내 소매 속에요.」

「저런, 바보 같은 짓을 했구나. 네 주머니 속에다 넣었어야지.」

「괜찮아요, 다음번에는 잘할게요.」[50]

　엄마가 단순하게 가르치는 것, 이를테면 〈저런, 바보 같은 짓을 했구나〉와 같은 교육은 한스에게 진정 왜 그가 칼을 소매 속에 넣으면 안 되는지를 알 수 없게 하고, 나중에 다른 경우를 체험할 때 어떤 지혜를 가져야 할지 알 수 없게 한다. 지식보다는 지혜가 중요하다는 것을 일깨우는 이야기다. 「개구리 왕자」

는 약속 자체보다 약속을 기억하라는 교훈을 주고 있으며, 「헨젤과 그레텔」이나 「늑대와 일곱 마리 아기 염소」도 각기 개체 보존이나 생존을 위해 기억해야 할 것이 무엇인지를 강조하고 있다. 이 이야기가 말하고자 하는 의미는 분명한데, 그것은 〈기술로서의 기억memory as ars〉과 〈활력으로서의 기억memory as vis〉을 구별한다는 점이다.

「영리한 한스」를 위시하여 문학적 가치가 있는 작품의 기억 담론은 바로 후자, 즉 활력으로서의 기억이다. 기술로서의 기억은 저장과 인출 사이의 차이가 전혀 없는 경우를 의미하지만 활력으로서의 기억은 이미 서문에서도 밝혔듯이 저장과 인출 사이에 큰 차이가 존재한다. 이런 암기의 기억이 더 이상 효력을 발휘하지 못하게 된 것은 최근 발전을 거듭하고 있는 전자 기술 때문이다. 그런 외적인 이유 말고도 우리는 기능적인 이유를 이미 플라톤이 그런 암기를 경멸했다는 사실에서 찾을 수 있다.

여기서는 그런 기능 기억보다는 기억술의 원리에 대해 조금 더 접근해 보도록 하자. 고대의 기억술에 대해 가장 오랜 기록은 시모니데스의 전설이다. 시모니데스는 기억의 패러다임을 만든 사례로서 두 개의 전설을 갖고 있다. 음유 시인, 오늘 말로 서정시인인 키오스의 시모니데스(B. C. 557?~B. C. 467?)는 키케로가 기억술의 창시 설화로 삼았던 한 이야기의 주인공이다.[51] 그는 신과 영웅들뿐 아니라 인간들을 노래하기도 한 최초의 전업 시인이다. 시모니데스는 생애의 대부분을 이 궁전 저 궁전 떠돌아다니며 그 좋은 솜씨로 송가나 축가를 지었다. 그는 또 왕의 공적을 노래로 지어 후한 보수를 받기도 했다. 이 시절에는 시인으로서의 이러한 삶은 부끄러운 것이 아니었다. 초기 시인들은 대부분 이와 비슷한 길을 걸었기 때문이다. 가령 호메로스가 소개하는 데모도코스도 그랬고, 호메로스 자신도 그랬다.

시모니데스가 테살리아 왕 스코파스의 궁전에 머물 때의 일이었다. 왕은 시모니데스에게 자기 위업을 찬양하는 시를 지어 술자리에서 낭독해 달라고 부탁했다. 시모니데스는 신들에 대한 믿음이 지극한 사람인지라 주어진 시제를 다채롭게 할 생각으로 이 시에다 쌍둥이 형제 카스토르와 폴리데우케스의 위업을 인용했다. 이것은 다른 시인들도 곧잘 쓰는 기법이어서 그렇게 희한할 리도 없었다. 여느 사람 같으면 레다의 쌍둥이 아들(카스토르와 폴리데우케스)과 나란히 칭송을 받으면 크게 영광스러워했을 터였다. 그런데 허영심은 역시 끝이 없는 모양이다. 스코파스는 술자리에서도 아첨꾼들에게 둘러싸여 그들의 부추김 때문에 그랬겠지만, 자기 아닌 레다의 쌍둥이 형제에 대한 칭송을 달갑지 않게 여겼다. 그래서 시모니데스가 약속한 보수를 받으러 가까이 가자 스코파스는 약속했던 금액의 반만 주면서 말했다.「자, 그대 시에 나오는 내 이름 몫이다. 카스토르와 폴리데우케스 이름 몫은 그들이 치러야 하지 않겠는가.」 당혹한 시인은 왕의 시시껄렁한 재담 후에 쏟아지는 웃음소리에 얼굴을 붉히며 제자리로 돌아왔다. 그러고 나서 얼마 안 되어 시종 하나가 시인에게 다가와 밖에 말을 탄 두 젊은이가 잠깐 뵙고 싶어 한다는 소식을 전했다. 시모니데스는 급히 밖으로 나가 보았으나 와 있다던 두 젊은이는 보이지 않았다. 그러나 그가 술자리를 빠져나간 직후 굉음과 함께 지붕이 내려앉아 스코파스 왕과 술손님 전부가 하나도 빠짐없이 그 지붕에 깔려 죽었다. 자기를 불러낸 두 젊은이가 대체 누굴까 하고 곰곰이 생각하던 시모니데스는 틀림없이 카스토르와 폴리데케우스였을 것이라고 확신했다.

시모니데스는 이 비극의 유일한 생존자로서 신들의 보답을 받았다. 그러나 여기서 이야기가 끝난 것이 아니다. 시인이 또 한 번 필요하게 되었다. 하지만 이번에는 칭송과 송덕이 아니라 죽은 자를 기억하기 위함이었다. 이 기억은 바로 죽은 자들을 확인하는 일이었는데, 손님들의 좌석을 정확히 기억하고 있던 시모니데스는 잔해에 묻힌 망자들의 이름을 기억해야 할 상황에 놓여 있었다. 이름을 확인하는 일을 토대로 그들의 가족들은 죽은 자들을 기리고 그들의 장례를 장엄하게 치를 수 있었고 망자를 애도할 수 있었다. 고대 그리스의 기억술의 관점에서 이 비극적 사건은 해피 엔드라 할 수 있다. 결국 시모니데스는 미래에 무엇을 체계적으로 가르쳐야 할지 그리고 배워야 할지를 최초로 제시한 사람이었다. 그의 업적은 바로 죽음과 몰락을 넘어 건져 낼 수 있는 기억의 힘이 얼마나 큰지를 보여 주었다.

전설 속 시모니데스의 역할은 크게 두 가지다. 하나는 정확히 기억하는 것이고, 다른 하나는 그들을 추모하는 것이다. 다시 말하면 기억술의 시모니데스와 추모의 시모니데스가 고대 기억술의 목적과 방법이었다. 망자를 추모할 수 있게 기억한다는 것은 인간이 얼마나 기억에 큰 의미를 두는지를 알 수 있게 하는 전설이다. 그러므로 문학적 기억이 메타포나 상징, 이야기의 구조를 통해 무엇인가를 남기기 위해 애쓴다면 그것 또한 원초적으로는 기억술과 무관하지 않다고 말할 수 있다. 시모니데스가 기억술로 망자를 기억하게 했다면 오늘날의 기억술 또한 화해되지 않은 과거를 편안하게 한다고 할 수 있다. 망자들을 안치하여 편안히 쉬게 해야 한다는 문화적 과제는 아이러니하게도 기억술에서 출발했음을 알 수 있다.

그런데 매체의 발달과 더불어 이야기와 그림, 즉 연필과 카메라 폰, 어느 쪽이 기억에 더 유리할까 하는 것이 실험대에 올랐다. 오늘날 북미 지역 대학 강의실에는 칠판에 휘갈겨 쓴 교수의 메모나 컴퓨터를 이용한 프레젠테이션 내용을 카메라 폰으로 찍어 필기를 대신하는 학생들이 흔하다고 한다. 과연 신기술이 전통적인 노트 필기의 효과를 대체할 수 있을까?

새 학기 신입생을 맞은 토론토 대학교의 한 저명 공학 교수가 자신의 강의실에서는 수강생들의 카메라 폰 사용을 금지해 주목을 받고 있다고 「토론토

스타」가 16일 전했다. 이 교수는 캐나다에서 강의를 잘하는 10명의 교수에 선정된 명성이 있어 학생들은 물론 교수들의 눈길도 쏠리고 있다. 공과대 수전 매케언 교수는 지난주 1천여 명의 신입생들이 수강하는 과목의 첫 수업 시간에 〈카메라 폰 작동 금지 조치〉를 밝혔다. 그는 학생들에게 강의실 안에서는 휴대 전화 전원을 아예 끌 것을 요구했다. 매케언 교수는 〈많은 학생들은 그들이 웹사이트에서 자료를 내려 받거나 칠판을 카메라에 담거나 다른 전자 제품에 저장하면 자신의 것이 됐다고 생각한다〉며 〈그러나 그것은 새로운 기술 세대의 착각에 불과하다〉고 일침을 가했다. 그는 또 배움에는 지름길이 없으며 사진이 노트 필기를 대체할 수 없다고 강조했다. 강의 내용을 자신의 방식으로 요약해 노트에 기록하는 것이 사고에 중요하다는 것이다. 그는 대학 신입생들은 그들이 메모해야 할 정보의 11% 밖에 받아 적지 못하고 있으나 좋은 노트 필기 습관은 성적을 40% 끌어올릴 수 있다는 연구 결과를 소개하며 학생들에게 〈전통적인 공부 방식〉을 권장했다.[52]

이 이야기를 요약하면 카메라 폰으로 찍는다는 것은 저장한 기억을 그대로 인출한다는 것을 뜻하는데도 그렇게 하는 것이 학생들의 성적에 큰 영향을 미치지 못한다는 것이다. 여기에는 두 가지 이유가 있을 수 있다. 만약 시험을 있는 그대로 옮기세요, 라고 했을 경우는 카메라 폰에 찍어 그대로 답하면 그만이겠지만 원리를 설명하는 교수의 강의를 알아듣지 못한 채 그대로 옮겨 가서 공부한들 그것을 연필로 써가며 이해하는 것만 못하다는 뜻이다. 또 다른 이유는 단순히 저장한 것을 그대로 옮긴다 하더라도 연필로 쓰면서 연상으로 암기한 것이 그 당시 알아듣지 못한 것을 나중에 암기한 것보다 기억에 오래 남는다는 뜻이다. 두 번째의 경우, 고대의 기억술이 단순히 암기가 아니라는 것을 말해 준다. 영리하지 못한 한스의 경우처럼 단순히 외운 것이 아니라 어떤 구조를 갖고 이해했다고 볼 수 있다. 하지만 이에 대한 논란은 별 의미가 없을 듯싶다.

주

1 H. von Foerster, "Gedächtnis ohne Aufzeichnung", in: ders., *Sicht und Einsicht*, (Braunschweig, Wiesbaden, 1985), 123~172면; H. R. Maturana, *Erkennen: Die Organisation und Verkörperung von Wirklichkeit, Braunschweig*(Wiesbaden, 1982); Niklas Luhmann, *Die Wissenschaft der Geselschaft*(Frankfurt a.M., 1988)을 참조하라.

2 Siegfried J. Schmidt, "Gedächtnis-Erzählen-Identität", in: Aleida Assmann/Dietrich Harth(Hrsg.), *Mnemosyne. Formen und Funktionen der kulturellen Erinnerung*(Frankfurt a.M., 1991), 380면을 참조하라.

3 한스게오르크 가다머, 『진리와 방법 1-철학적 해석학의 기본 특징들』(문학동네, 2000), 52면.

4 같은 책, 53면.

5 알라이다 아스만, 『기억의 공간』(같은 책), 121면 참조.

6 Wolfgang Iser, Das *Fiktive und das Imaginäre. Perspektiven literarischer Anthropologie* (Frankfurt a.M., 1991), 296면.

7 John Locke, *Versuch über den menschlichen Verstand I*, übers. von C. Winckler (Hamburg, 1981), 9면.

8 같은 책, II, XXVII, §10.

9 메를로퐁티, 『지각의 현상학』, 류의근 옮김(문학과지성사, 2005), 59면.

10 같은 책, 65면.

11 박완서, 『그 많던 싱아는 누가 다 먹었을까』(웅진닷컴, 1998), 작가의 말.

12 마르셀 프루스트, 『잃어버린 시간을 찾아서』, 1장 〈스완네 집 쪽으로〉. Marcel Proust, *A la recherche du temps perdu*(1913~1927), ed. Pierre Clarac/Andre Ferre, 3 Bde., [Paris: Gallimard 1954(Bibliotheque de la Pleia)], 184면.

13 Karlheinz Stierle, "Die Unverfügbarkeit der Erinnerung und das Gedächtnis der Schrift. Über den Ursprung des Romans bei Chrétien de Troyes", in: Anselm Haverkamp und Renate Lachmann(Hrsgg.), *Memoria. Vergessen und Erinnern*(*Poetik und Hermeneutik XV*) (München, 1993), 117면.

14 이문열, 『그대 다시는 고향에 가지 못하리』(도서출판 나남, 1991), 13면.

15 이문열, 『레테의 연가』(중앙일보사, 1991), 3~4면.

16 베른하르트 슐링크, 『책 읽어 주는 남자』, 김재혁 옮김(세계사, 1999), 107~108면.

17 파울로 코엘료, 『베로니카, 죽기로 결심하다』(문학동네, 2006), 29면 이하.

18 은희경, 『아름다움이 나를 멸시한다』(창비, 2007), 78면.

19 김인숙, 『꽃의 기억』(문학동네, 1999), 243면 이하.

20 같은 책, 211면 참조. 화자 스스로도 기억이 흔적으로 작동하고 있음을 말하고 있다.

21 Melanie Greenberg, Arthur Stone, Camille Wortman, "Health and psychological

effects of emotional disclosure: A test of the inhibition-confrontation approach", *Journal of Personality and Social Psychology*, 71면, 588~602면.

22 James W. Pannebaker, *Writing to Heal: A Guided Journal for Recovering from Trauma & Emotional Upheaval*, 한국어 판, 『글쓰기 치료』, 이봉희 옮김(학지사, 2007), 196~197면에 있는 내용을 요약하였음.

23 William Wordsworth, "Preface to the second edition of the lyrical ballads", in: *Poetical Works*, ed. by Ernst de Selincourt(Oxford, 1954), vol. 2, 400면.

24 Sigmund Freud, *Aus der Geschichte einer infantilen Neurose, Gesammelte Werke XII*(Frankfurt a.M., 1978), 72면.

25 지그문트 프로이트, 『정신분석 강의』 상, 프로이트 전집 1권(열린책들, 1998), 286면. 은폐 기억에 대한 아래의 항에서 더 자세하게 다룬다. 그리고 프로이트의 *Über Deckerinnerungen, Gesammelte Werke I*(Frankfurt a.M., 1978), 531~554면, 한국어 판, 『끝이 있는 분석과 끝이 없는 분석』, 임진수 옮김(열린책들, 2005), 51~79면을 읽어 보라.

26 로버트 루트번스타인, 『생각의 탄생』, 박종성 옮김(에코의서재, 2007), 77면에서 재인용.

27 같은 책, 89면에서 재인용.

28 같은 책, 62면에서 재인용.

29 Maurice Halbwachs, *Das kollektive Gedächtnis*(Frankfurt a. M., 1985), 72면 이하.

30 Pierre Nora, *Zwischen Geschichte und Gedächtnis*(Berlin, 1990), 12면 이하.

31 Peter Burke, "Geschichte als soziales Gedächtnis", in: Assmann, Harth, Hgg., *Mnemosyne*(Frankfurt a. M., 1991), 297면.

32 Arnold Gehlen, *Der Mensch. Seine Natur und seine Stellung in der Welt*(Bonn, 1950), 35면, 38면 참조.

33 길버트 라일, 『마음의 개념』, 이한우 옮김(문예출판사, 1994), 354면.

34 같은 책, 355면 이하.

35 이수명, 「사과나무」, 『왜가리는 왜가리놀이를 한다』(세계사, 1998).

36 송태현, 『이미지와 상징』(라이트하우스, 2005), 18~19면 참조.

37 Jean Paul Sartre, *Das Imaginäre. Phänomenologische Psychologie der Einbildungskraft*, übers. von Hans Schöneberg(Hamburg, 1971), 199면.

38 같은 책, 281면.

39 같은 책, 110면.

40 Wolfgang Iser, *Das Fiktive und das Imaginäre. Perspektiven literarischer Anthropologie*(Frankfurt, 1991), 334면, 336면 참조.

41 정호승 「설사하다」, 『눈물이 나면 기차를 타라』(창비, 1999).

42 Edmund Husserl, *Phantasie, Bildbewußtsein, Erinnerung*(*Gesammelte Werke 23*), Hg. Eduard Marbach(The Hague, Boston, London, 1980), 184면.

43 Sigmund Freud, *Der Dichter und das Phantasieren*(*Gesammelte Werke VII*), Hg. Anna Freud et al.(Frankfurt a.M., 1966), 217면, 한국어 판, 『예술, 문학, 정신분석』, 정장진 옮김(열린책들, 1997), 149면.

44 한국어 판, 같은 책, 150면.

45 이영돈, 『KBS 특별 기획 다큐멘터리 마음』(예담, 2006), 233~234면에서 재인용.

46 페터 빅셀, 『책상은 책상이다』, 김창주 옮김(하늘연못, 1996), 9면.

47 알렉스 쿠소, 『나만 빼고 뽀뽀해』, 김동찬 옮김(푸른나무, 2005), 9~10면.

48 도미니크 오브라이언, 『기억의 법칙 25가지』, 박혜선 옮김(들녘미디어, 2003), 15면.

49 2007년 3월 20일자 「조선일보」에서 발췌.

50 그림 형제, 『그림 형제 동화 전집』 제2권, 김열규 옮김(현대지성사, 1999), 7면 이하.

51 Cicero, *De oratore II*, 86, Marcus Tullius/ Wilkins, Augustus S.(edt), (Intl Pub Marketing Inc, 2007), 352~354면.

52 2007년 9월 17일자 「연합뉴스」에서 인용.

* 이 책의 인용문 가운데 지은이가 (가명)으로 처리된 부분들이 있다. 이는 나의 2006년도 수업 〈문학과 기억〉에 참여하였던 학생들이 제출한 보고서에서 인용한 것임을 밝혀 둔다.

2·기억과 망각

마르틴 하이데거는 〈진리〉란 말을 〈알레테이아*aletheia*〉라는 말에서 풀어 설명한다. 〈*a-letheia*〉, 즉 진리란 망각의 반대로서 감춰지지 않은 것, 잠재하고 있지 않은 것이라는 뜻을 포함하고 있다. 따라서 우리는 기억이나 망각을 분리된 것으로 파악하기보다는 서로 상보적인 관계로 파악해야 한다. 〈기억하다〉라는 우리말이 〈회상하다〉 또는 〈생각나다〉라는 뜻으로 사용되는 경우에 〈~을 기억하다〉라는 말은 엄격히 말해 옳지 않다. 영어의 〈*remember*〉란 뜻의 이 말 뒤에 목적어가 온다면 사실상 이치에 맞지 않기 때문이다. 기억은 이미 살펴보았듯이 회상 작용일 경우 원 기억을 전적으로 그대로 재현할 수 없다.

그러니까 〈무엇을 회상하다〉라는 것은 단순히 어떤 대상을 가져오든지 안 가져오든지 하는 의미가 아니라 원 기억에 하나하나씩 접근한다는 뜻이다. 이는 망각에도 그대로 적용된다. 〈~을 잊어버리다〉는 뜻의 망각의 망(忘)에는 마음이 죽는다는 뜻이 들어 있고, 각(却)은 물리친다는 뜻으로 〈잊어버리다〉는 의도하지 않는 가운데 이런 상태가 이루어짐을 보여 준다. 영어나 독일어는 망각을 두고 어떤 특정한 의미를 부여한다. 영어의 〈*forget*〉이란 단어에는 재미

있게도 〈*get*(얻다, 취하다)〉이라는 동사가 들어 있고, 독일어 〈*vergessen*〉에는 〈*essen*(먹다)〉이라는 동사가 포함되어 있다. 두 단어 모두에 〈가진다〉, 〈먹는다〉의 반대 방향인 *for*와 *ver*가 접두사로 붙어 있는 것도 유사하다. 이 말은 망각이 기억과 반대되는 방향이라는 것을 암시하고 있다.

〈*get*〉이나 〈*essen*〉 동사가 능동을 나타내는 동사인 반면, 접두어가 붙으면 자기 의지와는 상관없이 소실되어 간다는 뜻이 붙는다. 그러므로 기억이 의도적인 어떤 것을 불러오려고 애쓰는 것이라면, 망각은 의도하지 않는 가운데 무엇인가가 소실되어 간다는 뜻을 내포하고 있다. 우리가 일상적으로 말할 때, 나는 친구를 잊어버렸다, 나는 적을 잊어버렸다, 또는 우산을 잃어버렸다, 결심을 잊어버렸다, 나는 약속을 잊어버렸다라고 말한다. 하지만 엄격히 말해서 이 말은 틀린 말이다. 왜냐하면 무엇을 잊어버리거나 잃어버리는 행위는 의도적 행위가 아니기 때문이다. 고로 이 동사는 목적격을 사용할 수가 없다. 그래서 고대 독일어에서는 소유격을 이용해 예를 들어 〈*vergiß meines Gesetzes nicht*(나의 율법을 잊지 마라)〉와 같이 썼다.

기억이란 말에는 〈회상〉, 〈상기〉라는 말이 들어 있다. 회상이나 상기는 좀 더 주관적이고 개인적인 의미인 데 비해, 기억은 공공 기관이나 학교에서 좀 더 포괄적인 의미로 사용하고 있다. 우리말에는 〈회상하다〉는 말을 목적어를 사용해서 쓰지만 독일 말에는 *sich erinnern*과 같이 재귀 동사로 사용한다. 그것을 보더라도 망각에 대한 기억인 회상은 대상을 기억하는 것과는 다른 것인 듯하다. 그러므로 기억과 망각의 모순적인 어법을 살펴보면 다음과 같다.

1. 나는 잊으려고 하는데 잊을 수가 없어.
2. 나는 잊지 않으려고 하는데 잊혔어.

어쩌면 수많은 노래들이[1] 그런 마음을 표현하는 것 같다. 대표적으로 〈쉰세대〉의 나훈아 노래「영영」에서는 〈잊으라 했는데 잊어 달라 했는데 / 그런데도 아직 난 너를 잊지 못하네. / 어떻게 잊을까 어찌하면 좋을까 / 세월 가도 아직 난 너를 못 잊어 하네〉라고 표현했다. 그리고 신세대인 신혜성의 노래「미안해 널 잊어서」에서는 〈누군갈 만나서 웃는 나를 보면서 이제는 편해진 걸 느끼게 됐어. 한 걸음마다에 네가 밟히던 날들, 어느새 나를 놓아주고 있나 봐. 영원할 것 같았던, 너만 살 것 같았던, 내 마음이 변해 가고 있는걸. 나조차 믿어지지가 않아. 너를 잊고 사는 나. 널 잊어 미안해. 이런 나를 용서해. 그 많은 약속을 다 지켜내고 싶은데……〉라고 노래한다.

나훈아의 노래가 〈나는 잊으려고 하는데 잊을 수가 없다〉는 마음의 상처를 노래한다면, 신혜성의 노래는 〈나는 잊지 않으려 하는데 잊혔어〉라는 뜻을 포함하고 있다. 프로이트식으로 말해서 전자가 화해 조정을 받지 않은 상처라면, 후자는 화해 조정을 받은 상처다. 그러므로 전자가 기억의 기술이라면, 후자는 망각의 기술을 뜻한다. 그러나 이런 분류는 적당하지 않다. 왜냐하면 노래란 삶의 부정을 의미하는데, 그렇다면 신혜성은 어떤 근거로 노래한 것인가 하는 문제가 남기 때문이다. 노래의 기의가 아니라 노래하는 것의 절대 기표로 볼 때 사실은 후자 또한 화해 조정을 받지 않은 기억으로 볼 수 있다. 그리고 이런 관점에서 본다면 우리가 쓰는 일상어 〈*forget it*(잊어버려)〉은 무슨 뜻으로 말하는지는 알 수 있으나, 그것이 실행될 가능성은 적다. 다시 말하면 우리는 이 말을 위로하는 차원에서 하는 말이라고 생각하지, 방금 내가 받은 고통을 실제로 잊을 수 있다는 뜻으로 받아들이지 않는다. 그러므로 우리는 기억과 망각이 어떤 관계에 있는지 관심을 두지 않을 수 없다.

2·1 신경 과학 측면에서 본 기억과 망각

다음은 수년 전 EBS에서 방영된 자료 화면에 대한 설명이다. 〈실험 장소〉라고 쓰인 안내 데스크 밑에서 서로 다른 색깔의 티셔츠를 입은 연구원들이 피실험자를 맞이하고 있다. 여기에 피실험자들의 행동을 관찰하는 몰래 카메라를 설치해 두고 그들의 행동을 관찰한다. 연구원들 두 사람의 차이는 아주 분명하다. 셔츠도 다른 색으로 입고 있다. 그러나 실험 가설은 여기서 피실험자들의 눈이 외형, 다시 말하면 사람의 생김새, 티셔츠의 색깔에 의해 크게 좌우되지 않는다는 것을 입증하려 한다. 이 실험은 연구소의 안내 데스크에서 이루어진다. 실험을 진행한 하버드 대학의 대니얼 시몬스 교수는 그 과정을 이렇게 설명한다. 〈실험에 대한 동의서를 받아 안내 데스크 서류함에 넣습니다. 건네주고 우리가 말한 실험실로 실험자를 보냅니다. 변화 인식 장애란 변화 인식을 놓친다는 것을 말하는데, 다른 사람들이 보면 어처구니없을 정도지요. 피실험자의 75퍼센트가 이 변화를 눈치 채지 못했습니다.〉 동영상을 보면 한 피실험자가 이렇게 술회하는 것을 볼 수 있다.

「여자 한 분이 저를 안내 데스크로 가라고 했어요. 그리고 한 남자가 서명하라고 했어요. 그리고 실험 시간은 5분에서 10분이라고 했어요.」

그러자 연구원이 묻는다.

「동의서에 서명하고 이상한 거 못 느꼈어요?」

「……」

「동의서를 돌려주고 나서 이상한 일은 없었나요?」

나중에야 피실험자는 대답한다.

「아뇨, 다른 곳은 쳐다보지도 않았어요. 굽혔다가 일어서는 남자를 다시

처다봤죠.」

「그 사람이 다른 사람이라는 것을 못 느꼈나요?」

「아뇨!」

설문지를 주기 위해 구부렸다가 일어설 때 다른 셔츠를 입은 사람이 그 설문지를 주었다. 재미있는 사실은 사람이 바뀌었는데도 몇 사람밖에 눈치를 못 챈다는 사실이다. 인식한 사람과 인식하지 못한 사람의 차이는 아직 설명할 수 없다. 이런 변화를 감지하는 데 변화를 눈치 챈 사람은 변화된 사실에 우연히 눈이 갔을 수도 있다. 바뀐 걸 알아 눈치 챈 경우도 있다. 다른 사람은 다른 것에 신경을 쓴 것뿐이다. 뇌의 주의력 시스템은 무엇을 볼지 선택하게 한다. 동시에 바로 우리 눈앞에서 일어나는 일을 놓치게 할 수도 있다. 마술은 우리가 눈앞에서 보는 것을 전부 보고 있다고 착각하게 한다. 마술사는 뇌의 주의력 시스템을 조정하는 셈인데, 인간의 상상력은 인간의 공포에 더욱더 공포를 느끼게 한다. 심장 박동을 치게 하는 것은 장면이 아니라 우리가 본다고 생각하는 것들이다.

그러나 머릿속에 떠오르는 그림으로 이루어진 상상력은 그다지 창의적이지 않다. 왜냐하면 뇌가 끊임없이 기억을 왜곡한다는 연구 결과가 늘어나고 있기 때문이다. 상상력은 과거의 경험을 이용하기도 한다. 기억을 이용하여 머릿속에 이미지를 새롭게 구축하는 것이 상상력이다. 아무튼 눈을 뜰 때마다 어마어마하게 쏟아져 들어오는 정보를 통해 많은 부분이 만들어진다. 주위를 둘러보면 세상은 완벽하게 보인다. 그러나 놀랍게도 새로 받아들이는 것은 거의 없다. 이 모두가 기억으로부터 나오는 것이다. 과거 기억이라는 저장고에서 나온 것들이 시냅스를 통해 자유롭게 운동하다가 만나고 만나서 새로운 이미지를 만든다.

뇌의 이런 부분은 과학자들을 혼란스럽게 만들었다. 뇌의 시각 정보가 눈에서 오는 정보만큼이나 기억에 의존한다는 것이 해부학적 결과 밝혀졌다. 우리는 무엇을 보는 순간 과거에 봤던 이미지를 떠올린다. 뇌 안에는 알려진 것만 해도 32개의 시각 영역이 있다. 서로 연결되어 정보를 보내기도 하고 반대로 정방향과 거의 비슷한 양만큼의 어마어마한 정보가 역방향으로 흘러간다. 새로운 통신 경로의 발견은 시각 연구에 획기적인 변화를 가져왔다. 정보는 외부에서 뇌로만 전달되는 것이 아니라 외부 세계로 뇌의 정보가 흘러나올 수도 있다. 그 결과 이제 시각 정보는 양 방향의 도로라고 생각하게 된 것이다. 이렇게 하는 이유는 모든 행동을 신경 체계가 일일이 다 신경 쓰지 않아도 되게 하기 위한 것이다. 이것은 또 한편 위험하기도 한 일이다. 봤다고 생각하지만 인간의 지각 능력은 사물을 있는 그대로 받아들이지 않는다. 나아가 인간의 뇌는 동작, 색깔, 깊이, 동영상, 감정 등을 기억하고 인지하는 등 여러 영역으로 나뉘어 있다. 뇌는 눈에 보이는 것을 왜곡하고 무시하고 또 새롭게 창조해 자신만의 이미지를 만든다.

만약 우리 인간에게 기억이 없다면 동물과 다를 바 없다. 기억 작용 때문에 우리는 행복해하고 슬퍼하며, 기뻐하고, 고민한다. 기억 작용이 없다면 우리는 무엇을 창조하거나 바꿀 수 없다. 또한 기억은 인지력의 기초다. 물체나 대상을 알아보았을 때 기억력은 작용하고 있다. 과거의 경험에 따라 행동이 변화하는 것 또한 기억 작용 때문이다. 그렇다면 뇌의 기억 작용은 어떤 과정에 의해 일어나는 것인가? 기억은 분명히 신경 세포에 달려 있다. 신경 세포들은 시냅스를 통해 신경 정보를 받는다. 보통 하나의 신경 세포를 뉴런이라고 한다. 이런 뉴런은 보통 1천 개에서 1만 개 되는 시냅스 입력을 받고 있다. 그러므로 시냅스의 활동이 기억의 활성화를 가져온다고 말할 수 있다.

입력된 정보가 뇌에 오래 남으려면 단기 기억에 저장된 신경 활동의 특정한 유형이 반복되거나 각인의 정도가 강해야 한다. 가령 위험한 상황 같은 것을 예로 들 수 있다. 이런 과정을 통해 기억의 거미줄이 응고되면 기억은 오래간다. 그러나 응고가 되더라도 활성화하지 않을 경우 또한 오래가지 않을 수 있다. 나이 들수록 기억하기가 힘든 것은 뇌가 활발히 움직이지 않기 때문이다. 지금까지 알려지기로는 단기 기억은 10대 후반에, 장기 기억은 30세에 그 정점을 이룬다고 한다. 40세가 넘으면 새로운 기술을 배우거나 여러 업무를 동시에 하는 것이 어려워지는데, 그 이유는 이미 고정된 기억의 거미줄이 너무 많고 확고해져서 빠져나오기가 어렵기 때문이다.

따라서 보는 시각도 고착적인 경우가 많다. 하지만 옛 기억들은 반복을 통해 잘 보존되어 있기 때문에 40세를 넘어서도 유년의 기억이 잘 보존되어 문학적으로 형상화되는 경우가 많다. 오늘날 뇌 연구가들은 잠이 낮 동안의 학습을 재정리하여 차곡차곡 보관하기 때문에 수면이 기억에 유리하다는 보고를 내놓고 있다. 그렇다면 인간의 장기 기억 또한 어떤 정리 기간이 필요한 게 아닌가 하는 것을 가설로 세울 수 있다.

우리의 기억은 활성화된 작업 기억과 비활성적인 서술 기억 또는 저장 기억으로 나뉜다. 전자는 우리가 작업을 하다가 조금만 눈을 돌려도 망각하고 마는 속성을 가지고 있다. 장기 기억은 측두엽이 관장하고 있는데 해마에 최종적으로 저장된다. 서술 기억은 수면 중에 재정리되어 저장된다. 만약 정리하지 않은 상태로 기억된다면 머리는 그야말로 벼룩시장 같은 꼴이 되고 말 것이다. 해마는 경험을 할 때 유의미한 것만 추려서 나중에 의식적으로 재생한다. 해마는 수면 기간 동안 단기 기억을 저장했다가 장기 기억을 위해 피질에 전달한다. 그러므로 신피질이 기억의 영구적인 저장소라 할 수 있다. 뇌가 크면 많은 기억을 할 수 있다는 것은 곧 신피질의 면적과 상관있다. 그러나 이런 신피질의 용량은 제한되어 있기 때문에 기존에 갖고 있던 정보를 내보내야 한다. 이것이 망각의 기제이다.

해마가 중심이 되는 서술 기억은 의식의 기억, 그야말로 메모리이지만 우리에게는 무의식적 기억이 더 많다. 이 무의식적 기억이 사고와 몸의 기능을 더 많이 좌우한다. 프로이트가 말한 무의식은 대체로 격렬한 감정이나 위험 상황에서 더 많이 작동한다. 프로이트는 리비도 에너지가 많이 작동될수록 더 많이 각인된다고 보았는데, 오늘날의 뇌 과학 또한 이를 입증하고 있다. 우리는 수많은 일을 보고 현상을 접하지만 어떤 부분은 잊고 어떤 부분은 기억하는데, 그것은 바로 뇌 또는 몸의 이런 메커니즘과 관련이 있다. 두뇌는 감정이나 충동과 관련되는 기억에는 민감하다. 기억과 문학의 상호 작용을 연구하는 이 책 또한 이 부분을 중시하지 않을 수 없다. 인간이나 동물 모두 환경에서 살아남고 종을 퍼뜨리기 위해 유기체의 생식 능력과 그 생식 능력을 위한 음식물의 섭취(또는 배설)에 중요한 의미를 두고 있는데, 그것은 또한 기억 문제와 불가분의 관계에 있다. 적(敵)은 두려움을 만들어 내고, 먹이는 기쁨을 만들어 낸다. 이렇게 우리의 기억 시스템은 강한 충동이나 감정과 관련 있을 때 더 잘 기억하고 그 기억을 재생한다.

그래서 문학적 기억이 더욱 강렬한 것은 논리적이거나 체계적인 기억이 아니라 충동과 정서, 기분, 감정을 나타내는 언어들이기 때문이다. 죽을 수도 있다는 생각은 무엇보다 깊이 각인될 수 있다. 재난, 폭력, 죽음 등이 미치는 영향은 절대적이라고 할 수 있다. 그에 준해 기쁨과 슬픔, 증오와 사랑 또한 깊은 각인을 남길 수 있다. 왜냐하면 그런 감정은 좋든 나쁘든 기억 속에서 활성화되고 재생되기 때문이다. 강렬한 사랑을 느낄 때 옥시토신이라는 화학 물질이 신경 활동을 증가시키는 것을 우리는 알고 있다. 아마도 〈사랑의 묘약〉이라는 말은 그런 현상을 문학적으로 표현한 것인지도 모른다. 이런 현상을 〈기억 고양 효과〉라고 하는데, 중립적인 대상보다는 격렬한 감정을 동반하는 것을 더 잘 기억한다. 문학에서 우리는 왜 전대미문의 사건이 문학적 요소로 기억의 공간에 자리 잡는지 잘 알 수 있다.

2·2 정신분석학에서 말하는 기억/망각과 억압

프로이트는 망각을 실수와 관련된 것으로 본다. 잘못 듣거나*verhören*, 잘못 발음하거나*versprechen*, 잘못 읽거나*verlesen*, 잘못 쓰거나*verschreiben*, 잘못 두거나*verlegen*, 잘못하여 잃어버리거나*verlieren*, 잊어버렸다면*vergessen*, 이는 모두 망각과 일정한 관계에 있는 것이다. 실수와 관련된 독일어엔 소실의 접두사 *ver-*가 붙어 있는 것을 볼 수 있는데, 이것은 이 단어들 모두에 일정한 내적 통일성이 있음을 방증한다. 이런 소실이나 실수를 의미하는 단어는 기억의 쇠퇴, 즉 망각에 근거하고 있다. 이것은 홉스가 말한 〈쇠퇴한 감각〉 이상의 의미를 내포하고 있다.

프로이트는 기억과 망각의 관계를 좀 더 분명히 알기 위해서 두 사물을 비유로 들고 있다. 그것은 밀랍 판과 광인데, 첫 번째 비유인 밀랍 판은 요술 공책과 유사하다. 이 물건은 그 표면이 투명한 종이 한 장과 셀로판으로 되어 있어서 쇠 촉으로 쓸 수 있으며 이렇게 하여 밀랍 판 위에 새겨지는 글자는 쉽게 지워진다. 그러나 빛을 비추어 보면 그 흔적이 나타난다. 여기서 우리는 지속적 기억과 일시적 기억을 보게 된다. 이것을 거꾸로 말하면 일시적 망각과 지속적 망각이라 할 수 있다.

프로이트는 이때의 지속적 흔적을 무의식과 유사한 것으로 보고 있다. 물론 프로이트가 무의식과 의식의 전 단계를 언제나 명확히 구별한 것은 아니다. 그러나 프로이트의 주요 관심사는 이 무의식이 〈잊혀진 것〉을 뜻한다는 것이다. 프로이트가 말하는 무의식이란 절대로 알지 못했던 것이 아니기 때문이다. 예를 들어 한국에는 알려져 있지 않은 하이델베르크의 거리 이름은 무의식에 속하지 않는다. 따라서 무의식이란 이전에 한 번 알았던 것으로, 지금 잊히기는 했지만 세상에서 사라지지는 않은 것을 의미한다. 이것은 박인환의 시 구절 〈지금 그 사람 이름은 잊었지만 그 눈동자, 입술은 내 가슴에 있네〉에서 노래하는 것과 같은 모순적인 상황을 말한다.

그러므로 무의식은 여전히 영원의 잠재적 층을 이루고 있다. 왜냐하면 정신분석의 정리에 따르면, 영혼의 삶에서는 아무것도 소멸되지 않기 때문이다. 즉, 모든 망각에는 이유가 있는 법이다. 그렇다면 그 이유는 무엇일까? 프로이트는 망각의 이유에 관해 특별히 혐의를 두는 점이 있다. 그것은 바로 망각의 사례 하나하나 뒤에 숨어 있는 불쾌감으로, 분석가는 이 망각자의 비밀스런 신조를 끈기 있게 찾아내야 한다. 기분 나쁜 것, 속상한 것, 곤혹스러운 것, 양심을 괴롭히는 것, 바로 이런 것들이 우리를 쉽게 잊어버리게 한다. 무의식은 이렇게 함으로써 불쾌감 방지라는 목적을 달성한다.

바로 이 불쾌감을 일으키는 동기의 작용을 프로이트는 〈억압〉이라 부른다. 그리하여 무의식은 곧 억압된 것이라는 공식이 성립된다. 그런데 문제는 이 억압되어 잊힌 것이 해결되지 않고 또는 사라지지 않고, 계속 작용하고 움직이고 동요하면서 영혼을 위협한다는 것이다. 프로이트는 이렇게 말한다. 〈히스테리의 특성은 (……) 대개 아주 심한 망각이다.〉 우리가 이미 살펴본 대로 고대의 기억술은 구체성과 생생함을 기술하는 것이었다. 그 규칙은 추상적인 것을 모두 구체적인 것으로 만들고, 더 나아가 구체적인 것이나 구체화한 것은 다시 이미지로 옮기는 것이다. 이런 점에서 기억술은 철저한 이미지 기술인데, 이 말을 다른 각도에서 보면 망각으로 보이는 무의식을 움직이는 기술이라고도 할 수 있다.[2]

이렇게 프로이트는 망각이 무의식적인 것으로 침잠해 있다고 봤다. 그렇다면, 즉 무의식이 고통스러운 어떤 것이었다 하더라도 망각되었다면 이미 치료된 것이 아닐까? 이 점에 대해 프로이트는 긍정적인 생각을 보이지 않는다. 그 이유는 어떤 불쾌한 이유로 망각된 것이 망각의 주체가 만족한 상대가 되었음을 의미하지 않을 수 있기 때문이다. 다시 말해, 충족되지 않은 채 망각된 무의식과 충족된 무의식이 있다는 것이다. 만약 분석가가 환자의 아픔을(여기서는 망각을) 불러내어 치유하였다면 치유된 후에도 계속 의식이 간직되어야 하는가? 프로이트는 여기에 대한 대답을 분명히 내리지 않는다. 하지만 치유받은 무의식이란 화해 조정을 받은 망각이라고 말할 수 있을 것이다. 그러므로 우리는 문학이란 프로이트의 억압과 관련해서 화해의 시도, 치유의 시도라고 말할 수 있다. 문학이란 연상을 수단으로 (잠정적인) 망각을 기억해 내어 다시 화해 조정을 받은 망각으로 되돌려 보내는 것이다.

프로이트는 기억을 왜곡된 기억이라고 말했는데, 이유는 현재의 욕망이 기억을 조정하기 때문이다. 우리는 일상에서 얼마든지 이런 사례를 찾을 수 있다. 한 학생의 이야기를 들어 보자.

군복을 입고 예비군 훈련을 가게 되면 예전에 군 생활 하던 때가 생각나곤 합니다. 그중에서도 특히 신병 교육대에서 첫 번째 일요일 교회에 가서 초코파이와 음료수 캔을 먹으며 눈물을 흘렸던 기억이 납니다. 요즘은 거들떠보지도 않는 초코파이가 그때는 왜 그렇게 꿀맛이었는지, 입 안에서 살살 녹는 그 맛은 먹어 보지 못하신 분들은 모르실 겁니다. 분명 사회에서 먹던 초코파이와 같은 종류에 상표까지 같은 초코파이가 그때는 왜 그렇게 맛이 좋았던지 요즘도 초코파이를 먹을 때마다 교회에서 먹었던 초코파이와 맛을 비교해 보지만 역시 맛은 아니랍니다.(천기상, 가명)

이 에피소드는 실제적 초코파이와 기억의 초코파이 맛이 다르다는 말인데, 이렇게 기억은 욕망에 따라 다르게 만들어진다. 배고플 때의 초코파이와 그렇지 않을 때의 초코파이는 그 맛에 있어서 비교할 수 없는 성질의 것이다. 기억의 왜곡 가능성에 대한 다른 사례를 보자.

제가 아마 예닐곱 살이었을 무렵이었을 것입니다. 동네에 친하게 지내는 언니가 있었는데 그 언니 집에 놀러 갔다가 돌아온다는 시간보다 한 시간가량 늦게 집에 돌아왔습니다. 하지만 늦은 밤도 아니었고 바로 옆집에 다녀온 것이어서 별로 대수롭게 여기지 않고 들어갔습니다. 그런데 아빠가 매우 화를 내시면서 거실에 있던 낚싯대로 절 막 때리셨습니다. 전 막 울면서 무지 억울하다고 생각했습니다. 하지만 이건 단순히 제 기억일 뿐이었죠. 그 이야기를 부모님께 하니 펄쩍 뛰시더군요. 사실은 그게 아니라 늦게까지 옆집 언니가 우리 집에서 놀았는데 너무 늦어서 집에 보냈더니 내가 막 울더랍니다. 그래서 아빠가 조금 혼을 내신 것뿐이라고 합니다.(박보라, 가명)

만약 어머니의 진술이 사실이라면 아이는 혼날 것을 두려워한 나머지 기억을 왜곡함으로써 미리 자기 처벌을 했던 것이다. 기억처럼 불확실한 것은 없다. 때문에 니체는 「삶에 대한 역사의 공과」란 글에서 괴테의 말을 인용해 〈행위자는, 괴테의 표현에 따르면, 양심이 없는데, 그뿐만 아니라 그는 아는 것도 없다. 그는 하나를 행하기 위해 대부분의 것을 망각하며, 자신의 배후에 있는 것에 대해 불의를 행한다〉[3]라고 말한다. 니체의 말을 해석하자면 행위자, 즉 행동하고 있는 자는 자기가 세운 준칙이나 도덕률에 대해 완전 무지의 상태이고 자기 양심 또한 저버린다. 왜냐하면 욕망이 그를 지배하고 있기 때문이다. 황석영이 근래에 쓴 『바리데기』의 한 에피소드를 들어 보자.

아버지는 홀어머니 밑에서 자랐다. 할아버지는 내가 태어나기 훨씬 전에 일어난 전쟁에서 죽었다. 할머니 말에 의하면 당신의 남편은 전쟁 영웅이었다고 하는데 중앙방송 라디오에까지 나온 얘기라고 한다. 저 아득한 남쪽 어느 바닷가 도시에서 할아버지는 탱크를 앞세우고 진격해 오던 코쟁이 부대를 그것도 혼자서 격퇴했다고 한다. 할머니가 밥상을 물린 저녁때나 여름밤에 앞마당에 멍석을 깔고 앉아 별 하늘을 바라볼 적이면 그 얘기를 꺼내곤 했는데, 아버지가 듣다못해 말참견을 하는 바람에 할아버지의 영웅담은 빛이 바래고 말았다.

허허, 꾸미지 맙세. 기건 쏘련 영화 얘기하구 같다 말입니다.

머가 같네?

지하구 오마니하구 시내 나가서리 본 영화요. 인민반에서 단체루 구경 가지 않았음둥. 기걸 아버지 얘기루 혼동하시는 거외다.

영화의 줄거리는 이렇다. 어느 신출내기 병사가 무너진 도시의 건물 더미 밑에서 보초를 서다가 잠이 든다. 병사의 부대는 땅거미가 질 무렵 단잠에 빠진 그를 남겨 두고 후퇴한다. 적군은 상대편이 폐허의 도시에서 완전 철수했다는 걸 알고는 거침없이 진격해 들어오고 있었다. 병사는 요란한 탱크의 무쇠 바퀴 소리에 놀라서 잠이 깬다. 전방의 큰길로 탱크와 앞등을 켠 트럭과 거뭇거뭇한 적병들의 모습이 보인다. 겁이 난 병사가 따발총을 겨누고 어찌할 바를 모르다가 냅다 총을 쏘아 댄다. 소음이 멎고 잠시 정적이 흐른다. 적의 행군이 일시에 멈추더니 그들은 방향을 돌려 물러가기 시작한다. 어둠 속에 매복한 군사들이 있는 줄 알았을 것이다. 병사는 그제야 무너진 시멘트 더미 밑에서 기어 나와 허겁지겁 어둠 속으로 달아난다. 밤새도록 달려서 겨우 동틀 무렵에 부대에 도착한 병사는 소대장 중대장 그리고 장군에게까지 불려 가서 칭찬을 받고 나중에는 훈장까지 받는다. 혼자서 적의 사단을 저지한 영웅

이 되고 특별 휴가를 나가게 된다.[4]

실제 기억과는 상관없이 구전하는 사람의 욕망에 따라 이야기가 굴절되고 기억이 왜곡되는 것을 살펴볼 수 있다. 들어서 구전하는 기억이기 때문에 상상을 필요로 했을 것이고, 아들과 같이 가서 본 영화 내용이 어머니의 기억을 고정하는 데 큰 역할을 했을 것으로 추론할 수 있다. 이런 상황을 우리는 아래의 경험담에서 비슷하게 찾아볼 수 있다.

제가 어릴 적 많이 아파서 큰 수술을 많이 하고 병원에서 지내곤 했는데, 병원에서의 기억이 참 좋습니다. 제가 기억하는 병원 생활은 주사 하나 맞지 않고 그저 뛰어다니며 간호사 언니들과 논 기억입니다. 그땐 컵 라면 자판기가 있었는데 거기서 컵 라면을 매일 뽑아 먹은 기억이 납니다. 하지만 실제로 전 그때 작고 허약한 몸에 큰 수술을 해서 매우 힘들었고 항상 침상에 누워 시간을 보냈다고 합니다. 그리고 컵 라면은커녕 죽도 제대로 먹지 못했다고 합니다. 그런 힘든 시간을 좋게 기억하는 것이 다행이기도 하지만 왜 그런 기억들이 생겼는지 신기합니다.(손현미, 가명)

위의 두 이야기는 실제로 없었던 일을 너무나 하고 싶었기에 〈작화 *confabulation*〉라는 기제로 전이시켜 행한 왜곡된 기억을 말하고 있다. 위에서 흄이 말한 것을 토대로 하면 이런 기억은 일반적 기억과 달리 문학적 기억과 유사한 허구로 보인다. 이 모든 이야기들은 사실상 정신분석에서 억압이라는 기제를 설명하고 있다. 우리가 보통 〈억압 *Verdrängung*〉이라 부르는 것을 프로이트는 망각이라는 말과 같은 뜻으로 사용한다. 그러니까 완전히 망각되지 않은 기억을 억압이라는 말로 이해하는데, 이런 망각이야말로 문학적 기억이라고 할 수 있다. 기억이면서 기억이 아닌 기억, 즉 허구이면서 실제인 망각, 그리고 망각이면서 기억인 이 무의식적 기억이 문학을 만든다.

2·3 은폐 기억의 개념

프로이트는 우리가 아주 어린 시절을 회상할 경우, 그것은 진정한 기억 흔적이 아니라 이후에 수정된 기억일 수 있다고 말했다.[5] 그러니까 원래의 기억 흔적은 이후의 다양한 심리적 상황에 영향을 입어 변질되었을 가능성이 크다는 뜻이다. 이런 기억을 두고 그는 〈은폐 기억(隱蔽記憶)〉이란 개념을 붙였다. 여기서 잠시 우리말로 번역된 은폐 기억의 개념을 살펴보자. 원래 은폐 기억이란 번역은 독일어 〈*Deckerinnerung*〉의 일본 말 번역을 우리가 차용한 것이다. 그래서 일부에서는 덮개 기억이란 말로 번역하는 학자도 있다.[6] 하지만 이 번역은 원래 의미를 퇴색하는 결과를 가져온다. 영어 〈*screen-memory*〉나 프랑스어 〈*souvenir-écran*〉로 번역한 말이 어떤 것이든 간에 〈*Deckerinnerung*〉은 〈*Decke*〉와 〈*Erinnerung*〉의 복합 명사가 아니다. 독일어 *Deckerinnerung*의 *deck-*은 명사가 아니라 동사다. 가령 독일어로 〈*Sehfehler*(시각 장애)〉의 *seh-* 처럼 그 근본 출처가 동사다. 그러므로 덮개라는 명사로 번역하면 〈은폐하다〉의 은폐와는 다른 결과를 초래한다. 만약 〈덮개〉라고 한다면 모두 덮을 것이기 때문에 〈덮어씌운 기억〉 정도가 되어야 한다. 이렇게 말하면 〈은폐하다〉도 마찬가지 아니냐고 반문하겠지만, 〈은폐된〉과 〈은폐하는〉은 의미상 매우 다르다.

우리의 논의에서 개념보다 중요한 것은 은폐 기억의 사례다. 이런 사례는 프로이트 저서에서 다양하게 제시되어 있다. 지금 인용하는 『일상생활의 정신 병리학』뿐만 아니라 『은폐 기억에 관해서』, 그리고 『정신분석 강의』 등 여러 곳에서 언급하고 있다. 그런 만큼 은폐 기억의 개념은 프로이트의 사상의 토대라고 할 만큼 중요한 부분이다. 프로이트가 직접 제시한 사례를 들어 보자.

스물네 살의 한 남자가 다섯 살 때부터 다음과 같은 정경을 마음속에 간직해 왔다. 그는 여름 별장의 정원에 있는 작은 의자에 앉아 있다. 곁에는 숙모가 있는데, 그녀는 그에게 알파벳을 가르치려고 애쓰고 있다. 그는 m과 n을 구별하는 데 애를 먹다가 숙모에게 그 차이가 무엇인지를 가르쳐 달라고 부탁한다. 숙모는 그에게 m이 n보다 봉우리가 하나 더 있다고 지적한다. 이 어린 시절 기억의 진실성을 의심할 만한 아무런 이유도 없는 것처럼 보였다. 그러나 그 기억은 한참이 지나 그것이 소년의 또 다른 호기심을 상징적으로 대변하고 있다는 것이 드러난 연후에야 비로소 나름의 의미를 갖게 되었다. 왜냐하면 바로 그 당시 그가 m과 n의 차이를 알고 싶어 했던 것과 마찬가지로 소년과 소녀의 차이를 알고 싶어 안달이었고, 바로 숙모가 그에게 그것을 가르쳐 줄 만한 사람이었기 때문이다. 그는 또한 당시 그 차이는 비슷하다는 것을 발견했다. 다시 말해 소년도 m처럼 소녀보다 뭔가 하나가 더 있다는 것을 발견했다. 그리고 그가 이런 유의 지식을 배웠을 무렵 그는 어린 시절에도 거기에 상응하는 호기심을 가졌던 것이 생각났다.

그러니까 원 기억은 m과 n을 구별하는 것과 상관없다. 그런 기억이 없지는 않았겠지만 이 기억 자료는 이 사건과 관계없는 은폐 기억이다. 다른 예를 하나 먼저 들자. 프로이트의 환자였던 서른여섯 살 난 젊은 학자의 기억이다. 그는 앙리 형제의 연구 프로젝트에 대한 소개를 받은 후, 프로이트에게 자신의 유년 기억에 대해 다음과 같이 진술한다.[7]

내 기억으로는 사각형이고 급경사가 있는 초원이었습니다. 풀이 빼곡히 자라고 있었습니다. 그 푸른 풀 위에는 노란 꽃이 많이 피어 있었는데, 내 생각에는 흔히 볼 수 있는 민들레였던 것 같아요. 그 초원 위쪽에는 농가가 있었고 그 농가 문 앞에 두 여인이 서 있었는데 잡담을 주고받고 있었어요. 나이가 많은 아주머니는 머리에 수건을 걸치고 있었고 다른 사람은 처녀였던 것 같아요. 초원에는 세 아이가 놀고 있었는데 그중 하나는 저(2~3세 정도의)였고 나머지 두 아이는 하나는 저보다 한 살 위의 사촌 형이고 다른 하나는 그의 동생인, 저와 같은 나이의 사촌 누이였습니다. 우리는 함께 노란 꽃들을 뜯었고 그것을 이미 많이 뜯어 한 움큼 쥐고 있던 손아귀에 넣었습니다. 사촌 누이는 가장 예쁜 꽃다발을 만들었고, 우리 남자 둘은 약속이나 한 듯 사촌 누이에게 달려들어 그녀의 꽃을 빼앗았습니다. 사촌 누이는 울면서 농가 위로 달려갔고 그때 여인이 그녀를 달래려는 듯 검은 빵을 주었습니다. 그것을 보자마자 우리도 꽃을 버리고 급히 농가로 달려가 빵을 달라고 했습니다. 우리도 빵을 얻었고 아주머니는 긴 칼로 빵 덩어리를 잘라 주었습니다. 저의 기억으로 빵은 꿀맛이었고, 이와 함께 기억도 끝납니다.[8]

그가 자기 기억에 대해 어떻게 된 일인지를 묻자, 프로이트는 그 기억이 어린 시절부터 계속된 기억인지 그 이후에 어떤 계기로 인해 갑작스럽게 떠오른 기억인지를 묻는다. 그는 이 질문을 받기 전에는 생각해 보지 않았던 것인데, 열일곱 살 되던 해에 고등학생으로서 오랫동안 잘 알던 친지의 시골집을 방문하면서 떠올랐다고 대답한다. 그러고는 어렸을 때 꽤 집이 부유한 집에서 자랐지만 세 살 무렵 아버지의 공장에 재난이 닥쳐 아버지가 공장을 그만두고 고향을 등지고 대도시로 가게 되었다는 것이다. 가족은 그곳에서 적응하는 데 너무 어려웠고, 그 또한 고통스러운 시간이었다고 말한다. 이제 열일곱 살이 되어 고향을 처음으로 방문하게 되고 방문한 친지의 집에서 그 집 딸을 보고 한눈에 사랑을 느끼게 된다. 그때 그 집 딸도 방학을 맞아 잠깐 집을 방문하고 있었기 때문에 아쉽게도 곧바로 이별해야 했다. 그래서 어린 시절에 대한 그리움이 더해 혼자 산에 올라가 나무들을 바라보며 공상에 사로잡혔는데, 그 공상은 미래에 대한 공상이 아니라 과거 추억을 멋있게 만든 공상이었다. 아버지가 망하지만 않았어도 내가 고향을 떠나지 않았을 터이고, 그 공장을 물려받고 사랑하는 이 여자랑 결혼했을 터인데……. 그런데 이상한 것은 그가 지금은 전혀 그녀를 그럴 만한 상대로 보지 않는다는 것이다. 그리고 처음 만났을 때 여자 아이가 입고 있던 옷의 색깔이 상당히 깊이 각인되었다는 사실을 알고 있다. 그러자 프로이트는 민들레 색깔이 지금은 그렇게 맘에 들지 않는다는 뜻이군요, 하고 대꾸한다. 그러면서 그가 혹시 그 소녀의 옷 색깔과 어린 시절 분명하게 각인된 노란 색깔과 상관이 있다고 생각하세요, 하고 묻는다. 그는 대답하기를,

그렇습니다. 하지만 두 노란색이 같은 노란색은 아닙니다. 옷의 노란색은 금빛 니스에 가까운 황갈색이었습니다. 그래서 그 중간에 일어난 사건을 설명 드려야 할 것 같습니다. 나중에 나는 알프스에서 저지에서는 밝은 색을 띠는 꽃들의 상당수가 고지에서는 어두운 색을 띤다는 것을 발견했습니다. 저의 기억으로는 산에 민들레와 비슷한 꽃들이 많았다는 생각이 들어요. 그런데 이 꽃들은 당시 그 소녀가 입었던 옷과 비슷한 황갈색을 띠고 있었습니다. 이 이야기가 끝이 아닙니다. 그 시기에 어린 시절의 기억을 떠올리게 했던 두 번째 계기가 있었습니다. 17세 때 그곳을 방문하고 나서 3년 뒤에 방학을 맞아 삼촌 댁을 방문했는데 그때 어릴 때 같이 놀던 사촌 누이랑 사촌 형을 만났습니다. 삼촌은 우리와 함께 당시에 그곳을 떠났는데 먼 도시에서 성공하여 부자가 되었습니다.[9]

프로이트는 다시 〈3년 전처럼 이때도 다시 그 사촌 누이에게 사랑에 빠져 새로운 공상에 빠졌나요?〉 하고 묻는다.

아닙니다. 이번에는 달랐어요. 나는 대학을 다녔고 공부에 몰두했어요. 사촌 누이에게 신경 쓸 여유가 없었지요. 내 알기로는 그때 그걸 공상은 하지 않았습니다. 그러나 아버지와 삼촌 사이에는 어떤 말이 오고 갔는데 제가 돈 안 되는 공부를 실용적인 공부로 바꾸고, 공부를 마친 뒤에는 삼촌이 사는 곳으로 와 사촌 누이와 결혼하는 계획이었습니다. 하지만 내가 내 공부를 고집하자 이들은 그 계획을 포기하였습니다. 내가 삼촌을 설득하였다는 뜻입니다. 젊은 학자로서 삶이 녹록치 않다는 것을 알았을 적에 나는 내가 살던 도시에서 자리를 얻으려고 하던 참이었는데, 이때서야 아버지의 의도를 알았습니다. 아버지는 나의 결혼을 통해 당신의 삶 전체라고 생각했던 상실을 보상할 생각을 했던 것이지요.[10]

그러자 프로이트는 〈당신이 경제적으로 곤궁한 시기에 이 사촌 누이에 대한 기억이 떠오른 것은 쉽게 추론할 수 있을 것 같습니다. 그 이유는 이 시기에 고향을 떠나고 난 후 처음으로 알프스를 다시 보았다고 했으니까요〉라고 말한다. 그러자 그는 이 등산이 그 시기에 유일한 취미였다고 말한다. 이후 계속된 문답을 정리하면 다음과 같다. 프로이트는 우선 그가 어릴 때 맛보았던 빵 란트브로트*Landbrot*가 너무 맛있었다는 기억을 아주 강렬한 기억의 요소로 떠올리고 그것을 자기 환상의 골격으로 삼았다는 것이다. 그리고 〈내가 고향에 머물렀다면, 그리고 사촌 누이와 결혼했다면, 내 삶이 얼마나 행복했을까〉 하는 생각(무의식)을 성인이 되어서 얻어야 할 빵의 맛으로 상징적으로 치환하였다고 말한다. 꽃의 노란색 또한 사촌 누이를 가리키는 것은 마찬가지다. 그것은 곧장 어릴 때의 장면을 만들어 내는 기제가 되었다. 그러니까 프로이트에 따르면, 빵을 얻기 위해 꽃을 버리라는 아버지의 의도에 대한 변장(은폐)이라는 생각에 무리가 없다. 그러니까 유년의 기억은 노란색과 빵, 그리고 꽃과 서로 다른 곳의 사람들이 서로 투사한 결과로 만들어진 것이다. 그리고 이런 것은 거의 무의식적으로 만들어지는데, 흡사 문학을 만들어 내는 것과 같은 과정이다.[11] 그는 그런 해석은 결국 유년의 기억이란 없고 유년을 향한 환상이라는 말인데, 그렇다면 자신이 그런 기억이 진실하다는 감정은 뭐냐고 다시 질문한다. 그러자 프로이트는 우리 기억에 관한 보장은 없다, 대신 그 기억이 진정하다는 것은 그 기억의 요소가 다른 데서 와서 섞였다는 전제하에 그럴 수도 있다고 한다. 그리고 프로이트는 이렇게 정리한다.

> 기억 속에 나중의 느낌이나 생각이 들어가고 그 내용은 상징이나 은유적 관계로 만들어진 독특한 기억을 은폐 기억이라고 한다.[12]

프로이트는 한 걸음 더 나아가 이런 장면이 기억에 자주 떠오르는 것에 놀라지도 않겠지만 그렇다고 그것이 정신생활에 아무 영향을 미치지 않는 것도 아니라고 말한다. 그것은 바로 배고픔과 사랑에 관계되는 일이기 때문이다. 그의 계속된 질문은, 그렇다면 사랑에 관한 것은 어떻게 설명할 수 있는가 하는 것이다. 사촌 누이에게서 꽃을 빼앗는 것은 독일 말로 〈데플로리엔*deflorieren*〉인데 그녀에게서 순결을 빼앗는 것, 즉 결혼을 의미한다. 따라서 그의 뻔뻔한 상상과 열일곱 살 때의 수줍음과 스무 살 때의 무관심이 서로 어떤 관계에 있을까 하는 것이 그의 궁금증이다. 프로이트는 유년에 대한 뻔뻔한 상상은 때로는 청소년기의 수치심이나 수줍음으로 인해 자주 일어난다고 말한다. 무의식적 생각은 의식적 생각을 지속시킨다. 그러므로 성인이 되어 성취하지 못한 것은 어린 시절의 상상으로 대체되어 성취된다. 하지만 그것을 드러내 놓고 하기에는 도덕적으로 합당하질 않고 사촌 누이에 대해서도 무례한 것이기 때문에 억압된다. 그것이 바로 무의식이고, 그것은 유년의 기억 속으로 도망하게 된다. 그렇다면 그것이 왜 어린 시절로 도망하게 되는가? 그것은 그런 뻔뻔한 일을 아이가 하는 것으로 대체하지 않는다면 어디에서도 그 정당성을 인정받을 수 없기 때문이다.

나는 시골에서 초등학교를 보냈는데 6학년 때였다. 중학교에 진학할 급우들 약 40명이 한방에서 합숙한 적이 있다. 원래 장난기가 심했던 나는 어느 날 밤 친구와 함께 아이들이 잠자는 틈을 노려 이상한 짓을 했다. 아이들의 바지를 내리고 고추를 실로 묶어 천장에 매달았던 것이다. 그러고는 모르는 척하고 잠자리에 누워 그날 밤을 보냈다. 다음 날 아침 일어나서도 여느 때와 다름없이 행동했다. 그랬기에 그날 저녁 이슥해서 선생님이 부르는 것을 대수롭지 않게 생각했다. 그러나 캄캄한 교실에서 육감적으로 다가오는 선생님의 노기는 곧바로 어젯밤에 내가 한 일을 상기시켜 주었다. 우리는 그날 꾸지람과 매로 파김치가 될 것을 예상했지만 선생님은 오히려 너무나 큰 잘못을 해서 벌을 줄 수도 없다면서 용서해 주었다. 그 후 30년이 지나서 그 동업자 친구를 다시 만났을 때 그 이야기를 추억거리로 내놓았다. 그러나 그 친구는 고추를 실로 맨 것만 어렴풋이 기억하고 있었다. 그런데 이때쯤 초등학교 동창회가 열려 갔더니 그때 당한 당사자 중 하나가 그 사건을 설명했는데, 그의 이야기에 따르면 고추를 묶은 실을 천장에 맨 것이 아니라 문고리에 매어 두었다는 것이다. 더구나 고추가 퉁퉁 부어올라 고생했다는 얘기까지 격정적으로 해주었다.

이야기의 객관성을 따지자면 그 친구는 실제 몸으로 겪었기 때문에 그 이야기가 가장 신빙성이 있을 것이다. 특히 문고리에 실을 매었다는 이야기를 듣자마자 나는 〈아, 그랬구나〉 하는 생각이 들었다. 그럼에도 불구하고 그 상황을 떠올리면 문고리에 실을 맨 것보다는 천장에 매달았다는 사실이 더욱 실감 날 뿐만 아니라 그렇게 하지 않을 경우 전체 이야기가 기억나지 않았다. 그것은 후일 문을 잡아당기면 내가 굉장히 큰 처벌을 받을지도 모른다는 생각에 왜곡, 은폐한 것일지도 모른다. 그리고 동업자 친구는 그 사건 자체를 거의 망각하고 있었던 것이다.

이와 같이 누구나 같은 기억을 하는 것이 아니다. 때문에 개인사적 기억 자체는 시간이 지나가면 진부한 이야기가 될 수 있다. 말하자면 정신대 할머니가 이야기하는 것이 여느 사람이 오늘날 (특수하게) 겪는 일이나 별반 다를 바 없이 비칠 수 있다. 그렇게 되면 기억이란 기억할 만한 것으로 존재하지 않는다. 어떤 특수한 육체적-심리적 언어를 동원하지 않으면 기억은 사라지고 없다.

주

1 그 외에도 패티 김의 「못 잊어」, 김수희의 「못 잊겠어요」, 장은숙의 「못 잊어」, 이승연의 「잊으리」, 백영규의 「잊지는 말아야지」, 이용의 「잊혀진 계절」, 하남석의 「잊지 않으리」, 박건의 「그 사람 이름은 잊었지만」, 젝스키스의 「기억해 줄래」, 펄시스터즈와 김건모의 리메이크인 「빗속의 여인」, 윤도현의 「사랑했나 봐」, 노사연의 「이 마음 다시 여기에」, 이선희의 「J에게」, 이소라의 「기억해 줘」 등.

2 이 점에서 상상력과 기억은 동전의 양면일 수 있다.

3 프리드리히 니체, 『비극의 탄생, 반시대적 고찰』, 이진우 옮김(책세상, 2005), 296면.

4 황석영, 『바리데기』(창비, 2007), 13~14면.

5 지그문트 프로이트, 『일상생활의 정신병리학』, 이한우 옮김(열린책들, 1997), 75면.

6 임진수, 『환상의 정신분석-프로이트·라캉에서의 욕망과 환상론』(현대문학, 2005), 55~74면. 〈덮개 기억〉에 관해서는 특히 58면을 참조하라.

7 같은 책, 72면을 살펴보라. 임진수 교수의 같은 책에는 이 에피소드가 프로이트 자신의 경험인 것처럼 묘사되어 있다.

8 Sigmund Freud, *Über Deckerinnerungen*(=*Gesammelte Werke I*)(Frankfurt a. M., 1977), 540면. 한국어 판, 『끝이 있는 분석과 끝이 없는 분석』(같은 책), 51~79면 참조.

9 같은 책, 544면.

10 같은 책, 544면.

11 같은 책, 546면. 원문은 이렇다. 〈*Ich kann Ihnen versichern, daß man solche Dinge*

sehr häufig unbewußt macht, gleichsam dichtet.⟩

12 같은 책, 544면. 원문은 다음과 같다. ⟨*Ich würde solche Erinnerung, deren Wert darin besteht, daß sie im Gedächtnisse Eindrücke und Gedanken späterer Zeit vertritt, deren Inhalt mit dem eigenen durch symbolische und ähnliche Beziehungen verknüpft ist, eine Deckerinnerung heißen.*⟩

3 · 영화 속의 기억

문학 속에서 기억이 그 표현에 생명이 있었다면 영화에서는 현실과 허구의 중간쯤으로 봐야 할 것 같다. 특히 영화는 문학보다 더 사실적으로 보여 주기 때문에 기억과 망각에 대한 의도를 더욱 분명히 살펴볼 수 있는 좋은 매체이다. 문학에 표현된 기억에 앞서 영화 속의 기억 문제를 다루는 것은 문학적 기억을 파악하는 데 도움이 될 것 같다. 이에 우리는 앤서니 밍겔라 감독의 영화「리플리」와 구로사와 아키라(黑澤明) 감독의 영화「라쇼몬」을 통해 기억의 문제가 공적으로 그리고 개인적으로 어떤 위상을 가지고 니체가 말한 행동하는 인간에 영향을 미치는지 잘 관찰해 볼 수 있다.

3·1 기억의 반란과 공적 기억으로서의 「리플리」

톰 리플리(맷 데이먼 분)는 밤에는 피아노 조율사로 낮에는 호텔 웨이터로 생활한다. 그러나 그의 욕망은 화려한 삶을 원한다. 그러던 중 그는 어느 화

려한 파티 석상에서 피아니스트 흉내를 내다가 선박 부호인 그린리프(제임스
레본 분)를 알게 된다. 마침 아들에 대한 불만을 품고 있던 그린리프 씨는 믿음
직해 보이는 리플리에게 아들인 디키(주드 로 분)를 이탈리아에서 찾아오라고
부탁한다. 그래서 리플리는 이탈리아로 가기 전에 디키에 대한 정보를 수집한
다. 이탈리아에 도착하한 리플리는 프린스턴 대학교 동창이라며 디키에게 다
가간다. 어느새 디키와 그의 연인 마지(귀네스 펠트로 분)와 친해지며 리플리
는 자신도 모르는 사이에 화려한 삶을 살기 시작한다. 디키의 아버지로부터 충
분한 돈까지 받은 터였다.

하지만 디키의 아버지와 약속한 시간이 다가오자 초조해진 리플리는 그곳
에 남기 위해 디키와 가까이 하고자 한다. 더구나 자신의 삶은 초라하지 않은
가. 하지만 디키는 차츰 톰을 멀리한다. 이에 격분한 톰은 마침내 디키를 죽이
게 된다. 그리고 톰은 지금부터 의식적이든 무의식적이든 디키 행세를 하려고
노력한다. 이미 흉내 내기와 거짓말하기에 수완을 가지고 있는 리플리로선 그
다지 어려운 일처럼 보이지 않는다. 오히려 디키처럼 행세하는 것이 자기 자신
인 톰인 것보다 훨씬 자연스럽게 보인다. 하지만 진정으로 그는 디키인 것처럼
보일 뿐이다. 이제 〈초라한 현실보다 화려한 거짓이 낫다〉라고 그가 영화의 마
지막에 가서 말한 것처럼 차츰 그의 삶이 그를 지배하게 된다. 디키를 닮고자
하는 의지 때문에 톰은 자기 자신을 지워 버리려 노력한다. 나아가 그는 이제
진정으로 자기 자신을 싫어하게 된다.

디키를 죽이고 난 후, 그는 꿈에서조차 죄의식 때문에 디키를 꿈꾼다. 디
키의 친구들이나 예전에 보았던 디키의 비슷한 모습들만 보면 디키가 떠오르
는 것을 어쩔 수 없다. 디키처럼 살기 위해 디키의 친구를 죽이기도 한다. 이런
압박에 시달리자 그는 다시 톰으로 돌아온다. 여기서 톰은 자신에게 편지를 보
내기도 하는데 가면으로 싸인 〈자아*ego*〉가 〈자기*self*〉에게 쓰는 편지와 같다.

이때의 디키(톰)는 톰이 상상한 디키의 모습이었던 것이다. 너무나도 자연스럽게 자기 자신에게 보내는 편지를 보면서 마치 디키(톰)와 톰이 서로 다른 사람인 것처럼 느낀다. 그리고 자기는 디키의 모습 속으로 들어가고 자기 자신은 버림받은 듯한 느낌을 받는다. 결국은 피터를 만나 서로 동성애를 느끼는데, 피터에게 톰이 누군지를 알게 되면서 결국 톰은 피터까지도 죽이게 된다. 하지만 그 이유는 분명치 않다. 범인으로 몰리는 상황 때문이었을까, 아니면 자기 자신을 지우고 싶은 마음이었을까. 그것도 아니면 자기를 잘 알고 있기 때문일까. 여하튼 그는 죄의식에 사로잡히게 되고, 아무도 볼 수 없는 자기 자신의 기억의 공간에서 기억을 왜곡시킨다.

3·1·1 공적 기억

사람은 누구나 자기가 되고 싶은 것을 꿈꾼다. 리플리도 멋진 인생을 꿈꾼다. 하지만 현실의 기억과 화려한 거짓 속의 환상은 서로 충돌한다. 이것은 예술이나 문학이 발생하는 이유와 같다. 예술이나 문학 또한 이 영화의 톰처럼 끝내는 화려한 거짓을 위해 현실을 없앤다. 그것이 소설이고 영화라면 이 영화는 처음부터 문학적이고 예술적이다. 리플리는 처음부터 디키를 죽이고 자신이 디키가 되길 원했다. 그러나 톰이 디키 행세를 하기 위해 아무리 자신의 기억을 억압하고 감춘다 해도, 다른 사람들의 기억까지 지울 수는 없다. 왜냐하면 톰이 자신의 속에서 기억을 억압하는 것이 가능하였을 뿐이지 다른 사람의 영역에 속하는 기억이 궁극적으로 사라진 것은 아니기 때문이다.

나 자신을 감춘다고 해서, 그 기억이 사라지지는 않는다. 이것을 우리는 이 영화에서 관찰할 수 있다. 그 때문에 리플리는 계속해서 자신이 디키의 삶을 살아가기 위해 고통을 감내해야 했다. 영화는 열린 결말로 끝나는데, 끝 장면에 톰이 나오고 다시 화면이 어둡게 닫히는 걸로 봐서, 리플리가 멋진 거짓을 연기하기 위해 또다시 과거의 기억을 자신의 창고 깊숙이 숨겨 두고 자물쇠를 채운다는 의미인 듯싶다.

이 영화에서 톰의 기억과 망각은 뒷부분에 거의 압축적으로 나온다. 〈사람은 아무리 끔찍한 죄악도 합리화하게 돼 있어. 과거를 창고에 꼭꼭 숨겨 두고 자물쇠를 채우고〉, 이런 톰의 말에서 기억을 억압하는 그의 모습이 반영되어 있다. 하지만 창고에 숨는 것도 〈공적 기억〉, 다시 말해 사회적 기억이 제 권리를 강력히 요구하고 나설 때까지만 유효하다.[1] 이 영화에서 우리는 어떤 개인이 자신의 기억만 지우면 모든 것이 해결되는 게 아니라 공적인 기억까지도 없애야 비로소 기억에서 해방된다는 것을 알 수 있다. 어떤 사건이라는 것은 단순히 나 혼자 겪은 것이 아니라 다른 사람들과 공유한다. 그래서 톰은 디키의 신분증 같은 문서로 증명된 과거를 필요로 한다. 그렇기 때문에 기억은 단순히 개인적인 차원의 것이 아니라 공적인 것이다.

유르겐 트라반트는 M. 민스키가 『마음의 사회 *The Society of Mind*』에서 정의한 메모리 개념, 〈국부적 심리 상태 *partial mental state*〉를 비판하면서 미국식 기억의 개념 〈메모리 *memory*〉가 프랑스의 사회 심리학적인 영역 〈메무아 *mémoire*〉와 다르다는 점을 강조한다. 그에 따르면, 전자는 사적인 영역으로 후퇴해 개인 심리학을 다루고 있으므로 기억의 사회적인 역할을 무시하고 있다고 본다.[2] 우리가 문학과 기억에서 충분히 다룬 이야기다. 하지만 이 영화를 통해 기억이 사회적 카테고리라는 것을 알 수 있다.

기억은 사회적 영역이기 때문에 누구나 〈타인〉처럼 되고 싶어 하는 이유가 되기도 한다. 쟁쟁한 학벌을 가진 학생으로, 어마어마한 부자 아버지를 둔 자녀로, 아름답고 사랑스러운 애인을 가진 연인이 되고 싶은 것이다. 그리고 그런 〈욕구〉는 상상을 통해 현실로 발현한다. 옛 친구를 만났을 때, 무엇을 하고 지내는지 묻는다면 곧이곧대로 대답하는 사람도 있겠지만, 약간 과장하여 자신의 화려함을 과시하고 싶어 하는 사람이 많다. 이런 무의식적 〈거짓말〉은 빈번히 일어난다. 후배에게는 듬직한 〈선배〉로, 교수에게는 영민한 〈학생〉으로, 부모에게는 효성스런 〈자녀〉로, 사회에서는 능력 있는 〈방송인〉으로 보이도록 연기하는 일은 기억이 사회적이고 공적이기 때문이다.

영화 속의 톰과 일반 사람의 차이는 크지 않다. 톰이 완벽하게 〈타인〉이 되려고 실제의 〈타인〉을 죽이고 연기할 정도로 미쳐 있었던 것과 다른 점은 일반 사람들이 그 정도로 미치지 않았을 뿐이다. 사실 톰이 죽인 것은 타인, 즉 〈디키 그린리프〉가 아니라 〈자신〉의 과거인 톰 리플리인 것이다. 실제로도 톰은 자신을 알고 있는 사람들을 차례로 살해한다. 자신을 기억하고 있는 사람이 존재한다는 사실은, 즉 자신을 말할 수 있는 것이 〈타인〉의 기억이며 그들의 기억 속에서 자신의 기억이 정당성을 얻는다는 것을 의미한다. 따라서 마지막 장면에서 피터를 죽이는 부분 역시 톰의 장점을 말하는 피터가 〈자신〉을 기억하기 때문에, 그 자신을 정당화하기 위해 피터를 죽이지 않을 수 없었던 것이다. 이때 〈자신〉이란 곧 과거의 기억, 즉 공적 기억을 말한다.

처음에 톰의 욕망은 완전하게 디키처럼 되는 것이었다. 그리고 톰은 디키처럼 행동하고 디키처럼 생각하는 것을 원한다고 생각했다. 그러나 오히려 톰은 디키를 단순히 기억하기만 했다. 이는 디키에 대한 기억이 반복되기만 했을 뿐, 디키의 공적 기억, 즉 실체에 접근하지는 못했다는 의미다. 톰이 디키에 대해 이야기할 때 항상 과거형을 사용했던 것처럼 프레디나 마지도 마찬가지다. 톰이 오페라를 관람하다 들켰을 때 〈디키는 오페라라면 질색했잖아〉라는 말, 프레디가 집 안 장식을 보고 〈이건 디키 취향이 아냐. 그는 피아노를 연주하지 않아〉라는 말, 마지가 반지를 보고 〈디키는 이 반지를 절대 빼지 않기로 약속했어〉라는 말 모두는 톰이 흉내 낼 수 없는, 디키가 사회적으로 보유한 공적 기억이다.

디키가 사라지고 오랜 시간이 흘렀지만 주변 사람들의 기억 속에 디키는 언제나 그 자리이다. 실제로 디키가 살아 있었다면 그의 음악 취향이나 그가 했던 약속이 어떤 식으로든 변했을 것이다. 그러나 그 사람이 죽으면 그대로 남아 있다. 그래서 톰은 기억 속의 디키를 흉내 내기만 할 뿐 진정한 〈디키 그린리프〉가 될 수 없는 것이다. 사람은 변하지만 그에 대한 기억은 변하지 않기 때문이다.

영화 끝에 톰과 동성애 관계에 있던 피터가 〈톰 리플리〉에 대한 장점을 늘어놓는다. 피터의 이야기를 들으면서 톰은 눈물을 흘린다. 어쩌면 자신은 피터의 기억 속에 톰처럼 좋은 사람이었을지도 모른다. 그러나 자신에 대한 왜곡이 위험한 욕망을 만들어 내게 된 것을 아쉬워하는 〈추억 *reminiscence*〉의 눈물이다. 이 영화를 보면서 우리는 톰이 자신을 잊고 디키만 기억한다고 생각할 수 있다. 그러나 사실은 〈디키 그린리프〉를 연기하면서도 그는 항상 〈톰 리플리〉였다는 것을 보여 주는 대목이다. 왜냐하면 그가 눈물을 흘린 것은 그의 기억에서 해방될 수 없었기 때문이다.

디키 취향이 아닌 오페라 관람, 디키 취향이 아닌 집 안 장식, 그리고 디키 취향이 아닌 피아노 연주 등은 모두 톰 자신이 과거에 상상한 미래의 모습이다. 결국 기억 속에 있는 자신의 모습이 아무리 초라하고 벗어나고 싶은 것이어도 자신을 망각할 수는 없는 것이다. 이런 장면이나 스토리 구성은 문학적 상상력이 어떻게 기억에서 부활하는지를 여실히 보여 주고 있다. 예술 속에서 이 영화를 본 한 학생은 다음과 같은 소감을 피력했다.

「리플리」를 보는 내내 마치 롤러코스터를 타는 기분이었다. 나는 리플리가 디키의 부친이 주는 돈으로 마지가 없는, 메르디스가 없는 곳에서 행복하게 잘 먹고 잘 살기를 바랐다. 사건의 순간마다 〈아! 톰, 제발 들키지 말고 더 자연스레, 천연덕스럽게 행동해. 여기서 들키면 넌 끝장이야〉 또는 〈톰, 호텔로 가서 머물 게 아니라, 당장 비행기 표를 사서 거길 떠나. 그린리프에게 가서 디키는 사고사를 당했다고 말하고 포상금을 챙겨서 떠나〉라고 속으로 외치고 있었다. 난 이렇게 외치면서, 중학생 때의 일이 떠올랐다. 선생님과 부모님께 했던 거짓말이 들킬까 봐 하루 종일 거기에만 얽매여 아무것도 못했던 날의 감정이 확 떠올랐다. 영화를 보는 내내 너무 불안했다. 난 사람을 죽이진 않았지만, 그때 그 거짓말로 인해 아직도 몸서리쳐지는 그 압박감을 생생히 기억하고 있는데…… . 디키, 프레디를 죽이고 점점 더 걷잡을 수 없는 상황에 이르는데 도대체 그 압박감을 가지고 어떻게 남들 앞에서 저렇게 태연스레 연기할까 싶었다. 물론 영화 중간 중간에 그의 불안감이 표출되는 부분이 있었긴 했지만.(이선영, 가명)

보통 사람 같으면 견딜 수 없는 거짓말이 요즘 한국 사회에서 학력 위조란 이름으로 성행하고 있다. 그런데도 양심의 가책을 느끼는 사람은 없는 듯하다. 하지만 실제로 양심의 가책을 받지 않고는 배길 수 없을 것이다. 톨스토이가 말한 대로, 벌은 지은 죄만큼 받게 되어 있으니까. 하지만 우리가 여기서 눈여겨봐야 할 것은 그런 양심이 아니라 그런 양심의 가책을 받지 않고 자신을 포장하는 방법이다.

톰이 디키를 죽이고 그의 집에 가서 그의 행세를 하며 새로운 가구와 피아노를 사들이고, 와인을 마시고 피아노를 칠 때 그의 표정을 보면 〈무대 위의 피아노를 눈치 보면서 치던 난 이제 없어졌다〉라고 세상을 다 가진 듯한 모습을 읽을 수 있는데 이것이 문학적, 예술적 상상력이다. 그런 상상의 세계를 문학이든 영화든 기억에서 찾아내는 것이다. 그런데 이런 톰에게 프레디의 방문은 다시는 생각날 것 같지도 않은 그 어두운 지하에서 종이 건반을 두드리던 과거를 그의 내면에서 점점 떠올린다. 그래서 톰은 디키의 친구인 프레디를 살해한다. 그러나 자신의 과거를 아는 사람만 없어지면 점점 더 행복해할 것 같았는데, 오히려 힘들었던 과거가 점점 더 선명해진다. 여기서 알 수 있는 것은 이런 갈등, 다시 말해 과거의 기억과 지금의 상상이 서로 충돌하면서 영화적, 미학적, 문학적 의미가 발생한다는 점이다. 정리하자면 영화 미학은, 다른 말로 하자면 문학성은 단순히 상상이 아니라 기억과 지금의 회상의 갈등 속에서 만들어진다.

3·1·2 기억에 대한 메타포

문학에서는 은유나 상징, 알레고리와 같은 요소로 기억에 대한 메타포가 만들어진다. 영화에서는 보통 미장센 같은 직접적 심상으로 은유를 구현하는데, 그것이 문학으로부터 영화를 구별하는 결정적 요인이다. 이 영화에는 영화적 장치로서 기억과 망각에 대한 함의적, 외연적 메타포들이 많다. 이들은 스토리와 일정한 유추 관계를 가지며 영화를 팽팽한 긴장 관계로 몰고 가는 데 큰 역할을 하고 있다.

<u>소리 또는 악기</u>

이 영화에서는 음악이 등장인물 톰의 기억과 망각에 대한 주요 메타포 기능을 하고 있다. 눈여겨본 사람은 쉽게 알 수 있는 영화적 장치다. 그것은 바로 〈클래식 음악〉과 〈재즈 음악〉의 대비다. 악기로 번역하자면, 피아노와 색소폰이 그 역할을 담당한다. 이 악기들은 은유적으로 서로 다른 세계를 대변한다. 톰의 기억 세계는 클래식 음악으로 나타난다. 그리고 디키의 세계는 재즈 음악으로 나타난다. 이것은 톰의 현실 세계를 뜻하기도 한다. 클래식의 세계는 톰의 멋진 허상의 세계, 멋진 거짓의 세계다. 톰은 그 허상과 거짓을 좇는다. 영화는 시작부터 계속 클래식 음악을 내보낸다. 화면이 보여 주는 이야기와 관계없는 클래식 음악이 계속 나온다. 그 장면에 클래식 음악으로 분위기를 낼 이유가 없는데도 계속 클래식 음악이 나온다. 왜냐하면 톰의 내면세계, 즉 그의 꿈을 알려 주기 위해서다.

이렇게 영화는 문학과는 다른 은유 체계를 통해 영화의 내용을 알리려 하는데, 문학적 서술 대신 음악을 사용할 수 있다는 점에서 서술을 생략할 수 있고 정서를 잡아 나가는 좋은 무기를 가지고 있는 셈이다. 이 점에서 문학과는 다른, 직접적인 청각의 세계로 다가와 다른 냄새와 맛을 불러일으킬 수 있다. 재즈의 세계는 디키의 세계를 보여 준다. 재즈의 즉흥성만큼이나 디키의 삶은 즉물적이며 현실적이다. 톰은 디키가 되기 위해 재즈를 익힌다. 그것은 디키의 세계이기 때문이다. 이 영화에서 보여 주는 서로 대립되는 음악의 세계는 기억의 함의적 메타포이다. 클래식의 세계는 톰의 망각된 세계이고 재즈의 세계는 분명 톰의 낯선 세계이지만, 그가 세상을 살아가기 위해 익혀야 하는 현실의 세계이다. 이 음악의 갈등에서 우리는 영화의 미학을 반감 없이 수용한다.

창고와 열쇠

톰은 자신의 욕망에 따라 기억을 은폐한다. 사람을 죽이고 땅에 묻는 것은 그의 기억을 망각한다는 뜻이다. 그리고 그 과거의 창고에 꼭꼭 숨겨 두고 자물쇠를 채운다. 그것은 드러나서는 안 될 위험한 기억이기 때문이다. 이것은 기억의 중요한 외연적 메타포이다. 〈과거를 창고에 꼭꼭 숨겨 두고 자물쇠를 채우는 것〉, 그것은 억압한(또는 억압된) 기억이다. 그러나 억압된 것은 다시 떠오르게 마련이다. 그것은 사라지지 않는다. 그것은 꿈속에서 나타나고, 자전거를 타고 골목을 지나가다 거울에 비친 자신의 모습에서 떠오르고, 오페라를 보다가 떠오르기도 한다.

〈사람은 아무리 끔찍한 죄악도 합리화하게 되어 있어. 누구나 자신은 착한 줄 알지. 과거를 창고에 꼭꼭 숨겨 두고 자물쇠를 채우고픈 그런 기분 알아? 사랑하는 사람에겐 창고 열쇠를 주고 싶어. 문을 열어 들어가 보라고……. 하지만 안 돼. 그 안은 어둡고 더러우니까. (……) 어쩔 수 없어. 난 영영 창고에 갇힐 거야. 그렇지? 그 어둡고 무섭고 외로운 창고 속……. 난 거짓말했어. 내가 누군지, 어디 있는지를 아무도 날 못 찾을 거야. 난 늘 생각했지. 초라한 현실보단 멋진 거짓이 낫다.〉 어둡고 더러운 창고 안에 갇혀 있는 것이 고통일지라도 톰은 그곳에 머무를 것을 택한다. 기억을 잊는다는 것은 완전한 망각을 의미하는 것이 아니다. 그리고 그곳을 열 수 있는 열쇠는 항상 있다. 그것은 나 자신을 완전히 잊어버리는 것이 아니다. 그래서 톰 리플리는 양심과 그것이 만드는 불안에 늘 시달린다.

지우개

톰은 「나의 발렌타인My Funny Valentine」을 노래한다. 〈이대로의 그대가 좋아요*Don't change a hair for me*. 날 사랑한다면 변하지 마세요*Not if you care for me*.〉 디키가 쓴 것처럼 꾸민 편지 속에도 톰 리플리가 있다. 〈너무 두려워서 벗어나고 싶어. 내 환경도 친구도 바꿀 수 있지만 나 자신은 바꿀 수 없군.〉 그는 노래하면서 무의식적으로 자신의 속내를 드러내 보인다. 〈문을 활짝 열고 모든 걸 드러내고 싶다고*fling open the door-let the light in, clean everything out*……〉, 〈큰 지우개가 있다면 모든 걸 지우고 싶어*If I could get a giant eraser and rub everything out*……. 나 자신부터 지워 버리고 싶어 *starting with myself*……〉. 여기서 지우개는 망각을 의미한다. 하지만 지우개로 지우는 것은 흔적을 남긴다. 〈난 거짓말했어. 내가 누군지, 어디 있는지를 *I've lied about who I am, where I am*. 아무도 날 못 찾을 거야*and so nobody can ever find me*〉라고 말하지만 지우개는 흔적을 남긴다는 사실을 영화는 우회적으로 암시하고 있다.

<u>**수식어**</u>

제일 첫 장면, 그러니까 제목이 나오기 전에 톰의 얼굴은 검은색 화면이
조금씩 벗겨지면서 나타난다. 그 장면은 맨 마지막 장면에서, 피터를 죽이고 난
뒤의 톰의 모습과 같다. 물론 그때는 문이 닫혔지만 말이다. 바로 이 시작 장면
에 스쳐 지나가는 단어들이 있다. 그것은 *nocet, mysterious, yearning,
secretive, sad, lonely, troubled, confused, loving, musical, gifted, intelligent,
beautiful, tender, sensitive, haunted, passionate, talented.* 그런데 이 단어들
은 〈*The* (   ) *Mr. Ripley*〉의 괄호에 들어가는 말이다. 제목이 뜰 때 몇 초
간 지나가는 단어들인데, 비슷한 뜻을 가진 것들이 많아 아마도 모두 제목으로
생각했을 수도 있는 단어들이다. 그런데 이 단어들이 모두 리플리의 망각 행위
를 설명하는 단어들 같다. 내 개인적인 생각으로는 리플리라는 이름도 〈리플레
이*Replay*〉와 너무 흡사하다는 생각을 지울 수 없다. 이런 단어들 또한 그런 유
사한 것의 재연(리플레이)이 아닐까 하는 생각이 든다. 아무리 기억을 지우고
다른 사람을 능력 있게 모사한다 해도 그것은 원본이 될 수 없다. 이 수식어는
바로 톰이 새로운 것을 기억하는 미지의 영역이자 또 자신의 과거를 망각하는
영역이다. 기억과 망각이 동전의 양면이라는 것을 보여 주는 메타포다.

3·1·3 정체성과 공적 기억

그 외에도 기억과 망각을 나타내는 영화적 장치는 많다. 톰은 디키를 만나
기 전부터 철저히 준비를 한다. 망지 해변으로 가 우연인 척 디키와 대화하고,
디키를 만난 후엔 체스 판을 떨어뜨리거나 보트 이름을 기억함으로써 디키와
가까워질 수 있는 계기를 만든다. 디키와 친해진 후에도 톰은 디키의 행동을 관

찰하여 말을 따라 하거나 서명을 유심히 살핀다. 디키가 쓴 글씨를 보고 〈S와 T 엔 나약함이 보여. 글씨가 떠 있는 건 허영의 표시지〉라고 말할 때 톰의 관찰력 이 뛰어나다는 것을 알 수 있다. 이것은 톰이 디키를 좋아해서도 그렇겠지만, 톰이 원래 잠재적으로 그런 데 민감하다는 것을 나타내 준다고 할 수 있겠다. 보트에서 톰이 디키를 죽이기 전 〈우린 서로 좋아해, 체스 둘 때 느꼈잖아〉라고 말할 때 디키는 무척 황당해한다. 디키의 입장에서는 그냥 체스를 둘 때 손을 스친 것이고 그런 일 따위는 까맣게 잊었을 것이다. 하지만 디키를 좋아하는 톰 의 입장에서는 그것을 엄청난 암시로 생각하는 것이다. 디키를 좋아하는 마음 이 커서 아무것도 아닌 일도 톰의 욕망대로 해석해서 기억하는 장면이라 하겠 다. 이런 톰의 욕망이 톰의 사랑을 부인하는 디키를 죽이게 만든 것이다.

리플리는 〈자아〉와 〈자기〉 사이에서 혼돈을 겪으며 정신 해리 현상을 보인 다. 프린스턴 대학교 출신의 디키 그린리프의 삶으로 살아가기도 하고, 때론 톰 리플리 자신의 삶으로 살아가기도 한다. 자신의 정체성을 내적 욕망에 의해 왜 곡시켜 살아가는 것이다. 그렇다면 도대체 무엇이 리플리로 하여금 디키의 삶 으로 살아가도록 하였을까. 디키를 동성으로 사랑한 나머지 그를 닮고 싶었던 것이었을까. 아니면 열등감의 발로였을까. 그 이유가 무엇이 되었건 중요한 점 은 리플리는 디키에 대한 공적 기억에 맞추어 스스로를 변화시키고 살아가고 싶었던 것이다. 톰은 디키의 삶을 살아가기 위해 내외적인 모습을 모두 디키의 공적 기억 영역에 맞추어 반복 연습을 하는 것이다.

리플리는 초라한 현실보다 멋진 거짓을 동경했고, 이것이 리플리로 하여 금 정체성의 혼돈을 가져온 것이다. 과거의 더럽고 어두운 기억을 자물쇠로 채 우고 싶은 억압이 존재하지만 사랑하는 사람에게는 창고 열쇠를 주고 싶은 의 지도 동시에 존재했던 것이다. 디키의 아버지는 이미 죽은 자식이니까 빨리 잊 어버리고 자신의 명성을 위해 일을 덮어 버린 것이 아닌가 할 정도로 냉정하다.

디키의 아버지가 진정으로 리플리를 철석같이 믿고 있다고 생각할 수도 있지만, 반대로 그가 모든 것을 알면서 주어진 현실을 받아들이려는 일상적 인물의 태도를 취한다고 볼 수도 있다. 우리는 행복을 느끼기 위해 어느 정도는 망각을 감수하고 새로운 기억으로 살고 있지 않는가. 기억이란 없어지면 정체성이 사라지고, 기억에 너무 매여 있으면 현재를 정서적으로 즐길 수 없다. 「리플리」가 우리에게 가르쳐 주는 기억의 법칙이다.

3·2 기억하는 한 진실은 없다: 「라쇼몬」

위에서 우리는 이미 욕망이 기억을 왜곡하는 데 앞장선다는 것을 영화 「리플리」에서 살펴보았다. 1950년에 만들어진 구로사와 아키라 감독의 「라쇼몬」은 이런 기억의 왜곡에 대한 좋은 범례를 제시하고 있다. 이 영화는 사무라이 부부가 세키야마에서 야마시나로 가던 중 숲 속에서 남편(사무라이)이 다조마루라는 산적을 만나 죽은 사건을 두고 네 명, 즉 어떤 사내, 산적(다조마루), 사무라이의 부인, 죽은 자(사무라이)가 서로 다르게 기억하고 진술한다는 내용을 다룬다. 절대적 진실을 찾아가는 과정에서 네 사람의 말이 얼마나 다른지 관객도 어리둥절할 따름이다. 중요한 것은 진리란 상대적이며 누가 어떤 욕망 아래 진술하느냐에 따라 달라진다는 것을 영화는 핍진하게 보여 주고 있다. 관청에 잡혀온 네 사람의 이야기를 통해 기억의 현상을 진지하게 다시 생각해 볼 수 있다. 여기서 망자의 이야기는 무당의 빙의를 통해 진술된다.

3·2·1 등장인물들의 개인적 기억

우선 기억의 진실을 객관적으로 검토하기 위해서는 이 영화의 시놉시스이기도 하지만 등장인물들의 기억, 즉 진술을 들어 보아야 한다. 서로 말이 맞지 않는 부분이 왜곡되었을 가능성이 많은 부분이다.

산적(다조마루)의 기억

뜨거운 오후였다. 숲 속에는 산들바람이 불었고 만약 그 산들바람만 불지 않았다면 나는 그 남자를 죽이지 않았을 것이다. 3일 전 그날 산들바람이 부는 나무 아래에서 낮잠을 자고 있을 때 그 부부가 지나갔는데 사무라이와 눈이 마주쳤다. 말을 탄 여자는 바람에 살랑거리며 요염한 자태로 눈앞을 지나갔다. 그래도 못 본 체하고 다시 눈을 스르르 감고 계속 쉬고 있다가 다시 고개를 들었을 땐 이미 그녀가 이미 멀리 가버렸다. 그러나 나는 그 여자가 여신이라는 생각이 들었고 설령 그 남편을 죽여서라도 그녀를 얻어야 한다고 결심했다. 죽이지 않고 그녀를 가질 수 있다면 더 좋았을 텐데……. 나의 원래 의도는 남자를 죽이지 않고 여자를 차지하는 것이었다. 그래서 나는 뒤를 따라갔다. 그 남자가 뭘 원하는지를 물었고 나는 얼마 전 약탈한 물건(검)을 저쪽 계곡에 묻어 두었으니 관심 있으면 찾으러 가자고 유인했다. 숲 속으로 들어간 나는 사무라이를 묶어 두고 산 아래로 내려왔는데 계곡에 앉아 있는 여인을 보고 욕정을 느꼈다. 여인에게는 당신 남편이 지금 아프다고 거짓말했다. 그러자 여인의 얼굴은 걱정으로 창백해졌고 그 모습을 본 나는 질투심을 느꼈다. 그녀를 데리고 가서 남편이 애처롭게 묶여 있는 광경을 보여 주고 싶었다. 그 모습을 본 여인은 처음에는 단도를 꺼내 들고 나에게 거칠게 달려들었지만(영화에서는 진술하는 것이 아니라 보여 준다) 결국 내가 그 여자를 범하자 그 여자도 만족해했다(영화에서는 진술하는 것이 아니라 관객들에게 손에 쥐었던 단검을 떨어뜨리면서도 손은 오히려 그 산적의 등을 쥐어 잡는 장면을 보여 준다). 그래서 나는 그 남편을 죽이지 않고도 그 여자를 차지하게 되었다. 그러니까 그때까지 나는 그 남

자를 죽일 생각이 없었는데 여인이 갑자기 매달리며 나와 자기 남편 둘 중 하나
는 죽어야 한다고 말했다. 남편이 보는 앞에서 당한 자기의 수치는 죽음보다 더
치욕적이라고 말했다. 그러면서 결투에서 살아남는 자를 따라가겠다고 했다.
그래서 나는 남편을 풀어 주고 정정당당히 대결했다. 그리고 그 남자를 죽였다.
정신을 차리고 보니 그 여자는 어디론가 사라지고 없었다.

여인의 기억

(절에 몸을 숨기고 있는 것을 관병이 발견하고 관청으로 데리고 온다.) 푸
른 옷을 입은 남자가 나를 쫓아와서는 자기에게 복종하라고 강요했다. 자기는
악명 높은 산적 다조마루라고 했다. 남편을 결박해 놓고는 조롱했다. 남편은 무
서움에 떨고 있었고 그래서 나는 남편 곁으로 달려갔다. 산적은 남편이 보는 앞
에서 나를 겁탈한 후 도망가 버렸다. 남편과 나만 숲 속에 남겨 두었다. 나는 남
편에게 달려가 울부짖었다. 그러다 눈을 들어 보니 남편이 분노도 아니고 슬픔
도 아닌 차가운 증오의 눈으로 나를 바라보았다. 제발 그런 눈빛으로 쳐다보지
말아 달라고 애원했지만 남편은 미동도 하지 않고 나를 조소했다. 그래서 나는
단검을 빼어 들었다. 그다음은 정신이 혼미했고 아무것도 생각나지 않는다. 정
신을 차리고 주위를 둘러보았을 때 남편은 죽어 있었다. 죽은 남편의 가슴에 나
의 단검이 꽂혀 있었다.

빙의를 통한 죽은 사무라이의 기억

산적은 내 아내를 겁탈한 후 그녀를 위로하려고 했다. 아내는 낙엽 위에
주저앉아 고개를 숙인 채 있었다. 산적은 교활했고, 아내는 순결을 더럽혔기 때
문에 더 이상 나와 살 수 없다고 생각했다. 산적은 아내에게 남편인 나를 버리
고 자기와 결혼하자고 했다. 그가 아내를 덮친 것은 사랑하기 때문이라고 했다.

그러자 아내는 황홀한 표정으로 고개를 들어 산적을 보았다. 어디든 자기를 데려가 달라고 애원했다. 마침내 산적과 도망치기로 한 아내가 돌아서서 나를 죽이고 가자고 했다. 그 가증스러운 말을 듣고 산적조차 당황하는 빛이 역력했다. 그러자 산적은 나에게 아내를 어떻게 처리할지를 물었다. 나는 이 말만으로 산적의 죄를 용서할 것 같았다. 그 순간 아내가 달아났고, 산적은 아내를 뒤쫓아갔다. 한참 후에 산적은 혼자 돌아왔다. 아내는 도망갔다고 하면서 나를 풀어주었다. 산적은 나에게 스스로 운명을 결정하라고 했다. 얼마의 시간이 지난 걸까. 나는 누군가의 울음소리를 들었고 일어나 휘청거리며 걸었다. 그때 나의 눈에 아내의 단검이 눈에 띄었고, 그 단검으로 나 자신을 찔러 스스로 목숨을 끊었다.

절간에서 마지막 장면을 목격했다는 사내의 기억

숲 속에서 여자의 모자를 발견했고 그것을 따라 20미터 더 들어가자 여인의 울음소리가 들려왔다. 숲 속 뒤편에 손이 묶인 남자, 울고 있는 여자, 그리고 다조마루(산적)를 보았다. 다조마루는 무릎을 꿇은 채 그 여자에게 용서를 빌고 있었다. 〈지금까지 나는 하고 싶은 나쁜 짓은 다 했소. 그러나 지금까지는 양심의 가책을 별로 못 느꼈는데 오늘은 다르오. 나는 이미 당신을 가졌으니 내 아내가 되어 주시오〉 하고 산적은 그 여자에게 간청하고 있었다. 아내만 되어주면 개과천선하겠다고 했다. 그러면서 〈결혼하자, 만일 거절하면 당신을 죽일 수밖에 없다〉고 여자에게 말했다. 그러나 여자는 울기만 하다가 갑자기 그건 불가능하다고 했다. 여자인 자기가 어떻게 결정하겠느냐며 자기 단검으로 남편을 풀어 주었다. 그러자 산적은 그러면 남자들의 결정에 따르겠다는 뜻으로 알겠다고 했다. 산적이 결투하려 하자 그 여자의 남편은 자기는 저런 여자 때문에 목숨을 걸고 싶지 않다고 말했다. 그러곤 여자를 향해 자결하라고 했다. 그리고 이 수치스러운 창녀를 데리고 가라고 말했다. 여자는 두 남자를 번갈아 바라보고 있었다. 산적이 떠나려 하자 여자는 산적을 불러 세우지만 산적은 따라오지 말라고 했다. 남편의 냉소적인 태도를 본 산적은 그 남자에게 여자를 그만 괴롭히라고 말했다. 여자는 미친 듯이 날뛰며 남편에게 왜 이 산적을 죽이지 않느냐고 따졌다. 그리고 〈그를 죽일 수 있을 때 자기에게 자결하라고 말할 권리가 있고, 그것이 진짜 남자다〉라고 말했다. 산적을 향해서도 〈당신도 진짜 남자는 아니야〉라고 외쳤다. 여자는 다조마루가 이 지겨운 사무라이 아내로서의 따분한 일상을 구해 줄 것이라고 생각했으며 자기를 구해 주기만 하면 그를 위해 뭐든 할 거라고 말했다. 그 여자는 거의 정신이 나간 듯 두 남자를 번갈아 가며 비웃었다. 그러자 두 남자는 결투를 벌였다. 밀고 당기는 격투 끝에 결국 산적은 검으로 그 남자를 죽였다. 그 후 산적은 여자와 함께 가고자 하지만 여자는 달아나 버렸다. 산적도 어디론가 도망쳤다.

3·2·2 해석

기억에 대한 담론을 전개하면서 알라이다 아스만은 기억의 진술이 크게 세 가지 용처에 따라 다르게 진술됨을 역설하였다.[3] 우선 심리 치료에서는 사실 여부가 중요한 것이 아니라 그 말을 어떤 심리적 정황에서 기억하느냐가 더 중요하다. 가령 그 사람이 부정하면 부정하는 행위의 기표 자체가 의미를 띤다. 이미 언급했듯이, 프로이트는 이를 두고 〈신경증자는 기억하는 대신 반복한다〉고 말했다. 그다음으로 법정에서는 사실이 중요하기 때문에 어떻게든 자신에게 유리한 방향으로 기억의 진술이 이루어진다. 그러므로 법관은 진술한 기억을 통해 사실 여부를 신중하게 짚어 가려고 애쓴다. 마지막으로 인터뷰에서는 인터뷰어의 목적에 따라 기억이 조정된다. 가령 담배를 많이 피우는 여성은 아이 출산율이 저조하다는 가설을 증명하기 위해 다른 모든 것을 잊어버리고 단지 담배가 (출산을 저조하게 하므로) 나쁘다는 기억만 선택하게 만든다.

이렇게 보면 「라쇼몬」은 두 번째 경우에 해당한다. 법정에서 살아남기(현재의 욕망) 위해서는 어떻게든 자신에게 유리한 증언을 해야 한다. 그러므로 무죄가 되기 위해서는 최대한 거짓말을 해야 할 것이다. 물론 여기서 말하는 법이란 민주주의의 헌법 체계를 말하는 것이 아니라 관습법을 말한다.

1. 산적 다조마루를 보자. 사람을 죽인 것이 의도가 없었다는 것을 보여 주기 위해 〈숲 속에는 산들바람이 불었고 만약 그 산들바람만 불지 않았다면 나는 그 남자를 죽이지 않았을 것이다〉라고 진술한다. 법정에서 어떤 도움이 될지 모르지만 일단 살해 동기가 없었다는 것을 역설하고 있다. 그리고 〈사람을 죽이려는 생각은 없었다, 여자만 희롱하려 들었다, 그리고 자기가 강제적으로 여자를 범한 것도 아니다, 여자도 만족해했다〉는 식으로 자기변호를 하였다. 이는 다시 말하자면 그런 식으로 기억이 왜곡되었다는 뜻이기도 하다. 그리고 그 기억은 일종의 기억 왜곡이고, 그것이 무의식적이라면 은폐 기억이다. 그리고 사무라이를 풀어 주고 정정당당히 결투했다고 함으로써 무죄를 입증하려고 애쓴다.

2. 사무라이의 아내는 무의식적 욕망과 관습법의 테두리 안에서 가장 심하게 책망받을 수 있는 존재가 되었다. 사람을 죽인 것도 아니면서 오히려 폭력을 당한 사람으로서 많은 것을 변명해야 하였다. 그러므로 〈정신이 혼미했고 아무것도 생각나지 않는다〉라고 진술하고 있다. 이 부분에 틀림없이 중대한, 그리고 양심과 관계되는 문제가 속해 있다. 살고 싶은 욕망이 문화적 관습보다 우위였기 때문에 그녀는 자결해야 했지만, 자의든 타의든 살아남았다. 영화 처음에 아이가 나오는데, 이 아이가 누구의 아이인가 하는 문제에 시사하는 바가 많다.

3. 한편 죽은 사무라이의 진술은 빙의 상태에서 한 진술이기 때문에 신빙

성이 없고 그보다는 문화적 기억이라는 측면에서 살펴보아야 한다. 특히 사무라이 아내로서의 삶이 어떨지를 사무라이의 진술에서 역력히 볼 수 있다. 다시 말하면 부정을 통해 실제 삶의 모습이 뚜렷이 드러난다. 그리고 사무라이의 정체성, 즉 자결이 기억을 왜곡하는 기제로 작동한다.

4. 이 영화에서 가장 객관적인 부분은 아무래도 직접적 이해관계가 적은 목격자 사내다. 그러나 그렇더라도 전부 다를 그렇게 볼 수 없는 것은 여자의 단검이 어디로 갔는가 하는 부분에서 믿을 만한 진술이 아닐 수 있기 때문이다. 가령 목격자가 가져갔기 때문에 그런 관점에서 기억한다면 그 기억은 왜곡되었을 가능성이 많다.

그렇다면 이 영화의 사실 구성은 어느 정도나 가능할까? 그러나 나와 그 누가 사실 구성을 한다 하더라도 그것은 객관적 기억, 즉 사실과 관계없이 영화를 보는 또 하나의 눈이 될 뿐이다. 그러므로 사실이라고 말할 수 있는 것, 즉 여자가 강간을 당했다, 사무라이가 죽었다는 사실만 있지 이것을 해석하고 처벌하기엔 무리가 따른다. 즉, 이것으로는 범죄 요건 구성이 안 된다. 여자가 자발적이었다면 그것 또한 무리가 따르고, 사무라이가 결투로 죽었다면 그것 또한 관습법상 유죄로 인정할 수 없다.

때문에 영화 「라쇼몬」과 기억이라는 주제에서는 문학이 대항기억*counter-memory*으로 구성되어 있다는 것을 보여 준다. 대항기억은 〈나는 네가 보지 않는 것을 본다〉는 원칙으로 구성되어 있다. 세상을 어떻게 보는가, 사실을 어떻게 재구성하는가 하는 것이 감독의 의도일 것이다. 정리하자면 회상 기억이란 근본적으로 욕망에 따라 왜곡되는데, 그 이유는 기억의 주체가 일부분은 보고자 하는 대로 기억을 재구성하면서 일부분은 누락시키기 때문이다. 만약 프로이트가 (강박이나 히스테리) 신경증을 원본 없는 번역이라고 했다면 문학적 기억이야말로 원본 없는 번역이다. 이것은 우리가 앞으로 살펴볼 문학적 기억의 탄생을 예고한다.

주

1 하랄트 바인리히, 『망각의 강 레테』(같은 책), 249면 참조.

2 Jürgen Trabant, "Memoria-Fantasia-Ingegno", in: *Memoria. Vergessen und Erinnern*, hrsg: von Anselm Haverkamp und Renate Lachmann(München, 1993), 407면.

3 알라이다 아스만, 『기억의 공간』(같은 책), 354~355면 참조.

4 · 성서, 신화, 그리고 동화

지금까지의 일반적 또는 영화 속의 기억을 통해 우리는 문학으로의 경계 넘기에 성공적이었다고 자평할 수 있다. 우리가 문학의 영역에서 기억을 다루기 위해서는 기억의 왜곡 현상이 일반적으로 알려지기 이전의 원시적 또는 태곳적 문학을 살펴보아야 한다. 집단 기억이라 할 수 있을 만큼 보편적이고 무의식적인 〈신화적 기억〉은 오늘날 우리가 사용하는 개념으로서의 〈문학적 기억〉이라는 말을 붙일 수 없을 만큼 〈문화적 기억〉에 가깝다. 신화는 신이나 영웅을 찬양하고 송덕하고 그의 업적과 기업을 계승하자는 것이 목적이기 때문에 전형적이거나 원형적이다. 이런 기억은 제의적 시대나 전근대 사회에서 집단적 기억을 전승하고 유지하기 위해 공고히 만들어진 것이다. 때문에 문학적 기억이라고 붙이기엔 적당하지 않다. 부분적으로 아동 문학에서는 그런 면면을 볼 수 있다. 집단적 기억이 개인적인 기억으로 분리될 때부터 우리가 〈문학적 기억〉이란 말을 붙일 수 있기 때문이다.

4·1 영원히 나를 기억하라 : 성서

성서는 우리가 잘 알다시피 무언가를 아주 확실히 기억하는 것을 절대 명제로 삼는 문학이다. 성서에서는 하느님의 말씀을 돌판(모세가 받은 율법 증거판, 「출애굽기」 31 : 18)이나 마음에 새기고*memory* 그 말씀을 오래 (회상) 기억하도록 명령한다. 가령, 돌판에 하느님이 계명을 직접 쓴다는 것(「출애굽기」 34 : 1)은 곧 (저장) 기억하는 것을 의미하며, 「예레미야」에서 〈그날 내가 이스라엘 가문과 맺을 계약이란 그들의 가슴에 새겨 줄 내 법을 말한다. 내가 분명히 말해 둔다. 그 마음에 내 법을 새겨 주어, 나는 그들의 하느님이 되고 그들은 내 백성이 될 것이다〉(「예레미야」 31 : 33)라고 말한 것 또한 〈마음에 새기는 *write it on their hearts*〉 저장 기억을 말한다.

이런 신의 법을 각인하는 것은 종교의 절대적 과제이다. 〈오늘 내가 너희에게 명령하는 이 말을 마음에 새겨라. 이것을 너희 자손들에게 거듭거듭 들려주어라. 집에서 쉴 때나 길을 갈 때나 자리에 들었을 때나 일어났을 때나 항상 말해 주어라. 네 손에 매어 표를 삼고 이마에 붙여 기호로 삼아라. 문설주와 대문에 써 붙여라〉(「신명기」 6 : 6~9)라고 명령하는 것은 〈마음속의 칠판〉에 새기는 것을 말한다. 신의 명령은 곧 그의 말을 온전히 기억하는 것을 의미한다.

이렇게 한번 각인된 기억은 하나의 오류도 없이 그대로 재생하는 것을 완전한 과제로 생각하여 유대의 랍비들은 끊임없이 그것을 반복하고 저장하며 인출한다. 당사자들이 그것을 어떻게 생각했든지 간에 이때의 인출은 더 이상 저장과 인출이 같은 상태는 아닐 것이다. 그러나 적어도 구약에서는 이렇게 생각을 하지 않았을 것이다. 왜냐하면 그때는 문자가 아니라 음성으로 하느님의 말씀을 저장하고 재생했기 때문이다. 음성은 항상 현재성을 띠고 있으므로 저장과 인출의 불일치를 상정할 수 없다. 오늘날 의미의 회상 기억, 또는 재생 기억*remember*은 신약 시대에 비로소 부상한 문제이다. 만약 율법 자체가 완전한 것이고 그것을 있는 그대로 재생할 수 있다면 (성경에서는 성령으로 이것이 가능하다고 봄) 재현이란 말은 불필요하다. 재현이란 말은 시간이 흐르고 망각의 과정이 자연스레 개입되어 일어나는 일이기 때문이다.

그 결과 신약에서 예수는 율법을 완전케 하려 왔다고 하며 바리사이파 사람들의 〈있는 그대로의〉, 즉 축자적인 언약(기억) 수용을 비판한다. 다시 말하자면 원래의 기억과 현재 재현하는 기억 사이의 차이가 너무 크기 때문에 그것을 메우려는 노력을 기울인 이가 예수다. 그는 제자들이나 바리사이파 사람들, 그를 따르는 일반인들에게 모두 같은 맥락으로 율법과 사랑에 대해 설파한다. 음성의 시대, 직접성의 시대에 갖는 기억의 위상이 시각의 시대, 문자의 시대에 갖는 기억의 위상과는 비교가 되지 않을 정도로 높았던 것이다.

이와 같은 맥락에서 바울로의 해석학적인 기억 수용은 매우 의미심장하다. 바울로는 기억을 〈살아 있는 말씀〉과 〈죽은 글자〉로 대비하면서 기억의 저장과 인출 사이의 불일치를 강조하고 있다. 〈우리로 하여금 당신의 새로운 계약을 이행하게 하셨을 따름입니다. 이 계약은 문자로 된 것이 아니고 성령으로 된 것입니다. 문자는 사람을 죽이고 성령은 사람을 살립니다.〉(「고린토인들에게 보낸 둘째 편지」 3 : 6) 여기서 〈문자〉는 저장 기억을 말하고, 〈성령〉은 그 기억을 현재 활성화하는 기능 기억을 말한다. 그러니까 글자로 쓰여 있는 대로, 가령 바리사이파 사람들이 하는 대로 안식일에는 아무 일도 하지 못한다는 〈문자〉, 즉 저장 기억은 안식일에 병자가 있으면 그를 먼저 고치는 것이 원래의 뜻에 더 가까운 기억으로서 회상 기억의 기능적 측면을 강조하고 있는 셈이다.

이렇게 기억은 시간의 흐름에 자연 개입하는 망각의 측면을 무시할 수 없게 되었다. 「출애굽기」에서 보여 주는 하느님의 직접적인 계시가 영(靈)을 통한 간접적 계시로 이전하면서 저장과 인출 사이의 근본적 불화 문제로 바뀌게 되고, 그와 함께 (영적) 해석이라는 새로운 방식의 기억 문제가 등장하게 되었다. 근대의 서구 문학은 특히 기독교의 이런 방법에 크게 의존하고 있다. 윌리엄 워즈워스의 「서시」나, 괴테의 『젊은 베르테르의 슬픔』은 이러한 방법이 세속화된 것들 중의 대표적인 작품이다.

성서에 무수히 등장하는 기억/망각은 대체로 〈remember〉라는 의미의(또는 그것을 부정하는) 회상 기억을 말하지만, 〈젊어서 저지른 나의 잘못과 죄를 잊어 주소서. 야훼여, 어지신 분이여, 자비하신 마음으로 나를 생각하소서〉(「시편」 25 : 7) 등과 같은 구절에서의 망각은 〈용서하다〉라는 맥락에서 사용되기도 하며, 〈나는 당신 이름을 세세대대에 찬양하리이다. 뭇 백성이 당신 은덕 길이길이 찬미하리이다〉(「시편」 45 : 17)에서는 〈기억을 활성화하다〉란 맥락으로 쓰이기도 하고, 〈계약을 맺으시며 만대에 내리신 말씀 영원히 잊지 아니하신다〉(「역대기상」 16 : 15)에서는 〈잊지 말고 명심하라〉의 의미에서 사용되기도 한다.

성서에서의 기억은 구교와 신교의 갈등, 신교 내에서의 계파 간 갈등, 주류와 이단의 차이를 논하는 데 매우 중요한 잣대가 된다. 특히 근자에 기독교에 대해 혹평한 도올의 강의는 바로 기억의 재생을 중시하는 그의 진보적 세계관에서 만들어진 것으로 유명하다. 축자적(逐字的) 영감을 중시하는 기독교 지도자들을 기억의 수호자로 몰아치는 것은 바로 그것이 권력과 밀접하게 관련되어 있기 때문인데, 이는 이미 루터가 로마 가톨릭에서 개신교를 창설할 때부터 시작되었던 문제이다. 계시의 현장은 사라지고 계시의 기호만 남아 있는 이 시대의 새로운 성서 해석 코드는 『다빈치 코드』를 위시해 다양한 이형을 낳을 태세를 하고 있다. 성서에 대한 이 시대의 욕망이 다르기 때문에 벌어지는 일이다.

4·2 순치된 야만성: 『일리아스』

그러면 성서만큼 오래되고, 문화적 기억을 보존하고 있는 그리스 신화는 어떤가? 호메로스의 『일리아스』와 『오디세이아』는 확장된 의미에서의 그리스 신화이기 때문에 신화적 기억을 다루려는 우리의 담론에 위배되는 것은 아니다. 우리는 보통 호메로스의 문학을 위시한 전통적인 신화를 고정된 것으로 이해하고 그것이 신이나 그에 준하는 영웅에 대한 송덕으로 이해하지만, 그렇다고 하여 단순한 공간적 기억으로 이해하기에는 미흡하다. 왜냐하면 이미 성서에 대한 기억 담론에서도 살펴보았듯이 고대에는 기록을 위한 문자가 소통의 중심에 서 있었던 것이 아니라 음성과 소리를 통한 의미의 파악이 중심에 서 있었기 때문이다. 서양에서는 이런 공간적 기억 패러다임이 18세기 이후 잠바티스타 비코에 의해 시간적 패러다임으로 이전하게 된다.

호메로스의 작품 같은 신화가 일종의 수사학으로 여겨지고 그것을 음송하며 즐거워하게 된 것은 원래 신화의 주인공들이 살았던 삶의 방식과 무관하다. 그것은 호메로스 이후 그리스 사람들이 보여 준 취향의 산물이었다. 가령 호메로스가 칭송하고 송덕한 아킬레우스는 바로 수사학의 소관이 되었지만 원래의 아킬레우스는 그런 아름다움을 가진 장수가 아니었다. 비코의 이런 주장은 우리가 연구하는 기억 패러다임에 매우 중요한 의의를 갖는다. 왜냐하면 문학적 표현 형식과 내용의 상충이 회상 기억에 영향을 미치기 때문이다. 리듬, 즉 운율을 가진 문어적 기억은 조야한 야생적 행동을 그리는 데 실패한다. 이런 예는 얼마든지 있다. 근대 문학에서 내면성을 통해 수사학을 극복하는 과정에서도 그런 문제점은 제기되었고, 문학 매체가 영상 매체로 이전하면서도 그런 문제점이 노정되었다.

에리히 프롬은 『소유냐 존재냐』에서 이런 체험을 들려준다. 〈내가 멕시코에서 관찰했던 바로는 별로 기록할 일이 없는 사람들이나 문맹자들이 읽고 쓰는 것에 길든 산업 사회 시민들보다 훨씬 더 탁월한 기억력을 지니고 있다.〉[1] 이러한 체험은 읽고 쓰는 기술의 뛰어남이 인간의 능력을 결정짓지 않으며, 오히려 이런 일은 체험 능력을 위축하고 실제적 창의성을 저해한다는 뜻으로 받아들일 수 있다. 글로 암기하는 것은 실제를 재현하는 것과 매우 큰 차이가 있는데, 오늘날의 신지식인 개념은 후자를 말한다.

뒤에서 동화와 아동 문학을 다루면서 다시 살펴보겠지만 고대의 문화나 문학은 상상력이 풍부한 아동 문학과 유사한 특징을 지니고 있기 때문에 오늘날 우리가 단순히 호메로스 문학을 수사학적 기억의 측면에서만 봐서는 안 된다는 것이 비코의 주장이다. 그는 기억이 단순히 공간적으로 고정된 실체가 아니라 상상이나 환상과 같이 움직이는 에너지임을 간파했는데 그것이 오늘날 문자 또는 글이라는 고정체에 묶임으로써 상실되었다고 본다. 부분적으로 통용될 수 있는 〈개체 발생은 계통 발생을 반복한다〉[2]는 가설에 따른다면, 초기 인류는 오늘날 아이들이 보여 주는 상상의 자유로운 날개를 펼치듯 영웅이나 그들의 이야기가 형성되었음을 여러 가지 실증을 통해 보여 준다.

비코에 따르면, 〈고대의 영웅들은 조야하고 난폭하였으며 상상력은 극히 왕성했고 감정은 격렬했다〉.[3] 건방지고 자긍심이 높아 한번 마음먹으면 꿈쩍 않고 일을 실행에 옮긴다. 이런 영웅들의 행동은 호메로스 이후의 철학자들이나 우아한 영웅주의를 만들었던 시인들과는 다른 세계관이자 행동 양식이다. 호메로스의 서사시가 기원전 언제부터 구전된 것인지는 아무도 모른다. 그것이 기록된 시기를 이 신화의 탄생 시기로 본다면 이는 오산이다. 때문에 우리는 정의 실현이라는 측면에서 소크라테스 이후의 도덕률로서의 정의와 영웅 서사시의 정의가 분명하게 구별된다는 것을 알아야 한다.

일례를 들어 보자. 아킬레우스와 헥토르가 결투하기 전, 헥토르는 결투의 승자가 패자를 장례해 줄 것을 제안한다. 물론 오늘날의 독자들은 그것이 정의가 아닐까 하고 생각할 수도 있다. 그러나 아킬레우스는 다음과 같은 난폭한 대답을 하고 있다. 〈사람들이 언제 사자와 계약을 맺은 적이 있는가? 아니면 이리와 어린 양이 희망을 공유한 적이 있는가?〉 나아가 그는 〈만약 내가 너를 죽이면, 발가벗겨 내 마차에 매달아 사흘 동안 트로이아 성벽 주위로 끌고 다니겠다. 그러고 나서 네 몸을 우리 집 사냥개 먹이로 주겠다.〉 만약 헥토르의 아버지, 트로이아의 왕 프리아모스가 몸값을 지불하고 사체를 회수하지 않았다면 아킬레우스는 틀림없이 그렇게 했을 것이다.[4]

뿐만이 아니다. 아가멤논에게 브리세이스를 빼앗긴 〈개인적인 슬픔〉 때문에 동맹군으로부터 자신의 군대를 철수시키고 헥토르의 그리스군 대학살을 용인했던 것이다. 조국에 대해 등을 돌린 그는 그리스의 멸망을 통해 개인적인 모욕을 복수하겠다고 큰소리친다. 그리고 트로이아인, 그리스인 가릴 것 없이 다 죽고 브리세이스와 자신, 두 사람만 살아남기를 희망한다. 그러나 후세의 이른바 덕의 영웅주의는 『일리아스』 전권 어디를 보아도 그녀가 곁에 없음으로써 느끼는 그리움에 대해 언급하지 않는다.

때문에 비코의 생각은 음성 시대의 기억은 문자 시대의 기억과 다르다는 것이다. 음성 시대에는 기억이 마치 아킬레우스가 그랬듯이 상상력과 독창적인 어떤 것이었다. 후세에 문자로 기록된 시기에 영웅주의는 수사학적이며 그야말로 기억하기 위한 어떤 것으로 변질되었다. 그러나 비코는 기억이 더 이상 재생하는 어떤 것이 아니라 독창적인 생산력이었다는 데 주목하고 있다.[5] 이는 우리가 봐도 탁월한 생각이다. 그러니까 호메로스를 읽을 때는 자구적인 해석이 아니라 어린아이의 자유분방한 느낌으로 읽어야 하며 행간 사이에 감춰진 정서와 원시적인 욕동으로 읽어야 한다.

비코는 고대인들의 정신이 육체의 세 부분, 즉 머리, 가슴, 심장에 따라 이루어진다고 생각했다. 이들을 통한 인식 작용은 모두 상상력을 포함하고 있기 때문에 고대인들은 기억 작용도 머리에서 이루어진다고 믿었다. 왜냐하면 로마 사람들은 환상과 기억을 동일시하였고, 그 환상이라는 말이 중세에는 지성이나 천재성을 말하는 〈인게니움 *ingenium*〉과 같은 뜻으로 쓰였기 때문이다. 이런 맥락에서 상상력이란 기억을 재생하는 것이며, 창의란 배운 것을 다시 만들어 내는 능력을 말한다.[6] 이 정신의 제1작용에 속하는 것을 통괄하는 기술이 곧 토픽인데, 이것이 바로 발견술이다. 그러므로 수사학에서 〈착상 *inventio*〉이라고 하는 발견술이 먼저 나오고 기억이 나중에 나온 것이다. 이것은 비코 시대나 우리 시대가 짊어지고 있는 문제와는 너무 다른 것이다.

그러므로 우리는 신화나 호메로스를 읽을 때 수사학적 표현이나 이성이 아니라 그것을 넘어서는 상상력으로 읽어 내야 한다. 마치 천문학을 아는 어른의 눈이 아니라 밤하늘의 별을 헤아리는 아이의 눈으로 신화를 읽을 줄 알아야 한다. 왜냐하면 그때의 기억은 단순한 송덕으로 이루어진 오늘날의 개념으로 살펴보는 그런 이성적인 기억이 아니기 때문이다. 이때의 기억은 우리가 오늘날 말하는 〈국부적 심리 상태〉 같은 개인적인 기억이 아니라 사회와 문화를 만들어 내는 창조적인 어떤 것이다. 이런 관점에서, 다시 말하면 기억이 단순한 암기가 아니라 창의적인 어떤 것, 살아가기 위한 방법이라고 본다면 호메로스의 『오디세이아』는 기억의 이면인 망각의 길에서 또다시 창의적이고 상상적인 것을 제공한다.

4·3 문화적 기억의 전형: 『그림 동화』

기억이나 회상은 〈과거 지향적 *retrospective*〉이다. 동화는 집단 무의식적 기억을 내포하고 있다. 「헨젤과 그레텔」에 나오는 마녀의 집 또한 한때는 현실이었을 수 있다. 안나 제거스 같은 독일 작가는 「헨젤과 그레텔」이 30년 전쟁 때 배고픔을 면하기 위해 아이들을 산으로 보내 먹을 것을 구해 오게 한 부모들의 실제적인 경험을 담고 있다고 말한다. 「백설 공주」 또한 1533년에서 1554년까지 살았던 마르가레테라는 빌둥엔 공작의 딸 이야기에서 나온 것이라고 한다. 내용은 이 처녀가 스물한 살 때 계모에게 독살당했던 이야기였다고 한다. 그리고 이야기에 등장하는 난쟁이 또한 구리 광산에서 일하던 아이들로 공작의 딸이 많이 도와주었던 아이들이라고 한다.[7] 이처럼 동화가 현실과 상상을 흔적 없이 꿰매고 있는 것은 바로 문화적 기억의 보존이라는 목표를 실제적인 체험의 표본으로 개작하고 있다는 증거이다. 그렇기 때문에 동화는 그저 환상이 아니라 정교하게 만들어진 기억의 개작물이다.

앞에서 제시한 바 있는 「영리한 한스」라는 동화처럼 민담이나 동화 중엔 문화적 기억을 보존하고 있는 것이 많다. 특히 아이들이 어릴 때 후일의 삶을 영위하는 데 필수적인 기억을 만들고 저장하려는 것이 큰 목적이라 할 수 있다. 그래서 특히 생명이나 삶의 유지를 위한 지혜를 담은 기억이 많다. 아래의 「맛있는 죽」이라는 그림 동화를 예로 들어 보겠다.

옛날 옛적에 가난하지만 효성스러운 소녀가 어머니와 단둘이 살고 있었습니다. 어느 날 먹을 것이 떨어지자 소녀는 먹을 것을 구하기 위해 숲 속으로 들어갔습니다. 얼마쯤 갔을 때 한 할머니가 소녀 앞에 나타났습니다. 할머니는 이미 소녀의 딱한 사정을 알고 있었습니다. 그래서 소녀에게 작은 냄비를 하나 주며 〈작은 냄비야, 요리해라〉 하고 말하면 냄비가 혼자서 맛있는 죽을 만들 것이라고 가르쳐 주었습니다. 그리고 냄비가 요리하는 것을 멈추게 하려면 〈작은 냄비야, 요리를 멈춰라〉 하고 말하면 된다는 것도 아울러 가르쳐 주었습니다.

소녀는 냄비를 가지고 집으로 와서 어머니께 보여 드렸습니다. 그리고 두 모녀는 냄비 덕분에 가난과 배고픔을 해결하게 되었습니다. 그들이 먹고 싶을 때마다 맛있는 죽을 마음껏 먹을 수 있게 된 것입니다. 하루는 소녀가 밖에 나가고 없을 때 어머니가 죽이 먹고 싶어 냄비에게 말했습니다.

「작은 냄비야, 요리해라.」

그러자 냄비가 혼자서 죽을 쑤기 시작했습니다. 죽을 배불리 먹은 어머니는 이제 그만 쑤라고 하고 싶었지만 주문이 생각나지 않았습니다. 냄비가 계속해서 죽을 쑤었기 때문에 죽은 흘러넘쳐 부엌과 집 안을 가득 채우고는 마치 온 세상을 삼켜 버릴 듯이 이웃집과 거리로 넘쳐 나갔습니다. 어떻게 해야 할지 아무도 알지 못했습니다. 집 한 채만 죽으로 차지 않고 겨우 남았을 때 소녀가 돌아왔습니다. 소녀가 말했습니다.

「작은 냄비야, 요리를 멈춰라.」

냄비는 즉시 멈췄습니다. 그러나 마을로 돌아가려는 사람들은 누구든 자기가 가야 할 길에 깔린 죽을 먹어야 했답니다.[8]

이 동화는 저장 기억의 중요한 기능을 설명하는 좋은 예다. 정확한 주문을 외우고 있지 않으면 큰 재앙을 당할 수도 있다는 점에서 매우 보편적인 동화의 기억을 보여 주고 있다. 특히 엄마가 멍청하게 주문을 잊어버렸다는 대목은 아이에게 기억의 교육적 효과가 크다는 것을 보여 준다. 그런데 엄마가 회상한 기억은 저장 기억은 아니지만 예지적 행위가 다르게 발휘될 수 있다는 의미의 새로운 기억이다. 그러므로 엄마와 아이 사이의 그 기억들은 유사한 것 같지만 같은 것이 아니다.

엄마는 〈활력 *vis*〉으로서의 기억을 보여 준 것이고 아이는 〈기술 *ars*〉로서의 기억을 보여 준 것이다. 그러나 이 동화는 기억해 두어야 할 아이들의 덕목을 가르치고 있다. 엉뚱한 행동을 할 때 우리는 돈키호테가 된다. 하지만 돈키호테는 창의적이다. 그러므로 이런 동화의 원래 취의는 문화적 기억 전승이겠으나, 오늘날 우리는 그것을 다르게 볼 수도 있는 것이다. 즉, 기억의 공간적 패러다임이 아니라 시간적 패러다임으로 읽게 된다는 뜻이다. 저장 기억이 항상 답답하고 고착적인 것만은 아니다. 저장 기억 없이는 기억을 활성화할 활력으로서의 기억이 작동하지 않기 때문이다.

이외에도 그림 동화에는 여러 가지 기억 유형을 다루고 있는데 그 대표적인 것만 뽑아 설명하고자 한다. 「개구리 왕자」, 「고양이와 쥐」, 「늑대와 일곱 마리 아기 염소」, 「헨젤과 그레텔」 등을 중심으로 살펴볼 것이다. 「개구리 왕자」 이야기는 이렇게 전개된다. 어느 날 공주가 황금 공을 가지고 놀다가 성 부근 숲 속 샘에 그 공을 빠뜨린다. 그래서 울고 있는 공주에게 개구리 한 마리가 나타나 황금 공을 찾아오면 자기의 친구가 되어 주고 같이 침대에서 잘 것을 요구한다. 그러나 공주는 이내 그 약속을 잊어버리고 살아가는데 개구리가 나타나 약속을 지킬 것을 요구한다. 아마도 공주는 대수롭지 않게 약속을 하였을 것이다. 그러나 개구리는 진지하게 그것을 기억하고 있다. 여기서 우리는 욕망이 어떻게 왜곡되는지, 또 집단생활을 하기 위해 약속과 기억이 얼마나 중요한지를 교훈으로 배울 수 있다.

「고양이와 쥐」 이야기는 어떤 고양이가 쥐를 유혹하여 같이 사는데 요리용 굳기름 한 단지를 사서 집이 아니라 교회 제단 밑에 갖다 두고 혼자 야금야금 다 빼먹는다는 이야기이다. 그런데 고양이가 쥐의 눈을 속여 가며 교회에 가서 굳기름을 훔쳐 먹을 때마다 거짓말을 했다. 사촌이 아들을 낳아 자기가 대부가 되어야 하기 때문에 외출한다고 하면서 굳기름을 훔쳤던 것이다. 그런 사정을 모르는 쥐는 정말 고양이를 믿고 그 아기의 이름이 무엇이냐고 매번 물었다.

처음에는 〈위 없다〉, 다음에는 〈반쯤 없다〉, 마지막엔 〈하나도 없다〉라고 이름을 붙였다. 그 이름을 이상하게 여긴 쥐는 나중에야 고양이가 굳기름을 다 먹어치웠다는 것을 알고 불평을 터뜨리지만 고양이가 오히려 쥐를 잡아먹었다는 끔찍한 내용이다.

이 이야기가 시사하는 바는, 기억을 활성화시키기 위해서는 중간 단계의 여러 가지 기억의 공간들을 활용해야 한다는 뜻이다. 쥐는 한번 기억해 놓은 것 또는 약속해 놓은 것을 전혀 활용하지 않고 무심함의 상태로 방치했다. 그 중간 중간에 〈위 없다〉, 〈반쯤 없다〉라고 변화의 징조가 보였을 때, 원래의 기억에 대한 변화를 감지해야 했다는 것이 기억과 관련된 이 동화의 교훈이다. 이 동화는 엘렌 랭어 교수의 말을 빌려 보자면 〈마음 챙김〉 없는, 고착된 기억은 삶에 아무 도움이 되지 않을 뿐만 아니라 급기야는 자신을 위기로 몰아넣을 수도 있다는 의미를 전달하고 있다.

「헨젤과 그레텔」은 살아남기 위한 수단으로서의 전형적인 기억을 보여 주고 있다. 계모와 함께 살아가는 헨젤과 그레텔은 집안 사정이 어려워지자 부모가 자기들을 숲 속에 버리려는 계획을 알아차린다. 그래서 숲 속으로 갈 때 계모의 눈을 속이고 하얀 자갈을 하나씩 떨어뜨린다. 집으로 돌아가기 위한 기억의 방법이었다. 이 이야기는 한국에서 왜곡되어 해석되는데, 이 동화는 이야기의 의미를 두 아이들과 계모의 관계로 몰아가는 전형적인 관계를 말하려는 것이 아니다. 그보다는 그렇게 버려졌을 때 어떻게 살아갈 수 있는지 그 지혜를 알게 하자는 뜻을 함의하고 있다.

「늑대와 일곱 마리 아기 염소」도 마찬가지다. 너무 잘 알려져 있는 이야기로, 아동을 위한 기억의 메커니즘을 정전(正典)처럼 보여 주고 있다. 우선 이 이야기는 아이들이(여기서는 아기 염소) 기억해야 할 것을 요구하고 있다. 그것은 인간이 되기 위한 전제 조건들이다. 물론 동물도 존재하기 위해서는 이런 기억의 기본적인 메커니즘을 갖고 있지만 그것이 본능인 이상 기억이라고 말할 순 없다. 인간은 기억을 왜곡하고 조작할 수 있기 때문에 기억의 문제는 인간학적 형질이다. 늑대가 어미 염소의 목소리를 흉내 내고 발톱을 변형할 수 있다면 인간에게도 이런 기억의 왜곡에 맞설 전략이 필요할 것이다. 그러므로 이 동화는 아이가 이 험난한 세상을 살아가기 위한 기본 장비인 기억에 대해 예리하게 준비시키고 있다.

4·4 기억 패러다임의 변화: 쿠네르트의 「들장미」

어느 누구도 동화를 기억의 전형으로만 생각할 뿐 그 동화 자체의 선험적이고 초월적인 부분을 다르게 생각할 여유를 보이지 않았다. 그러나 독일의 현대 작가 귄터 쿠네르트는 달랐다. 그림 동화의 공간적 패러다임, 즉 평면적이고 신화적인 패러다임을 시간적 패러다임으로 개작한 것을 통해 우리는 기억해 내기의 본질이 무엇인지를 살펴볼 수 있다. 우선 아래에서 원 텍스트와 쿠네르트의 개작을 읽어 보고 논의를 전개하는 것이 좋을 듯하다.

들장미(그림 형제)

(……)

따끔 하는 순간 공주는 그대로 침대 위에 쓰러져 깊은 잠에 빠져 들었습니다. 잠은 이내 온 궁전 안으로 퍼졌습니다. 왕과 왕비도 궁 안으로 발을 들여놓는 순간 그대로 잠이 들었습니다. 궁 안의 모든 사람들도 마찬가지였습니다. 마구간의 말도 마당의 개도 지붕 위의 비둘기도 벽에 달라붙은 파리도 모두 잠이 들었습니다. 난로에서 타닥타닥 타오르던 불도 잠잠해졌습니다. 지글지글 볶이던 고기도, 무슨 잘못을 저질렀는지 심부름하는 아이의 머리카락을 막 잡아당기던 요리사도 맥없이 잠들었습니다. 드디어는 바람도 잦아져서 성밖의 나무에서도 잎새 하나 움직이지 않았습니다.

성 주위로 들장미가 자라기 시작했습니다. 들장미는 해마다 쑥쑥 자랐습니다. 마침내 온 성을 에워싸고 뒤덮어 아무도 성의 모습을 볼 수 없게 되었습니다. 지붕 위의 깃발도 보이지 않았습니다. 공주는 잠자는 아름다운 들장미로 불렸고 공주에 관한 이야기는 온 나라에 퍼졌습니다. 〈이따금 왕자들이 와서 장미 울타리를 뚫고 성안으로 들어가려고 애를 썼습니다. 그러면 장미 가시가 마치 손이라도 달린 것처럼 억척스럽게 달라붙어서 젊은 왕자들은 오도 가도 못하고 그 안에 갇혔습니다. 왕자들은 옴짝달싹 못한 채 비참한 죽음을 맞이했습니다.〉

아주 오랜 세월이 흘렀습니다. 한 왕자가 이 나라에 왔다가 어떤 노인에게 들장미 이야기를 들었습니다. 장미 울타리 속에는 성이 있고 그 성안에는 들장미라는 아름다운 공주가 있는데, 공주는 부모님과 신하들과 함께 벌써 백 년째 잠들어 있다는 것이었습니다. 노인은 또 많은 왕자들이 왔다가 장미 덩굴에 갇혀서 비참하게 죽어 갔다는 이야기도 자기 할아버지로부터 들었다고 이야기했습니다.

「난 두렵지 않습니다. 가서 아름다운 들장미를 보아야겠어요.」

젊은 왕자가 말했습니다.

선량한 노인은 왕자를 만류하려고 갖은 애를 썼지만 왕자는 자기의 뜻을 굽히지 않았습니다.

마침내 백 년이 지나 들장미가 다시 눈을 뜨게 될 날이 왔습니다. 왕자가 장미 울타리로 다가서자 아름다운 꽃들이 저절로 길을 터주었다가 왕자가 들어서자 다시 문을 닫았습니다. 마당에서 왕자는 말과 사냥개가 그대로 잠들어 있는 광경을 보았습니다. 지붕 위에 둥지를 튼 비둘기들은 날개 깊숙이 머리를 처박고 있었습니다. 궁전 안으로 들어서서 보니 파리는 벽에 달라붙은 채 잠들어 있고 요리사는 심부름하는 아이를 움켜잡으려는 듯 손을 뻗고 있고 하녀는 막 깃털을 뽑으려는 듯 검은 닭을 들고 있었습니다. 온 궁전이 잠들어 있었습니다. 왕과 왕비도 예외는 아니었습니다. 사방이 너무나 조용해서 왕자의 귀에는 자신의 숨소리가 들릴 정도였습니다.

드디어 왕자는 탑으로 가서 작은 방에 달린 문을 열었습니다. 들장미는 그곳에 누워 있었습니다. 왕자는 공주의 아름다움에 반해 눈길을 다른 데로 돌릴 수가 없었습니다. 왕자는 허리를 숙여 공주에게 입맞춤했습니다. 왕자의 입술이 닿자 들장미는 눈을 뜨더니 자리에서 일어나 그윽한 눈길로 왕자를 바라보았습니다. 두 사람은 탑 아래로 함께 내려갔습니다. 바로 그때 왕과 왕비는 물론 온 궁전이 잠에서 깨어났습니다. 사람들은 놀란 눈으로 서로를 바라보았습니다. 마당의 말도 자리를 털고 일어나 푸르르 몸을 떨었습니다. 사냥개도 껑충껑충 뛰어다니면서 꼬리를 흔들었습니다. 지붕 위의 비둘기는 날갯죽지에 파묻었던 머리를 들고 사방을 둘러보더니 들판으로 날아갔습니다. 벽에 붙은 파리도 꼬물꼬물 기어 다녔습니다. 부엌의 장작불도 활활 타올랐고 요리사는 고기를 구웠습니다. 요리사가 따귀를 때리자 심부름하는 아이는 비명을 질렀습니다. 하녀는 열심히 닭 털을 뽑았습니다.

들장미와 왕자의 결혼식은 성대하게 치러졌습니다. 두 사람은 오래오래 행복하게 살았습니다.[9]

들장미(쿠네르트)

이 동화는 수 세대에 걸쳐 아이들을 매료시켰다. 해마다 무성한 덩굴 위로 새순이 쑥쑥 올라오듯 풍부한 상상력을 제공한 때문이다. 꽃이 피고 지고 새들과 향그런 냄새로 가득한 이 정글 같은 덩굴은 길이 없어 나아갈 수도 없는 미로였다. 〈무성한 덩굴을 넘어서려고 나선 수많은 용감한 자들도 모두 중도에서 쓰러지고 만다. 가시에 찔리고 덩굴 속에 잡히고 갇혀서 옴짝달싹 못한 채, 독충에게 물려 갑작스레 몸이 마비되었으니 꼭 보고 싶다던 공주는 정말 있을까.〉 드디어 날이 와서 한 사람의 승리자가 있어, 앞선 사람들이 이루지 못한 일을 이루었다. 성에 들어갈 수 있었고 계단을 걸어 올라 공주의 방으로 들어갔다. 거기에는 공주가 조용히 누워 있었다. 이빨이 다 빠진 입을 반쯤 벌린 채, 침을 흘리며 눈꺼풀은 푹 꺼진 채 누워 있었다. 이리저리 머리칼이 날리는 해골 양 관자놀이 위로 푸르스름한 벌레 먹은 핏줄이 얼기설기하여 얼굴에 죽음 꽃이 핀 노파가 코를 골고 누워 있는 듯한 모습이었다.

오, 들장미 공주를 꿈꾸며 가시덤불에서 죽어 갔던 모든 이에게 축복이 있으라. 이 가시덤불 뒤에 시간을 정말로 확실하게 보장하는 어떤 시간이 지배한다는 것을 믿으면서 죽어 갔던 모든 이들에게 축복 있으라.[10]

이 두 텍스트의 공통점과 차이점은 어디에 있는가? 우선 몇 가지 측면에서 살펴보자. 공통점은 장미 덩굴이 자란다, 왕자들이 장미 덩굴을 헤치고 성으로 들어가려다 장미 덩굴에 걸린다, 한 왕자가 성으로 들어간다, 성안에서 방으로 들어가 들장미 공주를 찾는다는 점 등일 것이다. 그러나 차이점 또한 분명하다. 주제와 은유가 다르다는 것을 들 수 있다. 그리고 그림 동화에는 성이 장미 덩굴로 둘러싸였지만, 쿠네르트 텍스트에는 무성한 덩굴이 있다는 것 또한 차이점이다. 이 덩굴은 미로로, 범접할 수 없는 것으로, 정글로, 폐쇄된 곳으로 묘사되고 있다. 하지만 그림 동화에서는 장미 덩굴이 단순히 장애의 은유로 사용된다. 쿠네르트 텍스트에서는 덩굴이 자기만의 고유한 세계로 묘사된다. 따라서 그림 동화의 목표는 성에 다다르는 것이고, 쿠네르트의 것은 무성한 덩굴을 벗어나는 것이다.

결말 또한 다르다. 그림 동화는 긍정적인 결말인 행복으로 끝나는 데 비해, 쿠네르트 텍스트는 부정적인 결말인 환멸로 끝난다. 특히 형용사들을 중첩하면서(〈이빨이 다 빠진 입을 반쯤 벌린 채, 침을 흘리며 눈꺼풀은 푹 꺼진 채 누워 있었다. 이리저리 머리칼이 날리는 해골 양 관자놀이 위로 푸르스름한 벌레 먹은 핏줄이 얼기설기하여 얼굴에 죽음 꽃이 핀 노파가 코를 골고 누워 있는 듯한 모습이었다.〉) 추한 모습을 강화한다. 이렇게 되면서 그림 동화의 초월적이고 일회적인, 다시 말해 이 세상에는 존재하지 않는 듯한 세계가 쿠네르트의 세계에서는 시간을 통해 덧없이 지나가는 세계로 묘사된다. 그러니까 전체적인 서술 관점이 다르다. 그림 형제의 텍스트는 스토리가 강하나, 쿠네르트의 것은 플롯이 강하다. 전자는 일회적 사건이 중요하지만, 후자는 그 사건이 어떻게 변모하는가 하는 관점이 더 중요하다.

쿠네르트의 동화는 의심, 욕망 같은 개인의 심리적인 면을 부각시킨다. 그러므로 그림 형제의 원 텍스트는 스토리가 선형적이고 단순하고 평면적이고 초월적인 데 비해, 쿠네르트의 스토리는 다층적이고 배경이 있으며 다차원적이고 경험적이다. 그림 형제의 텍스트에는 선과 악, 미와 추의 이항 대립이 있다. 왕자와 공주가 있다면 악마, 요정, 마녀 같은 반대급부가 있다. 그리고 무시간성이 지배적이다. 그러나 쿠네르트 텍스트에는 이항 대립들이 내면에서 서로 섞여 나타난다. 그리고 시간성이 지배적이며 주인공은 실패한다. 추한 공주의 모습에 왕자는 실망한다. 그래서 독자들에게는 환멸을 가져다준다. 이 순간 새로운 자기만의 기억이 떠오른다.

언어적 표현 수단 측면에서도 두 작품은 다르다. 예를 들어 그림 형제의 〈많은 왕자들〉을 쿠네르트는 〈용감한 자들〉이라고 표현했다. 이로써 쿠네르트의 신화와 민담 이해는 은폐 기억의 형태를 띠게 된다. 그림 동화에서는 의인화가 들어 있는 만큼(〈장미 가시가 마치 손이라도 달린 것처럼〉), 단순하고 선형적인 문장 구조가 지배적이다. 스토리 또한 자연스런 시간의 흐름에 따라 순서대로 기술되어 있다. 단어들도 단순하고 모든 것이 구체적이다. 그러므로 누구나 기억을 공유하고 있다는 느낌을 준다. 그에 반해 쿠네르트의 텍스트는 좀 더 예술적인(인공적인) 단어들이며 자연적인 말이 아니라 묘사하고 서술하는 말들이다. 여기엔 기억에 대한 불신이 들어 있다. 시간 또한 단절된 미로로서 작용한다.

그럼에도 불구하고 이 두 텍스트들은 상보적인 관계에 있다. 쿠네르트의 다른 시각에 의해 이 동화는 새로운 차원으로 옮겨 간다. 쿠네르트의 텍스트로 그림의 텍스트가 새로 보이고 그림 형제의 텍스트로 쿠네르트 텍스트의 의도를 엿볼 수 있다. 쿠네르트는 관습화된 동화 수용에 하나의 딴죽을 걸고 그 텍스트를 낯설게 한다. 이것이 이원 효과이다. 이를 통해 생각해 볼 수 있는 것은 쿠네르트가 너무도 당연시되어 왔던 기억을 교정하고 새로운 관점을 보여 준다는 점이다. 그리고 환상과 현실을 직시하게 하며 동화의 환상을 다시 생각해 보게 하며 현실에 눈을 돌리도록 한다.

그러나 이것으로 이 글을 충분히 설명할 수 없다. 왜냐하면 쿠네르트가 부정적으로 보면서도 〈들장미 공주를 꿈꾸며 가시덤불에서 죽어 갔던 모든 이에게 축복이 있으라〉라고 말한 것은 명백히 모순처럼 보이기 때문이다. 그림 동화의 진선미는 더 이상 어디에도 없고 그저 그것을 믿고 살았던 시기는 행복했다는 것을 상상하게 하는 것이 바로 이 동화의 미학이다. 그것은 아이러니 그 자체이며 이 아이러니가 시간을 흐르게 한다. 그런 의미에서 이 동화는 다시 낭만적 회상의 특성을 띤다. 미학은 그냥 아름다운 것에는 존재하지 않는다. 그것이 추하든 아름답든 상실된 것을 다시 기억해 내는 것, 일방적인 판단에 대한 새로운 성찰을 하는 것이 미학의 근본이다.

주

1 에리히 프롬, 『소유냐 존재냐』, 차경아 옮김(까치, 2000), 54면.

2 오늘날 생물학계에서 부정된 독일 생물학자 해켈의 주장.

3 잠바티스타 비코, 『새로운 학문』, 이원두 옮김(동문선, 1997), 339면.

4 같은 책, 319면.

5 알라이다 아스만, 『기억의 공간』(같은 책), 37면 참조.

6 잠바티스타 비코, 같은 책, 335면과 Jürgen Trabant, "Memoria-Fantasia-Ingegno", in: Anselm Haverkamp/Renate Lachmann, *Memoria. Vergessen und Erinnern, Poetik und Hermeneutik XV* (München 1993), 411면도 참조하라.

7 M. Reinhard, "Poetischer Glanz: die Kinder- und Hausmärchen", in: *Die deutsche Märchenstraße*. Hrsg. von M. Pasdzior und M. Reinhard (Hamburg, 1996), 46면.

8 그림형제, 『그림형제 동화 전집 3』, 김열규 옮김(현대지성사, 2000), 255~256면.

9 그림형제, 『그림형제 동화 전집 2』, 김열규 옮김(현대지성사, 2000), 143~146면.

10 Günter Kunert, "Dornröschen", in: *Tagträume in Berlin undandernorts, Kleine Prosa, Erzählungen, Aufsätze* (München/Wien, 1972), 82면.

5 · 아동 문학과 기억

문학에서 기억을 다루려면 사실상 성인의 문학을 다루고 나중에 아동 문학을 다루는 것이 더 나을 것이다. 왜냐하면 아동의 발견이나 아동 문학의 발견은 사실상 성인이 된 후 나중에 이루어진 것이기 때문이다. 우리는 바로 앞에서 쿠네르트의 시도를 통해 동화나 신화와는 다른 아동 문학의 특수성을 살펴보았다. 이런 특수성은 신화시대의 감성적인 측면과 더불어 이성적인 측면이 많이 가미되어 있다는 점에서 신화나 민담, 동화와는 구별된다.

아동 문학의 모순은 대체로 성인에 의해 쓰인다는 것이다. 성인 문학이 성인에 의해 쓰이는 데 비해 아동 문학은 극소수를 제외하고는 아동들에 의해 쓰이는 것이 아니라 성인에 의해 쓰인다는 점이다. 그러니 성인이 되고 난 작가가 어린 시절의 회상을 쓰든가(대부분 이 경우는 성인 문학에 속한다) 아니면 마치 자기가 어린 시절로 다시 돌아가 있는 것처럼 써야 한다. 여기서 아동 문학에 관한 특수한 기억 담론이 발생한다. 대부분의 아동 문학에 관한 책들이 기억과 관련된 서술 면에서 무지함을 드러내고 있다.

유아 문학에 관한 한 책에서 저자들은 이렇게 말하고 있다. 〈아동 문학은 동심의 세계를 염두에 두고 작가가 아동들이 이해할 수 있는 문장으로 세계를 조명하거나 묘사하는 문학이다. 아동 문학은 성인 작가에 의해 아동의 발달과 아동의 세계에 대한 깊이 있는 이해를 바탕으로 쓰이고 창작된다. 기존의 작가뿐만 아니라 아동 문학은 아동의 생활 속 경험들을 중심으로 부모나 교사에 의해 창작되기도 한다〉.[1] 이 문장은 평범한 아동 문학에 대한 진술처럼 보이지만 기억과 내적 경험이란 관점에서 볼 때 책임 없는 공소한 이론일 뿐이다. 작가들이 적어도 아동들을 외부에서 관찰하고 쓴다면 그것은 보고서이지 문학이 아니기 때문이다. 그래서 많은 한국의 아동 문학들이 그저 이런 관찰의 공소함으로 빠져 들기 쉽다.

나의 생각으로는 〈동심의 세계를 염두에 두는〉 것이 아니라 작가 자신의 기억을 쓰는 것이 아동 문학이다. 하지만 그것을 아이들과는 질적으로 다른 어른들의 시각으로 그리는 것이 아니라 바로 그 아이의 눈으로, 아이의 언어로 묘사해야 한다. 그런 경험이나 소통 방식은 매우 보편적이기 때문에 어떤 특정한 사람의 체험이라도 아동들에게 이해와 공감을 불러일으킬 수 있다. 작가의 기억과 경험을 이야기하는 것이 성인 문학이라면, 경험 적은 아동들에게 오히려 성인이 되어 느낄 수 있는 미지의 세계를 자신들의 눈높이로 상상한다는 의미가 있는 것이 아동 문학이다.

서문에서 이미 언급하였지만 기억력이라는 에너지는, 즉 회상(여기서는 사고)의 힘은 저장 기억과 상호 작용을 한다. 저장 기억 없이는 사고할 수 있는 기초가 없고, 그 저장 기억이 망각되어 새로 부활하지 않고서는 사고가 작동할 근거가 없어진다. 이런 구도에서 아동들은 문학을 통해 성인이 겪어 온 체험을 미리 체험함으로써 성장에 도움을 받을 수 있다. 말하자면 성인들이 겪은 과거의 소재들을 통해 자신을 만들어 나가고 표본을 만든다. 이런 토대가 사고력과 창의성에 결정적인 영향을 미친다. 하지만 그런 저장 기억이라 할지라도 그 방식은 상당히 다른 양상으로 재현된다.

5·1 체험의 전승:『겁쟁이 빌리』

아동 문학을 전반적으로 살펴보면 전형적이긴 하지만 그래도 작가의 개성적인 방식으로 삶의 태도를 표현하며 특수한 삶을 전수하려 한다. 아동들은 그 많은 체험들을 읽으면서 자기 나름대로의 세계를 대비하는 것이다. 아래에서 구체적인 예를 들어 가며 그것을 설명하고자 한다. 먼저 앤서니 브라운의『겁쟁이 빌리』를 보자.

빌리는 걱정이 많은 아이였어요. 정말 많은 것들을 걱정했지요. 모자 때문에 걱정하기도 했고, 신발을 두고도 걱정했어요. 구름마저도 걱정했답니다. 비도 역시 걱정거리였죠. 글쎄 커다란 새 때문에 걱정하기도 했다니까요. 아빠는 빌리를 도와주려고 했어요.「걱정 마라, 애야. 그런 일은 절대 일어날 수 없단다. 다 네 상상일 뿐이야.」엄마도 빌리를 도와주려고 애썼죠.「걱정 마라, 아가야. 무슨 일이 있어도 엄마 아빠가 널 꼭 지켜 줄 거야.」하지만 여전히 걱정거리투성인걸요. 어느 날 빌리는 할머니 댁에서 자게 되었어요. 하지만 잠을 이룰 수가 없었지요. 걱정이 너무 많았거든요. 빌리는 다른 집에서 자게 될 때면 걱정이 더 많아지곤 했어요. 결국 침대에서 일어나 할머니께 말씀드리러 갈 수밖에 없었지요. 좀 바보 같다는 생각이 들었지만 말이에요. 할머니께서 말씀하셨죠.「참 재미있는 상상이로구나. 그건 네가 바보 같아서 그런 게 아니란다, 아가야. 나도 너만 했을 때는 너처럼 걱정을 많이 했지. 마침 네게 줄 것이 있구나.」할머니는 방으로 다시 들어가더니 뭔가를 들고 나오셨어요. 할머니가 설명해 주셨죠. 「이 애들은 걱정 인형이란다. 잠들기 전, 이 인형들에게 너의 걱정을 한 가지씩 이야기하고 베개 밑에 넣어 두렴. 네가 자는 동안 이 인형들이 대신 걱정을 해줄 거야.」 빌리는 걱정 인형들에게 온갖 걱정을 다 얘기했어요. 그리고 곤히 잠이 들었죠.[2]

〈빌리는 걱정이 많다〉는 것은 작가의 경험일 수 있다. 이런 특수한 경험을 아동 독자들에게 남기는 것이 작가가 하고 싶었던 일이었을 것이다. 엄마 아빠는 이해해 준다는 것이, 도와준다는 것이 오히려 걱정거리를 남기고 있음을 이 이야기는 설득력 있게 전하고 있다. 그에 비해 할머니는 오히려 아이의 걱정 속으로 들어가 〈나도 그랬단다〉라고 말한다. 이것은 아마 작가가 어린 시절에 이해받은 경험을 통해 독자 아동들이 긍정적 삶의 태도를 가지게 하고 그렇게 하는 방법을 가르쳐 주는 것이다. 앞으로 불안이 몰아칠 때마다 이런 방법을 써보라고 조언하는 것이다. 물론 그렇게 하는 방법 또한 어른들이 쓰는 언어적 방법이 아니라 비언어적 방법이라는 것을 보여 주면서 이 글은 문학성을 띠게 된다.

특히나 불안과 같은 기억을 지우기 위해서는 그 불안에 대해 생각하는 것보다는 불안을 대신해 줄 대상을 찾아 그 불안 기억으로부터 해방되라고 가르친다. 결국 이 이야기는 삶에 대해 스스로 어떻게 대처해 나가야 할지를 기억으로부터 가르친다. 아동들에게 문학은 삶과 세계이다. 아동들의 애니미즘적 사고방식, 실재론적 사고방식은 바로 이런 면에서 문학 그 자체라고 할 수 있다. 엄마가 해결할 수 없는 방법을 아동은 직접 동화 속에서처럼 해달라고 할 수 있다는 점에서 이런 문학은 어른에게도 매우 유익한 경험이 될 것이다.

그에 반해 한국 작가들의 아동 문학은 내적인 기억, 즉 이미지가 아니라 외적인 저장 기억을 여과 없이 써놓는 경우가 많은데, 이는 기억이 어떻게 상상력으로 변하는지를 알지 못하는 문화에서 기인한다. 김재홍의 『동강의 아이들』

이 그 대표적인 경우이다.

　　　장날, 어머니는 깨도 팔고 콩도 팔러 장터에 갔어요. 돌아올 땐 순이 색 연필하고 동이 운동화도 사온댔어요.「오빠, 엄마 보고 싶어. 엄마 마중 가 자.」동이는 자꾸 칭얼대는 순이를 데리고 강가로 나왔어요.「순이야, 우리 누 가 누가 빨리 뛰나 시합할까?」「싫어. 큰 새한테 가서 엄마가 어디까지 오셨나 물어볼 테야.」「큰 새야, 큰 새야. 우리 엄마 어디까지 오셨니?」순이가 큰 새 에게 물었어요.「큰 새가 그러는데, 지금 내 운동화 사 가지고 집으로 돌아오 시는 길이래.」동이가 큰 새 대신 대답해 주었어요.「와, 신난다! 색연필로 예 쁜 그림 그려야지!」순이가 팔짝팔짝 뛰며 좋아했어요.「쉿, 조용히 해. 큰 새 랑 아기 곰은 이제 낮잠을 잘 거래. 순이도 오빠랑 집에 가서 낮잠 잘까?」「싫 어, 엄마 마중 갈래.」「안 돼, 집에 가서 기다려야 해.」「싫어, 싫어. 엄마 마중 갈 거야!」「너 자꾸 그러면 망태 할아버지가 잡아가신다!」동이 말에 순이는 으앙! 울음을 터뜨렸어요.「알았어, 알았어. 순이야, 울지 마. 오빠가 물수제 비뜨는 것 보여 줄게. 잘 봐. 하나, 둘, 셋!」통, 통, 통, 탁! 가만, 저게 무얼까? 울퉁불퉁한 등허리와 사나운 저 눈!「고, 고, 공룡이다! 엄마야!」「동이야, 순 이야, 어딜 그렇게 뛰어가니?」할아버지가 소리쳐 물었어요.「할아버지, 저, 저기 공룡이 있어요!」동이가 오던 길을 가리키며 소리쳤어요.[3]

문학이 경험을 답보하고 기억을 그린다는 측면에서 이 작품도 문학이다. 그러나 이 작품에는 은유성이 없기 때문에 일상적 체험에 가깝다. 그러니까 주 인공들의 특수한 체험이 이미지로 각인될 때 은유성이 만들어지는데, 이 작품 은 그런 유추의 과정을 보여 주지 않기 때문에 기억의 반복, 충실한 기억 이상 의 것이 아니다. 그러나 여기서 알아 두어야 할 점은 회상 기억이 기억 내용이 아니라 현재로부터의 의미 구조인 만큼, 회상의 현상과 과거에 대한 개념, 서술의 도식 *schema*이 서로 보완적인 관계에 있다는 사실이다.

그런 의미에서 이 책의 서술, 아이들 둘이 한꺼번에 공룡을 체험한다는 이야기는 큰 의미를 전달하지 못하고 그런 기억의 개연성도 적다고 하겠다. 회상 기억은 삶의 이야기에서 드러난 의미 구조를 그린다는 점에서 인지나 서술의 표본이므로 같은 사실이라도 개인에 따라 전혀 다른 이미지로 재현된다. 그러니까 현실의 경계 넘기가 발생하는데 이 이야기에서는 그렇질 못하다. 이러한 현상은 이 책이 그림책이라는 측면에서 볼 때 더욱 강하게 나타난다. 이 책의 그림은 의미를 나타내는 개성적인 유추가 아니라 누구나 같이 볼 수 있는 사실화에 가깝다. 『겁쟁이 빌리』에서 예술성은 할머니가 말한 〈이 애들은 걱정 인형이란다. 잠들기 전, 이 인형들에게 너의 걱정을 한 가지씩 이야기하고 베개 밑에 넣어 두렴. 네가 자는 동안 이 인형들이 대신 걱정을 해줄 거야.〉 그리고 빌리가 할머니의 말대로 그렇게 온갖 걱정을 털어놓는 인형들에서부터 시작한다.

그런 반전이나 상상력의 시작을 위의 글에서 굳이 찾으라면 물수제비를 뜨다가 느닷없이 〈공룡〉을 발견하는 부분인데, 물론 이것은 상상이라 할 수는 있지만 경계 넘기의 개연성이 없다. 왜냐하면 이 부분에서 독자들은 이것이 사실인가 아닌가, 즉 〈실제성〉에 초점을 맞출 뿐 위의 이야기에서처럼 이야기로서의 허구성을 인정하고 〈사실성〉에 초점을 맞추지는 않는다. 그러므로 문학적 기억이란 자기가 겪은 것을 그대로 옮겨 놓는 것이 아니다. 그것을 현재의 정서(가령 〈나는 엄마를 기다리느라 지쳤고, 그것이 여러 번 반복되어 공룡의 모습으로 나타났다〉 등)에 맞추어 어떻게 구조적으로 서술하느냐 하는 것이 중요하다. 문학은 감정으로 되는 것이 아니라 기억의 편차로 만들어진다.

5·2 기억에서 상상으로: 『내 친구 커트니』

아동들의 세계는 상상의 세계이다. 그러므로 아동 문학은 무엇보다 상상의 세계에 맞추어져 있다. 아래의 글은 어떤 측면에서 원시인이 경험할 것 같은 야성의 회복에 초점을 맞추고 있기 때문에 위에서 본 『동강의 아이들』과 비슷한 구조의 기억에 관한 이야기로 시작하지만 전혀 다른 문학성을 풍기고 있다.

나에게 새 이불이 생겼어요. 커다란 새 침대에 덮을 거예요. 엄마와 아빠가 나를 위해 만들어 주신 이불이에요. 어릴 때 내가 쓰던 헝겊들을 모아 만들었어요. 내가 태어나서 처음 썼던 커튼과 침대 이불은 여기 있고요. 강아지 샐리가 누워 있는 쪽은 내가 아기 때 입던 잠옷이에요. 이불 저쪽은 내가 세 살 되던 생일날에 입었던 윗옷으로 만들었고요. 이불 이쪽은 내가 가장 좋아하던 바지로 만들었어요. 모두 너무 작아진 옷들이에요. 엄마가 샐리를 만들 때 썼던 헝겊도 여기 어디쯤 있을 거예요. 그런데 지금은 찾을 수가 없네요. 오늘 밤 잠들 수가 없을 것 같아요.

이불이 마치 작은 마을 같아요……. 그런데 샐리가 안 보여요. 샐리가 여기 있을지도 몰라요. 샐리! 샐리는 이런 곳을 좋아하지 않을 텐데……. 샐리! 누군가 샐리를 데려갔으면 어떻게 하죠? 샐리! 샐리가 이 꽃밭에 숨어 있다면, 정말 찾기 어려울 거예요. 샐리! 무시무시한 터널이에요! 빨리 뛰어 터널을 빠져나가야겠어요. 샐리! 샐리! 샐리! 여기에도 없을 거예요. 샐리는 물을 좋아하지 않거든요. 샐리! 여기는 터널보다 더 무서운걸요! 샐리! 아! 샐리를 찾았어요! 잘 잤니, 샐리?[4]

이야기 또한 퀼트 이불에 관한 기억을 써놓은 것인 듯하다. 이불이 〈기억의 터〉로 자리 잡고 그 터가 작가의 회상 기억을 불러일으킨 것이다. 아이들을 위한 글이기 때문에 과거 시제는 전부 현재 시제로 잡혀 있다. 어쩌면 우리의 과거 기억이 하나의 이야기가 되듯이 과거 어린 시절에 사용하던 헝겊, 침대, 이불, 옷 등으로 만든 기억의 직조물을 직접 경험한 현실과 병치시키면서 이 작품은 문학성을 얻고 있다. 이런 공간에 샐리를 잃어버렸을 때의 기억이 교차하면서 하나의 이야기가 만들어진다. 〈이불 속에서의 다양한 공간이 샐리를 찾을 때의 다양한 공간과 같다면……〉이라는 생각이 문학성을 띠게 한다. 조각 이불의 조각은 곧 기억의 조각과 같은 것이다. 기억은 온전한 하나의 스토리나 장면으로 만들어진 것이 아니라 여러 가지가 하나의 흔적으로 존재하고 우리가 그것을 회상한다면 결국 조각을 이어 이불을 만들듯이 우리의 기억 또한 그렇게 기워 놓은 것이라는 것을 작품은 말해 준다.

이런 내면적 기억은 상상력을 불러일으키는데, 겉으로 보면 너무 엉뚱한 현실과 같은 느낌을 준다. 내가 어느 어린이 전문 도서관에서 읽다가 웃음을 참지 못한 글인데, 한번 들어 보자.

「우리도 개를 키웠으면 좋겠어요. 개가 있으면, 우리 집도 훨씬 좋아질 거예요. 개는 집을 지켜 주잖아요. 또, 우리랑 같이 놀아 주기도 하고요, 네?」 아이들이 졸라 댔습니다. 「강아지 파는 가게에 가면, 귀여운 개들이 얼마나 많은데요. 우리도 한 마리만 사요, 네, 엄마?」 「개를 키우면, 밥도 챙겨 먹여야 하고, 산책도 시켜 줘야 하잖아. 또 개가 있으면, 집 안이 얼마나 더러워지는데.」 「우리가 다 할게요. 산책도 시켜 주고, 밥도 챙겨 먹이고. 또 더러운 것도 우리가 다 치울게요. 엄마, 제발, 네?」 「아휴, 그래, 알았다, 알았어, 알았다고. 좋은 개로 골라야 한다. 깨끗하고 잘생긴 개로 골라야 해, 알았지? 그리고 개는 너희 둘이 돌보기로 했다. 분명히 약속한 거야?」

아이들은 이렇게 생긴 개도 보고, 저렇게 생긴 개도 보았습니다. 하지만 집에서 키우고 싶은 개는 한 마리도 없었습니다. 「아무도 안 데려가는, 그런 개는 없어요? 우리가 본 개들은요, 전부 우리 말고도 데려갈 사람이 많을 것 같아요.」아이들이 아저씨께 여쭤 보았습니다. 「커트니라는 개가 있긴 한데…… 그래 커트니를 데려가겠다는 사람은 없었지. 커트니에 대해서는 우리도 아는 게 없다. 어디에서 왔는지도 모르고, 커트니를 마음에 들어 하는 사람도 없었어. 이 개는 늙었거든.」「우리는 커트니가 좋아요.」아이들은 커트니를 데리고 집으로 갔습니다. 「아니, 도대체 이게 뭐야? 좋은 개를 고르라고 했는데, 늙은 똥개잖아. 엄마 아빠가 말했지? 잘생긴 개를 고르라고 말이야.」「그래도 커트니는 귀엽잖아요.」아이들이 말했습니다. 「글쎄, 어쨌든 지금은 늦었으니까, 가서 자도록 해라. 커트니는 부엌에서 재우자, 알았지?」다음 날 아침에 아이들은 새 식구가 된 개를 서로 먼저 보려고 부엌으로 달려 내려갔습니다. 그런데 커트니가 보이지 않았습니다. 「우리가 그 개는 안 좋다고 했지? 그렇게 지저분한 떠돌이 개들은 집에서 키울 수 없어, 알았니? 좀 좋은 개를 고르라니까, 도대체 왜 그렇게 엄마 아빠 말을 안 듣니?」

그날 낮에 커트니는 여행 가방을 낑낑대고 끌면서 돌아왔습니다. 커트니는 집 안으로 들어와 가방을 열었습니다. 주방장 모자와 앞치마를 꺼내 입더니, 곧바로 저녁밥을 짓기 시작했습니다. 커트니는 웨이터 아저씨 옷으로 갈아입고, 식구들이 둘러앉아 먹기만 하면 되게 저녁밥을 차려 주었습니다. 또 식구들이 저녁을 먹는 동안에는 옆에서 바이올린 연주도 해주었습니다.[5]

앞의 『조각 이불』에서처럼 이 이야기도 평범하고 전형적인 한 가정에서 일어난다. 지극히 현실적인 이야기다. 아이들이 강아지를 갖고 싶어 하는 것은 예외 없는 일이다. 나도 한동안 아이들에게 강아지 요구를 받다가 아파트에서는 불가하다는 말로 끝을 맺었지만, 결국 이런 일은 누구에게나 일어날 수 있는 일이다. 문제는 아이들이 아무도 데려가지 않는 개 커트니를 사면서부터이다. 만약 아이들이 누구나 좋아하는 개를 샀거나, 커트니를 사도 엄마 아빠가 나무라지 않았다면 아무 문제도 일어나지 않았을 것이다. 그런 것은 기억에 남지도 않을 것이다.

『헤레니움 소고』에 의하면 이미 오래전부터 이미지로 남을 수 있는 것, 능동적인 작용을 하는 이미지를 골라야 기억에 잘 남는다고 한다.[6] 그렇다면 믿을 수 없는 것, 저속한 것, 비열한 것 등이 오래 각인된다. 이런 관점에서 본다면 두 가지 추론이 가능하다. 이 글의 화자가 개와 관련하여 얻은 체험이 그렇거나, 독자가 이 책의 이야기 같은 특별한 것을 통해 이 이야기를 오래 기억할 것이며, 어른이 되어 읽더라도 유사한 기억을 훨씬 더 많이 불러일으킬 수 있다. 이런 기억의 원리는 아동 문학이든 성인 문학이든 그 창작에 있어 결코 안이하게 다룰 문제가 아니다.

엄마가 똥개라고 말할 만한 늙은 개가 요리를 한다는 것은 격정적인 것을 포함하고 있기 때문에 기억에 잘 각인되고 상상력을 강하게 불러일으키는 토대가 된다. 기억이란 보상 이론에서처럼 채워지지 않은 것을 채우는 방향으로 상상을 자극하기 때문이다. 그것을 우리는 이미 프로이트의 이론을 통해 살펴보았다. 〈좋지 않고 지저분한〉 개를 산 자신이 보상 심리를 가진다면 우리는 어떤 상상을 할 수 있을까? 그것은 바로 요리를 하고, 바이올린 연주를 하며 아이를 잘 돌보는 등, 주인에게 매우 쓸모 있는 개일 것이다. 이 이야기는 우리의 고전 『박씨전』과 별로 다를 게 없다.

한양의 이 상공이 선녀가 한 아이를 목욕시켜 주며 금강산의 처녀와 결혼시키라는 꿈을 꾸고 아들을 얻었는데 바로 그가 이시백이다. 시백이 나이가 차자 정말로 금강산에서 박 처사라는 사람이 와서 자기 딸을 시백과 혼인시키길

원했고 태몽이 생각난 시백의 아버지는 아들을 박 처사의 딸과 혼인시켰다. 그 딸은 전생에 지은 죄로 얼굴이 못생겼는데 이를 모르는 남편을 포함한 시댁 식구들이 박씨를 멀리하였다. 그리하여 박씨 부인은 안뜰에 작은 집을 지어 피화당이라 이름 짓고 거기서 별거하였다. 박씨는 비록 얼굴은 못생겼으나 재주가 뛰어나 꿈에서 본 벼루로 남편을 장원 급제하게 하고 하인에게 시장에서 몇 냥짜리 병들고 마른 말을 3백 냥에 사들여 좋은 먹이로 살찌우고 훌륭한 말로 길러 중국 사신에게 1만 5천 냥에 파는 등 선견지명이 있었다.

5·3 반복과 리듬: 『아저씨 우산』

이렇게 보상 심리가 기억에서 유래되었고, 그것이 다시 상상력을 만들어 낸다는 것을 우리는 이미 위에서 밝혔다. 나쁜 기억은 좋은 기억에 의해 지워지기도 하는데 사노 요코의 글이 그것을 말해 준다.

아저씨는 아주 멋진 우산을 갖고 있었습니다. 우산은 까맣고 가늘고, 반짝반짝 빛나는 지팡이 같았습니다. 아저씨는 외출할 때면 늘, 우산을 들고 집을 나섰습니다. 비가 부슬부슬 내릴 때는 그냥 비에 젖은 채 걸었습니다. 우산이 젖기 때문입니다. 빗발이 조금 더 굵어지면 처마 밑에 들어가 비가 그칠 때까지 기다렸습니다. 우산이 젖기 때문입니다. 길을 서두를 때는 꼭 껴안고 뛰어갔습니다. 우산이 젖기 때문입니다. 비가 그치지 않으면, 〈잠깐 실례 좀 하겠소이다. 저기까지 같이 쓰고 갑시다〉라면서 낯선 사람의 우산 속으로 들어갔습니다. 우산이 젖기 때문입니다. 비가 좍좍 내리는 날에는 아무 데도 가지 않고 가만히 집 안에 있었습니다. 그러고는, 세찬 바람에 우산이 뒤집힌 사람을 보고서, 〈아아, 다행이다, 하마터면 내 소중한 우산이 망가질 뻔했어〉라고 말했습니다. 어느 날, 아저씨는 공원 벤치에 앉아 쉬고 있었습니다. 공원에서 쉴 때, 아저씨는 우산 위에 손을 얹고 멍하니 풍경을 바라보았습니다. 그러다가, 우산이 더러워지지는 않았는지 반듯하게 접혀져 있는지 살펴봅니다. 그러고는 안심하고 또 멍하니 풍경을 바라보았습니다. 잠시 후, 비가 조금씩 내리기 시작했습니다. 조그만 남자 아이가 비를 피하려고 나무 밑으로 뛰어들었습니다. 남자 아이는 아저씨의 우산을 보더니, 〈아저씨, 저기 가실 거면 저 좀 씌워 주세요〉라고 말했습니다. 「흐흠.」 아저씨는 헛기침을 하면서, 못 들은 척 다른 쪽을 쳐다보았습니다. 「어머, 너 우산 없니? 같이 가자.」 조그만 남자 아이의 친구인 조그만 여자 아이가 다가와 말했습니다.

「비가 내리면 또롱 또롱 또로롱

비가 내리면 참방 참방 참-방.」

두 아이는 큰 소리로 노래를 부르며 빗속을 걸어갔습니다.

「비가 내리면 또롱 또롱 또로롱

비가 내리면 참방 참방 참-방.」

조그만 남자 아이와 조그만 여자 아이가 저 멀리 갔는데도 노랫소리가 들렸습니다.

「비가 내리면 또롱 또롱 또로롱

비가 내리면 참방 참방 참-방.」

아저씨도 덩달아 소리 내어 말했습니다.

「비가 내리면 또롱 또롱 또로롱

비가 내리면 참방 참방 참-방.」

아저씨는 일어서서 말했습니다. 「정말 그럴까.」 아저씨가 마침내 우산을 펼쳤습니다.[7]

일본에서는 이야기 속의 노래를 어떻게 부르는지 모르지만 이 이야기 중에 나오는 노래를 생각하니 〈이슬비 내리는 이른 아침에 우산 셋이 나란히 걸어갑니다……〉란 노래가 생각난다. 아마 그런 경우라면 나도 그 노래를 듣고 우산을 폈으리라 생각된다. 어떤 이유인지는 모르겠지만, 우산을 비 오면 쓰는 기능적인 우산이 아니라 젖으면 안 되는 하나의 소유물로 생각한 듯하다. 우리가 어릴 때 운동화를 버릴까 봐 들고 다니던 것이 생각난다. 위의 이야기는 우리가 기억에 쉽게 접근할 수 없지만 좋은 동기와 자발성이 주어졌을 때 회상 가능하다는 것을 보여 주고 있다. 어린 시절을 회상하고 고착에서 벗어난 동기는 아이들의 유희적인 노랫소리에서 환기된 것이다. 자발성이나 창의성은 이렇게 반복의 즐거움과 밀접한 관계에 놓여 있음을 단적으로 보여 주고 있다.

그런데 아동의 기억은 오래가질 못한다. 그래서 질서나 안전을 위해 아동들에게 어른들은 늘 반복 훈련을 시킨다. 아래에서 보게 될 존 버닝엄의 『검피 아저씨의 뱃놀이』도 그런 상황을 잘 묘사하고 있다.

이 아저씨가 바로 검피 아저씨야.

아저씨네 집엔 배가 있었지. 아저씨네 집은 강가에 있었거든.

어느 날, 검피 아저씨는 배를 끌고 강으로 나왔어.

동네 꼬마들이 물었지. 「우리도 따라가도 돼요?」

아저씨는 〈그러렴. 둘이 싸우지만 않는다면〉 했지.

토끼가 물었어. 「아저씨, 나도 따라가도 돼요?」

「그러렴. 하지만 깡충깡충 뛰면 안 된다.」

고양이가 말했어. 「나도 타고 싶은데.」

아저씨는 「그래, 좋다. 하지만 토끼를 쫓아다니면 안 된다」 했지.

개가 말했어. 「아저씨, 나도 데려가실래요?」

아저씨는 〈그러렴. 하지만 고양이를 못살게 굴면 안 된다〉 했지.

돼지가 말했어. 「아저씨, 나도 따라가게 해주세요.」

「그래, 좋다. 하지만 배 안을 더럽히면 안 된다.」

양이 물었어. 「내 자리도 있나요?」

「그럼. 하지만 시끄럽게 울면 안 된다.」

닭들이 말했어. 「우리도 따라갈 수 있나요?」

아저씨는 「그러렴. 하지만 날개를 푸드덕거리면 안 된다」 했지.

송아지가 물었어. 「내 자리도 마련해 줄 수 있나요?」

「그럼. 쿵쿵거리고 다니지만 않는다면.」

염소가 말했어. 「아저씨, 나도 같이 가면 안 될까요?」

「그래, 좋다. 하지만 뒷발질을 하면 안 된다.」

얼마 동안은 모두들 신나게 배를 타고 갔는데,

그러다가 갑자기…….

염소는 뒷발질하고,

송아지는 쿵쿵거리고,

닭들은 파닥거리고,

양은 매애거리고,

돼지는 배 안을 엉망으로 만들고,

개는 고양이를 못살게 굴고,

고양이는 토끼를 쫓아다니고,

토끼는 깡충거리고,

꼬마들은 싸움을 하고,

배가 기우뚱…….

그래서 모두들 물속으로 풍덩 빠져 버렸지.

검피 아저씨며, 염소며, 송아지며, 닭들이며, 양이며,

돼지며, 개며, 고양이며, 토끼며, 꼬마들은 모두들 기슭까지

헤엄쳐 가서, 강둑으로 기어 올라와 따뜻한 햇볕 아래서

몸을 말렸어.

아저씨가 〈다들 집으로 돌아가자. 차 마실 시간이다〉 했지.

아저씨는 〈잘 가거라. 다음에 또 배 타러 오렴〉 했지.[8]

안전하지 않은 위기는 어디서 오는가? 사실 위기는 동물 친구들이 아저씨의 말을 어겼기 때문에 온 것이다. 하지만 약속을 지키지 않는다. 그러나 문학은 그것을 잘 지키지 않는 이야기를 통해 아이들이 지켜야 할 것이 무엇인지 보여 준다. 다시 말해 인지적으로 정서적으로 균형 잡힌 아동이 아닌 경우의 교육을 위해 역발상의 교육을 한다. 당연히 문학은 검피 아저씨의 말을 어기는 것에 오히려 흥미를 느낄 수 있게 하고 있다.

어머니가 너 컴퓨터 게임 하면 안 된다, 하면 네 하고 대답하지만 곧바로 잊어버리고 그 일을 한다. 그렇기 때문에 문학은 약속을 지키거나 정직한 대답을 하는 데 초점을 맞추지 않는다. 오히려 거부하거나 약속 어기는 것을 당연히 여기도록, 다시 말해 다른 아이들(여기서는 동물들)도 약속을 어기는구나, 하는 점에서 위로를 받도록 한다. 다만 그렇게 했을 경우 위기 상황(물속으로 풍덩 빠짐)을 겪게 되었기에 아이는 자기 스스로 그 일을 하기 싫어한다. 이때 문학은 은근히 오히려 그런 일을 해야 한다는 식으로 부추기는 편이다. 이런 기억의 심리를 도식화하면

1. 우선 동의해 준다. 그것은 좋지 않은 기억을 불러옴을 의미한다.

2. 아저씨의 말을 듣지 않고 놀이를 한다. 이는 과거의 욕구를 반복한다는

것을 의미한다.

3. 스스로 모순에 빠지는 체험을 한다. 자기감정을 이해한다는 것을 의미한다.

4. 하지 말아야겠다는 생각을 한다. 자발적으로 새로운 목표를 설정하는 것을 의미한다.

5·4 정체성: 『개구쟁이 해리』

아동 문학은 대개 기억을 통한 정체성을 다루는 곳이 많다. 『개구쟁이 해리』 또한 그런 정체성 문제를 아이들에게 가르치고 있으며, 기억이 개인 차원의 것이 아니라 어느 정도 공적으로 이루어지고 있음을 보여 준다.

해리는 몸에 검은 점이 있는 하얀 개예요. 해리는 목욕하는 걸 무척 싫어했어요. 어느 날, 목욕탕에서 물을 트는 소리가 나자, 해리는 목욕 솔을 입에 물고 가서 뒤뜰에 파묻었습니다. 그러고 나서, 해리는 집 바깥으로 놀러 나갔어요. 해리는 길을 고치는 곳에서 놀다가 흙투성이가 되었어요. 해리는 기차역에서 놀다가 그을음투성이가 되었어요. 해리는 다른 개들과 술래잡기도 했어요. 몸이 더 더러워졌어요. 그러고 나서, 해리는 석탄 트럭에서 미끄럼도 탔습니다. 몸이 새까맣게 되었어요.

해리의 모습은 이제 아주 달라졌습니다. 검은 점이 있는 하얀 개였는데, 하얀 점이 있는 검은 개가 되고 말았습니다. 해리는 더 놀고 싶었지만, 집에 있는 사람들이 자기가 도망간 줄 알까 봐 걱정이 되었어요. 해리는 지치기도 했고, 배도 고팠어요. 그래서 집으로 곧장 달려갔어요. 해리는 집 앞에 오자,

울타리 밑으로 살금살금 기어 들어갔어요. 그리고 마당에 조용히 앉아 뒷문을 바라보았어요. 집 안에서 누군가가 밖을 내다보더니 말했습니다. 「못 보던 개가 뒤뜰에 있어요. 그런데 우리 해리는 어디 갔어요?」

해리는 그 소리를 듣고, 자기가 해리라는 걸 집안사람들에게 알리려고 무척 애썼어요. 해리는 자기가 잘하던 멋진 재주를 보여 주었어요. 뒤뚱뒤뚱 물구나무도 서고, 훌렁훌렁 공중제비도 넘고, 데굴데굴 구르기도 하고, 가만히 죽은 척하기도 했어요. 춤도 추고, 노래도 불렀어요. 해리는 여러 가지 재주를 부려 보았지만, 모두 머리를 흔들었습니다. 「아니야, 이 개는 해리가 아니야.」 해리는 슬펐어요. 집 바깥쪽으로 터벅터벅 걸었어요. 그러다 갑자기 해리는 걸음을 멈추더니, 뒤뜰 구석으로 쏜살같이 달려가, 마구 흙을 파기 시작했어요. 해리는 곧바로 흙구덩이에서 뛰어 나와, 멍 하고 짖었어요. 기쁘다는 소리였습니다.

해리는 목욕 솔을 찾은 거예요! 해리는 목욕 솔을 입에 물고 집 안으로 뛰어 들어갔어요. 해리는 단숨에 계단을 뛰어 올라가고, 집안사람들은 해리 뒤를 쫓아 올라갔습니다. 해리는 목욕탕 안으로 뛰어 들어가, 목욕 솔을 입에 문 채 앞발을 들고 앉았어요. 해리가 이렇게 한 적은 한 번도 없었습니다. 「이 강아지가 목욕을 하고 싶어 해!」 작은 여자 아이가 말했습니다. 그러자 아빠가 말씀하셨어요. 「네가 동생하고 씻어 줄래?」 해리는 온몸이 비누투성이가 되어 목욕을 했어요. 그러자 놀랄 만한 일이 일어났습니다. 솔질을 하던 아이들은 깜짝 놀랐어요. 「엄마! 아빠! 여기, 여기 보세요! 빨리 와보세요!」 「해리예요, 해리예요!」 아이들이 소리쳤습니다.[9]

부모의 법이나 약속 규범을 어기면 어떻게 되나. 쾌락 원칙을 택하면 그것이 현실 원칙에 의해 불쾌가 된다는 것을 체험할 수 있는 좋은 글감이다. 이 글은 기억이 정체성에 어떤 역할을 하는지를 보여 주고 있다. 아이가 자라면서 차츰 반성하는 능력을 길러 나간다. 다시 말해 자기를 객관적으로 관찰할 수 있는 능력을 말한다. 그러니까 내적인 욕망과 외적인 관찰이나 성찰 사이에는 자연히 불균형이 발생할 수밖에 없다. 문학은 그것을 보상해 준다. 이 이야기에서도 감정이나 의지를 포함한 욕망은 기억과 망각을 제어하는 기제라는 것을 찾아볼 수 있다. 바로 이 기제들이 어떤 것을 기억할지 어떤 것을 망각할지를 결정한다. 어떤 사람도 행동하는 순간에는 자신을 이해할 수 없다. 해리는 목욕하기 싫다는 느낌과 의지를 가지고 목욕에 대한 생각을 지워 버리거나 기억한다. 다시 말하면, 행동하는 자는 행동하는 순간 항상 자신의 지식이나 기억의 한 단면만 이용한다는 뜻이다.

이렇게 볼 때 기억은 전체를 마음대로 운용할 수 없는 성질을 띠고 있다. 이것이 기억의 한계이자 가능성이다. 가능성이라는 뜻은 그 단편적 기억 때문에 무엇인가를 학습할 수 있는 능력을 말하기도 한다. 해리가 학습한 것은 기억이 한쪽으로만 이용될 수 없다는 것이다. 그렇게 될 때 자기 존재에 위협이 가해진다는 것을 학습한다. 단편적 기억으로는 정체성이 보장되지 않는다는 것을 알 수 있다. 자신을 몰라보는 집안 식구들에게 자신이 해리임을 입증하기 위해 그는 과거를 기억해야 한다. 우리가 아동 문학에서 찾을 수 있는 또 하나의 정체성은 개성이다. 아래에 인용하는 『프레드릭』이라는 글은 정체성으로서의 기억을 다루고 있다.

소들이 풀을 뜯고 말들이 뛰노는 풀밭이 있었습니다. 그 풀밭을 따라 오래된 돌담이 죽 둘러쳐져 있었습니다. 헛간과 곳간에서 가까운 이 돌담에는 수다쟁이 들쥐 가족의 보금자리가 있었습니다. 농부들이 이사를 가는 바람에, 헛간은 버려지고 곳간은 텅 비었습니다. 겨울이 다가오자, 작은 들쥐들은 옥

수수와 나무 열매와 밀과 짚을 모으기 시작했습니다. 들쥐들은 밤낮없이 열심히 일했습니다. 단 한 마리, 프레드릭만 빼고 말입니다. 「프레드릭, 넌 왜 일을 안 하니?」 들쥐들이 물었습니다. 「나도 일하고 있어. 난 춥고 어두운 겨울날들을 위해 햇살을 모으는 중이야.」 프레드릭이 대답했습니다. 어느 날, 들쥐들은 동그마니 앉아 풀밭을 내려다보고 있는 프레드릭을 보았습니다. 들쥐들은 또다시 물었습니다. 「프레드릭, 지금은 뭐 해?」「색깔을 모으고 있어. 겨울엔 온통 잿빛이잖아.」 프레드릭이 짤막하게 대답했습니다. 한번은 프레드릭이 조는 듯 보였습니다. 「프레드릭, 너 꿈꾸고 있지?」 들쥐들이 나무라듯 말했습니다. 그러나 프레드릭은, 〈아니야, 난 지금 이야기를 모으고 있어. 기나긴 겨울엔 얘깃거리가 동이 나잖아〉 했습니다.[10]

이 이야기는 인간에게 일상적인 삶 이외에 상상이나 관념상의 저장도 필요하다는 것을 말해 주고 있다. 다른 쥐들이 쉴 새 없이 육체적인 양식을 비축, 즉 저장하고 있다면 프레데릭은 의미의 양식을 저장하고 있다. 그러므로 이 문학은 문학 재귀적인 의미를 띠고 있다. 문학적 기억은 그 자체가 기억의 일환이다. 문학적 행위 자체가 기억의 일환이라는 뜻이다. 그림 동화가, 다시 말해 전시대의 아동 문학이 삶의 지혜나 법, 전승 같은 데만 관심을 둔 기억 유형인 데 반하여 현대의 아동 문학은 사회가 먹고사는 것을 영위하는 데만 집중되지 않고 정신적인 영역까지 삶의 영역이 확장되어 있음을 보여 주고 있다. 그렇기 때문에 아동 문학에서도 느낌이나 색조, 음, 언어를 중심으로 한 정서적 상상력에 초점을 두어야 할 것이다.

아동 문학은 문화적 패턴과 맥을 같이하고 있다. 물론 그것은 무엇을 기억해야 할 것인가에 따라 달라진다. 이런 현상은 문학에서도 하나의 유형으로 작용하고 있다. 요즘 아이들에게 유행하는 말로 콘셉트라는 것이 있다. 이제 차츰

국제적으로 그런 콘셉트가 달라지기는 하나 문화적 차이는 확연하다. 내적이고 은밀한 기억에서 상상력이 발휘된다는 콘셉트로 작품을 만들지 않으면 한국의 아동 문학에서 흔히 볼 수 있는 도덕적 영웅주의나 감정을 재생산하는 유형으로 빠질 수밖에 없다. 문학이 발칙한 상상이라는 것은, 그 문학이 바로 기억에 지울 수 없는 상처의 흔적에 대한 보상으로 만들어지기 때문이다.

주

1 심성경 외, 『유아 문학의 이론과 실제』(학지사, 2006), 14면.
2 앤서니 브라운, 『겁쟁이 빌리』, 김경미 옮김(비룡소, 2006).
3 김재홍 글·그림, 『동강의 아이들』(길벗어린이, 2000).
4 앤 조나스 글·그림, 『조각 이불』, 나희덕 옮김(비룡소, 2001).
5 존 버닝엄 글·그림, 『내 친구 커트니』, 고승희 옮김(비룡소, 1996).
6 알라이다 아스만, 『기억의 공간』(같은 책), 325면 이하를 참조하였음.
7 사노 요코 글·그림, 『아저씨 우산』, 김난주 옮김(비룡소, 1996).
8 존 버닝엄 글·그림 『검피 아저씨의 뱃놀이』, 이주령 옮김(시공주니어, 2000).
9 G. 자이언, 『개구쟁이 해리』, 임정재 옮김(언어세상, 2001).
10 레오 리오니, 『프레드릭』, 최순희 옮김(시공주니어, 1999).

6 · 회상으로서의 유년

자서전을 위시한 성장 소설(또는 교양 소설이라고도 함)은 주로 기억의 공간으로서의 유년[1]에 대한 묘사에 많은 지면을 할애한다. 그 이유는 유년이 성년(成年)의 현재를 배양한 곳이기 때문이다. 정신분석이나 발달 심리학에서는 인간의 양심과 인지 능력 및 성년이 되었을 때의 사회적 태도가 모두 이 시기에 형성된다고 한다. 때문에 유년 시절에 겪은 일은 성년이 된 시점에서도 변화되지 않고 종종 다른 모습으로 나타나는 원형질의 것이 된다.

이런 유년에 대한 일체의 생각은 단순히 하나의 소재로서의 역할을 넘어 18세기 후반부터 19세기에(부분적으로는 20세기까지) 이르는 동서양을 막론하고 근대 소설 작품의 주요 모티프가 되기도 한다. 이는 전근대 사회(전 시민 사회)에서 근대 사회(시민 사회)로 이행하면서 전근대적 유산을, 이를테면 신화, 본능, 자연, 폭력, 종족, 쾌락, 운명, 궁핍, 환상 등을 근대 사회에서 어떻게 수용하느냐 하는 데서 발생한 역사 철학적, 또는 역사주의적 주제인 것 같다. 전근대 사회에서는 합리성이 아니라 총체성이 사회를 지배하고 있었기 때문에 오늘날 우리가 보는 전근대적 문제성은 당연한 것으로 여겨졌다. 그래서 유년이나 본능에 대한 인식도 없었거나 기술될 수 없었다.

　이런 측면에서 보면 유년에 대한 기억(회상)은 당연히 시민 사회의 성립 및 산업 사회의 도입과 더불어 시작되었다 할 수 있다. 합리성과 더불어 생긴 과학과 기술의 발달은 필연적으로 인간의 심리나 본능 같은 전근대적 유산을 〈공터 *terrain vague*〉[2]로 내몰았는데, 이러한 과정은 유년과 같은 테마에 관심을 기울이게 한 동인이 되었다. 그래서 — 경우에 따라 문화 염세적인 철학과 결부될 수도 있지만 — 유년의 기억은 대개 성년의 세계에 대한 적대적 관계로 묘사되었다고 말할 수 있다.[3]

　나아가 유년은 현재 시민 사회에 적응하기에는 문제점이 있는 성년/독자에게 (최소한 심미적 영역에서라도) 새로운 〈존재의 가능성〉을 제시해 주는 기능을 한다. 이런 의미에서 가스통 바슐라르의 언술, 문학적 이미지 자체가 잠재적인 유년 시절의 표명이라고까지 말한 것은 크게 틀린 말이 아니다. 더욱이 그는 〈우리가 현재에서 떨어져 나와 멀리 최초의 삶의 시간을 다시 살려 할 때, 몇 개의 어린이 얼굴이 우리를 만나러 온다〉[4]고 하면서 그는 유년의 기억이 시적 상상력의 원천이 됨을 거듭 강조하고 있다.

　우리가 이 장에서 다루려는 소설들은 독일 문학에서 가져왔다. 괴테의 『빌헬름 마이스터』와 켈러의 『초록의 하인리히』, 이들 작품에서 주인공들은 자기가 처한 시대에 자기 존재가 갖고 있는 문제에 대해 유년이라는 거울을 통해 입장 표명을 하고 있다. 괴테의 경우, 유년은 이상주의의 목표, 즉 자연으로 묘사되어 있는데 이 자연은 성년의 (적대적) 세계와 조화를 이루기 어렵자 타협을 시도한다. 이것이 괴테의 교양의 목표, 또는 괴테의 이상의 실체이다. 그러나 이런 18세기 후반의 목적론은 19세기 중후반의 켈러에게서 단절되고 만다. 괴테의 문학에서는 아직 이상과 타협할 수 있었지만, 켈러의 문학에서는 현실과의 타협이 불가능하게 된다.[5]

서양에서 유년의 발견에 관한 견해는 분분한데 그중 가장 대표적인 것은 필리프 아리에스의 주장이다. 그에 따르면, 17세기까지 서양 회화에서 성년이 유년을 그 특성에 따라 인식하지 못했거나 인식하였다 해도 그 특성을 묘사하는 데 실패했다는 것이다.[6] 중세의 그림을 보면 아동이 유년의 특성을 지니고 있는 것이 아니라 축소된 성년으로 묘사되어 있다.[7] 즉, 아이의 묘사가 여러 가지 특성에 있어서 성년의 특성과 구별되지 않았다. 우리가 이 그림을 통해 유추할 수 있는 것은 유년이라는 것이 회화를 위시한 예술에서뿐만 아니라 현실에서도 그저 빨리 지나가야 할, 통과 의례의 시기로 인식되었다는 것을 알 수 있다.

그러나 이에 대한 비판도 만만치 않다. 보르스텔만은 아리에스가 주로 귀족이나 이상화시킨 주제와 대상을 모델로 삼았기 때문에 그런 성급한 결론을 가져왔다고 보고 있다. 중세에 아동들이 노동을 하고 부모들과의 유대 관계가 오늘날처럼 돈독하지는 못했을지라도 아리에스의 생각보다는 훨씬 더 높은 수준으로 유년이 어떤 특수한 시기로 인식되었을 것이다.[8] 우리가 알다시피 고대 이집트나 그리스, 로마에서는 아동에 대한 인식이 풍부히 전개되었다. 여기서 단지 주장하고 싶은 것은 근대적인 의미에서의 유년의 특성은 적어도 중세에 없었다는 점이다.

유년 묘사는 주변 환경이나 주변에 대해 어린 시절에 경험한 것을 서술한 개인사라 말할 수 있다.[9] 그러나 어떤 특정한 시기, 어떤 특정한 장소에서 경험한 주변 환경이 많은 어린이에게서 공통적 특성으로 나타나고 있기 때문에 유년 시절의 사회적 경험은 어떤 전형이나 대표적 유형(이 경우에는 원형 *archetypus*)으로 생각해 볼 수 있다. 즉, 전근대 사회에서 아동은 불리한 조건 속에서 희생양이 되거나 부모에게 종속되어 있었으며, 아동의 일상 체험은 일반적 사회 변화와 밀접한 관련을 맺고 있다는 것을 추론할 수 있다.

근대 시민 사회 이후에는 가족, 제도, 왕조 또는 민족의 계보학적 기억의 자리에 개인의 특수한 지평 아래서 관찰한 개인의 기억이 들어서게 되었다. 회상, 자기 관찰, 내면이 중요한 도구들이었다. 정체성은 바로 이러한 회상 기억을 통해 이루어진다. 아래 글은 19세기 초, 독일의 하르츠에 있는 제젠 근교의 키르히베르크에서 살았던 일곱 살배기, 목사의 아들이 쓴 일기이다.

> 1804년 8월 14일. 학교가 파하고 나는 프리츠를 달구지에 태워 주었다. 늦은 오후에는 소를 뜯기면서 숙제를 했다. 오늘 첫 실꾸리가 들어왔고 차 두 대분의 건초가 들어왔다.
>
> 8월 21일. 성경 시간에 아주 열심히 했다.[10] 그리고 소를 뜯기며 숙제를 했다.
>
> 8월 26일. 오늘 나는 칼을 잃어버린 줄 알고 기분이 매우 안 좋았다. 그래서 엄마한테 짜증을 부렸다. 나중에 다시 찾아서 엄마한테 잘못했다고 말씀드렸더니 엄마는 다시 기분이 좋아지셨다.[11]

이 글은 사회사적 측면에서 중요한 글일 뿐 아니라 이미 지나간 시절을 기술함으로써 문학적인 기능을 하고 있다. 즉, 다른 세계가 전경화됨으로써(시간상으로 전근대-근대, 공간상으로 농촌-도시, 주제상으로 아이-성년, 심리적으로 피학과 가학) 문학적 구도를 갖게 되는 셈이다. 이는 앞서 언급한 학생들의 기억에 대한 경험과 유사하다. 그러나 〈유년의 회상〉이 얼마나 신뢰할 수 있을 것인지에 대한 혐의에서 이 글의 대상이 된 작품들은 자유로울 수 없다. 체험한 현실을 소설이나 자전을 쓰는 성년의 시점으로 기술할 때 왜곡될 가능성이 충분히 있기 때문이다.

로이 파스칼은 유년 서술에 있어 사람들이 유년 시절에 있었던 일들을 그렇게 많이 기억할 수 없기 때문에 어쩔 수 없이 일정한 회상을 선택할 수밖에 없다고 말한다.[12] 이와 관련하여 프로이트는 기억을 차단하는 무의식적 검열과 망각을 구체적 이유로 제시하고 있다. 그래서 그는 〈어떤 사람의 유아기의 기억이 대수롭지 않고 부수적인 것을 담고 있다는 것을 분명히 알았다. 그에 반해 이 시기의 중요하고도 기억에 남는, 그리고 가슴을 저미게 하는 기억은 (분명 일반적이라 말할 수는 없지만 자주) 성년이 된 시점에서 흔적을 찾아볼 수 없다는 것도 알았다〉고 말한다.

〈작가가 묘사해 내는 인상들 속에서의 기억이 취사선택한 것이 분명하므로 이 어린 시절의 기억이 지적인 성년의 시점에서 일어나는 것과는 다른 원리에 의해 일어난다는 생각을 해보지 않을 수 없다〉[13]는 결론에 이르게 된다. 그러나 여기서 신빙성에 대한 반대 주장을 통해 우리는 문예 미학적 관점에서 오히려 큰 소득을 얻을 수 있다. 그것은 바로, 아동은 어른과는 질적으로 다른 생각을 한다는 것, 그리고 성년 문화에 대한 회의는 바로 이렇게 질적으로 다른 생각, 즉 유년의 회상을 유도한다는 것이다.[14]

또 하나, 이렇게 유년을 〈인과 관계 *Kausalnexus*〉에서 파악하지 않고 〈목적 관계 *Finalnexus*〉에서 판단한다면[15] 유년은 심리 분석적인 영역에서의 의미와 문학적 영역에서의 의미가 다르다는 것을 알 수 있다. 가스통 바슐라르의 말을 인용하자면, 이 경우 유년의 이야기/역사야말로 〈계시의 순간에만 현실적이 되는, 다시 말해 시적 존재의 순간에만 현실적이 되는〉[16] 것이다. 즉, 회상으로서의 유년에 중요한 것은 이미지가 체험에 우선한다는 사실이다. 이런 구도를 바슐라르는 쉴리 프뤼돔의 시를 통해 구체적으로 예시하고 있다.[17]

오, 추억이여, 놀라서
내 넋은 너를 인식하는 걸 포기한다.[18]

아름다움에 매료되면 욕망으로 사실을 왜곡하는 것이 문학의 원리이자 기억의 원리다. 그리고 위에서 살펴보았듯이 마음의 원초적 상태에서는 상상력과 기억이 분리할 수 없는 복합체로 나타난다.

이렇게 볼 때 유년의 기억에 대해 우리는 어떤 것도 확실하게 말할 수 없다. 더욱이 그것을 소설과 관련한 문제인 심리화, 문학화와 관련짓는다면 더욱 복잡해진다. 때문에 회상 기억과 관련한 유년 묘사는 〈나는 내가 알지 못하는 것을 안다〉는 원칙에 초점을 맞출 수밖에 없다. 그것은 문학이 기억의 저장물을 보여 주는 것이 아니라 기억의 저장소까지 데려가는 매체이기 때문이다.

6·1 자연으로서의 유년: 괴테의 『빌헬름 마이스터』

괴테는 『빌헬름 마이스터』[19]에서 빌헬름이 만난 낯선 사람의 입을 통해 유년 시절의 기능을 다음과 같이 말한다.

이를테면 어떤 인간이 운명적으로 연극배우가 되도록 정해져 있다고 가정해 봅시다(우리가 운명적으로 좋은 연극배우가 되지 말라는 법도 없지만요). 그리고 이 우연이 불행하게도 이 어린 사람을 인형극으로 몰고 간다고 가정해 봅시다. 이때는 이런 시시한 것에 빠져 들어 이 일이 괜찮고, 경우에 따라서는 심지어 재미있다고 생각하게 됨으로써, 평생 지워지지 않을 인상을 남겨 성년이 된 우리로서 엉뚱한 방향으로 잘못 받아들일 경우에도 어쩔 수 없이 그렇게만 생각한다고 가정해 봅시다.

「하필이면 왜 인형극을 말씀하시지요?」 그에게 빌헬름은 당황한 듯 보였다.

「그것은 그냥 한 예에 불과합니다. 그 예가 맘에 드시지 않는다면 다른 예를 들기로 하지요. 어떤 인간이 운명적으로 화가가 되도록 정해져 있다고 가정해 봅시다. 그런데 우연히도 그의 어린 날을 더러운 오두막집, 외양간, 헛간 같은 것을 보고 자랐다고 합시다. 당신은 그 사람이 장래에 순수함과 고귀함, 그리고 영혼의 자유를 누리게 되리라 생각하십니까? 그가 아무리 탄력 있는 감성으로 어린 시절의 매끄럽지 못한 기억을 잘 다듬어 그 나름대로 고상하게 바꾸었다 하더라도 성년이 되고 난 이후 더욱 강렬하게 대가를 치르게 됩니다. 그것을 극복하고자 노력하는 사이에 그것은 이 사람과 아주 깊은 관계를 맺고 만 겁니다. 어린 시절 형편이 어렵고 천한 생활을 한 사람은, 그가 나중에 좀 더 좋은 세계에 산다 하더라도 항상 어려웠던 그의 어린 시절을 동경하지요. 그것은 그 시절의 삶이 남긴 인상이, 어린 시절의 회상과 함께 그에게는 두 번 다시 오지 않는 기쁨으로 남아 있기 때문입니다.[20]

약간 긴 인용문이긴 하나 말하고자 하는 바는 비교적 분명하다. 즉, 유년의 기억은 그 자체가 하나의 원형적 인자가 되어 성년이 되어 겪는 크고 작은 일들이 긍정적이든 부정적이든 이 기억과 밀접하게 결부되어 있다는 사실이다. 빌헬름은 어린 시절 인형극을 보던 때를 〈즐거운 순간〉으로 회상한다. 그러나 이런 회상은 위에서 지적했다시피 인과 관계가 아니라 목적 관계로 연결되어 있음을 알 수 있다. 후일 그의 어머니는 〈그때는 그것이 장차 나한테 이렇게 많은 걱정을 끼칠 줄은 생각하지 못했다〉[21]고 하면서 빌헬름이 연극에 심취하게 된 동기를 유년 시절의 세계 형성에서 찾고 있다. 그리고 그가 무대 연출가가 된 것은 빌헬름이 〈가장 즐겨 했던 (······) 무엇인가를 고안해 내고 상상력을 발휘하는 일〉[22] 때문이었다고 볼 수 있다. 하지만 그의 앞에 새로운 목표가 설정되었을 때, 그는 유년 시절의 목표와 성년이 된 지금의 실천 사이에 심연이 있음을 인식한다.

빌헬름은 자기의 정신이 희망에 가득 찬 무조건적 노력을 통하여 하늘로 치솟던 그 시절을 회상하였다. 그 시절에 그는 마치 물고기가 물속에서 헤엄치듯이 그렇게 활발하게 모든 것을 즐길 줄 알았던 것이다. 그는 자기가 결국에는 지향 없이 막연하게 빈둥거리는 상태에 빠져 들었으며, 전에는 단숨에 죽 빨아들이던 것도 지금 이런 상태에서는 단지 후루룩거리며 맛만 보고 있는 꼴이라는 것을 분명히 알게 되었다.[23]

물속에서 마음대로 〈헤엄치는 물고기〉는 다름 아닌 유년 시절로서 과불급이 없는 총체성의 시대, 전근대 (귀족) 사회에 대한 메타포이고, 〈맛만 보고 있는 꼴〉은 성년의 세계요, 능력을 인정받아야 할 시민 사회, 즉 근대/현대 사회에 대한 메타포이다. 자연이 그에게 충족될 수 없는 욕구를 법으로 정한 것은 시민 사회에서 문제성을 갖춘 개체의 모습이자 성년의 모습이다. 이런 사회에서 유년 시절에 꿈꾼 것을 실천하려는 한 개체는 문제점을 안게 된다.

비록 그가 이 일행(극단 — 옮긴이) 속에서 자기가 좋아하고 애착을 지닌 취미를 발견하고, (……) 자기의 소망을 충족시키고, (……) 그 옛날 자신의 꿈을 남몰래 추구할 수 있다 해도, 그것만으로는 충분하다고 할 수 없었다.[24]

역사적으로 볼 때 18세기 후반 이후 독일에서 한 장르를 이룬 교양 소설이나 자전적 소설부터 현대 소설에 이르기까지 이 부정된 시기는 자주 심리적 문학 소재가 되었다. 전근대 사회에서는 신분으로 모든 것이 결정되었지만 근대 시민 사회에서는 능력으로 인정받아야 하는 까닭에 교양의 목표가 생겼기 때문이다. 이런 과정에서 유년 시절에 꿈꾸던 것은 자연히 제한을 받게 된다. 이것이 문제성 있는 시대요, 루카치에 따르면 곧 소설의 발생이라는 역사적 맥락을 만든 시대이다.[25] 도적 떼를 만난 빌헬름은 상처투성이가 된 채 병상에 누워 이런 생각을 한다.

젊은 시절에는 마치 꿈속에서처럼 우리가 미래에 겪게 될 운명의 모습들이 눈앞에 떠돌게 되고 우리의 아직 흐려지지 않은 눈앞에 예감으로 나타나 보이는 것이 아닐까?

그리고 계속해서

앞으로 우리가 겪게 될 일의 싹들이 운명의 손에 의하여 벌써 미리부터 여기저기 뿌려져 있는 것이 아닐까? 우리가 어느 날엔가 따먹을 것으로 기대하는 열매들을 미리 좀 맛볼 수 있는 것이 아닐까?[26]

빌헬름이 병상에서 그린 여성은 빌헬름을 구해 준 백마를 타고 지나가던 여성이었는데, 이 여인에 대해 빌헬름은 비몽사몽간에 〈아마존〉 같은 여인으로 생각한다. 그녀의 모습은 마치 〈머리 둘레에 후광이 비친 후 어떤 눈부신 광채가 그녀의 전체 모습 위로 차츰차츰 번져 나가는 것〉 같았다. 병상에서 수천 번 회상해 본 이 여인은 빌헬름이 어렸을 때 책을 통해 상상하곤 했던 『해방된 예루살렘』에 나오는 클로린데와 다를 바 없다.

특히 클로린데의 일거수일투족은 내 마음을 사로잡았지요. 그녀의 약간 남성적인 여자다움과 조용하고도 풍족한 태도는 이제 막 피어나기 시작하는

내 정신이었어요. 저 아르미다의 부자연스러운 매력보다 더 강렬한 인상을
주었어요.[27]

인간은 어릴 때 형성한 이미지로 모든 새로운 그림들을 비추어 본다. 그것
은 화자 빌헬름이 세계사의 좌표 내에서 경험한 것과는 거리가 있다. 클로린데
는 『해방된 예루살렘』에 나오는 아름답고 고귀한 이교도 여인이고, 아르미다는
여자 요술사이다. 우연이지만 재미있는 사실은 그가 지금 부상당한 자신의 상
태를 클로린데와 탄크레트의 전투에 비교하고 있다는 점이다.[28] 이것은 어릴
때 보았던 기억이 영혼 속에 항상 희미한 모습을 간직하고 있으면서 환상을 불
러일으킨다는 괴테의 세계관에서 나온 결과이다.

또한 빌헬름은 아우렐리에의 입을 통해 어린 시절의 경험이 후일 어떤 영
향을 미치는지를 말하고 있다. 아우렐리에는 자기의 성격이 어린 시절 아주머
니 집에서 영향을 받았다고 주장하고 있다. 그것 때문에 남편으로부터 배반을
당하고 버림받았다고 보고 있다.

저는 일찍 어머니를 여의고 가장 중요한 성장기를 어떤 아주머니 집에서
보냈는데, 그 아주머니는 예의염치에 관한 모든 법을 무시하는 것을 자신의
법칙으로 삼는 분이었어요. 아주머니는 다만 거친 향락 속에서 자신을 잊을
수만 있다면 대상을 유린하듯 그 대상의 노예가 되든 상관없이, 모든 애정에
자기 자신을 맹목적으로 맡겨 버리는 분이었지요. 순수하고 영특한 눈을 가진
우리 아이들이 그 결과 남성에 대해 어떤 개념을 갖게 되었을까요?[29]

이처럼 현실적으로 〈무력화(無力化)된〉 과거가 중요한 역할을 하는 것은
유년이 가진 소양이 환경 이상으로 중요한 역할을 하고 있을 뿐 아니라 그것이

일생을 좌우하기 때문이다. 괴테의 이 소설을 교양 소설이라 한다면,[30] 그것은 유년으로의 회귀를 목표로 삼은 현실(성년) 세계의 교화 기능을 강조한 말일 것이다.

괴테가 설정한 자연으로서의 유년은 인간이 지향하는 원래 목표이겠으나 현실과 타협하여(할 수밖에 없어) 의사(擬似) 자연으로 귀결된다. 그것은 루소의 〈자연〉과 견줄 수도 있고, 실러의 발전 사상과도 비교된다. 왜냐하면 이들이 말한 〈자연〉은 이제는 돌아갈 수 없는 자연, 즉 제2의 자연이기 때문이다. 빌헬름의 유년은 곳곳에서 아버지에 대한 증오심으로 표출되는데, 그 구도 또한 성년에 대한 적대감으로서의 유년의 기능을 하고 있다. 예술에 천성적인 호감을 갖고 있는 빌헬름에게 아버지는 상업 세계에 뛰어들 것을 강압한다.

아이들에게는 그들이 몹시 사랑받고 있다는 사실을 알아채게 해서는 안 된다는 원칙에 따라 이 모든 것을 그냥 묵인해 주기만 하는 듯한 태도이셨지요. (……) 만족감 때문에 아이들이 도를 넘거나 오만해지지 않도록 아이들이 기뻐할 때에는 심각한 태도를 보여야 하며 때로는 아이들의 기쁨을 중단시킬 필요도 있다고 아버지께서는 생각하셨거든요.[31]

역사적 기억으로 본다면, 아버지의 태도는 하등 문제될 것이 없다. 그러나 문학적, 심리적 구도로 바라볼 때 현재 살고 있는 세계는 기억 세계의 적대적인 관계로 대비되어 수용되기 때문에, 표현 과정에서 기억이 기능을 하게 된다. 유년의 기억은 확실하지 않으며, 어떤 정취나 멜로디 같은 것으로 어렴풋하게 이루어져 있다. 원래 〈아버지〉의 소리는 사라지고 우리가 읽고 있는 것은 어렴풋이 짐작할 수 있는 맥락밖엔 없다. 빌헬름의 유년 세계는 그가 정말 겪은 세계이기보다는 지금에서 바라보는 성년 세계에 대한 저항과 공격, 증오의 대상으로서만 의미를 띠고 있다. 헤겔이 말한 개체와 세계의 모순도 기실 유년과 성년의 갈등을 말하는데, 시민 사회의 적응이라는 (예술적) 강령 속에 이상화되고 목적론으로 인도된다.

결론적으로, 빌헬름 마이스터에 있어서의 유년은 시적으로 기술된 데 비해 성년의 세계는 산문으로 기술되어 있다. 그리고 유년이 자연으로 기능한 데 대해 성년은 문화의 기능을 함으로써 회상으로서의 유년은 주인공의 고전, 교양의 목표가 된다. 지금 기억이라는 테마로 이야기를 진행하는 우리의 흥미를 이끄는 것은 〈개인의 내면성과 세계〉 사이의 갈등 속에서 양자 간의 〈화해〉[32]를 작품 속에 완결함으로써 유년의 기억이 독자의 화해 공간을 만든다는 점이다. 즉 유년 묘사는 보상과 치유라는 목적을 수행하고 있다.

같은 교양 소설이라도 화해되지 못함을 묘사하는 소설이 있으니 고트프리트 켈러Gottfried Keller의 『초록의 하인리히』(초고)의 경우 사정은 다르다. 켈러에게서는 화해되지 못한 유년의 기억이 성년이 되어서도 화해되지 못함으로써 이상적 조화로서의 작품 내재적 화해가 아니라 부정으로서의 외연적 화해를 이루고 있다. 비록 그가 개작을 통해 교양의 이상을 설정하긴 했지만 다분히 의도적인 흔적을 담고 있고, 오늘날 관점에서는 초고가 훨씬 더 많은 문학성을 띠고 있다. 이것은 작가가 작품을 씀으로써 자기 삶과의 화해도 이루어지고, 시민 사회에서 거부된 삶을 사는 독자들에게도 부정으로서의 자기 화해를 이루게 한다.

6·2 좌절된 희망으로서의 유년: 켈러의 『초록의 하인리히』[33]

우리가 살펴보려는 유년의 기억, 즉 회상은 켈러의 이 작품에서 절정을 이룬다. 분량 면에서 소설(초고)의 절반 이상을 어린 시절 이야기에 할애하고 있는 것만 보아도 그렇다. 물론 그보다 더 어린 시절인 유년의 기술도 적지 않은 부분을 차지하고 있다. 켈러의 유년 묘사는 단절된 목적론이라는 관점에서 보는 것이 타당하다. 그것은 그 유년의 기능이 염세적, 거부적 삶을 대변해 주고 있기 때문이다.

지금까지 대부분의 논의 과정에서는 이 소설을 그저 교양 소설로만 파악함으로써 성장 과정이나 성장의 목표에 따른 외형적 기준에서 『빌헬름 마이스터』와 같은 소설로 평가해 온 것이 주류였다. 그러나 『빌헬름 마이스터』와는 달리 체험하는 주체로서의 주인공 하인리히와 사회 규범 사이에 아무런 화해도 일어나고 있지 않다는 점에서 두 작품은 매우 다르다.[34] 때문에 유년도 아름다운 자연으로만 묘사되어 삶의 목표로서의 기능을 하고 있지 않다. 주인공 하인리히의 유년의 특성은 사회화에 문제성이 있는 것으로, 사회의 규범은 유년 하인리히가 그의 순수한 생각을 펼치는 데 문제가 있는 것으로 나타난다.[35] 그렇기 때문에 이 작품은 시간적으로 괴테 이후에 나오게 되어 있는 것이다.

『초록의 하인리히 *Der grüne Heinrich*』의 유년 묘사는 미래에 성년이 되었을 때의 모습과 상응하게 묘사되어 있다. 유년에 겪은 것은 성년이 되었을 때의 행동 양식이 된다. 이것이 괴테에게서는 변증법적으로 발전하는 데 비해 켈러에게서는 좌절된다는 점이 다르게 나타난다. 작자는 그 좌절의 이유를 하인리히의 유년으로 돌리고 있다. 하인리히의 유년은 가정생활, 교우 관계, 그리고 학교생활, 이 세 가지로 요약할 수 있다. 하인리히의 가정생활을 살펴보면, 좌절의 원인은 우선 하인리히의 유약한 성격에 기인한 것 같다.[36] 그 유약한 성격과 환상을 즐기는 행위는 일찍 세상을 떠난 아버지 때문이다. 그가 그리는 아버지 상은 그의 행위를 잣대로 재어 볼 수 있는 규범의 역할을 하고 있다.

멍청한 짓을 했다고 생각할 때마다 나는 종종 공중누각을 짓고 그게 현실적으로 일어난다면 어떻게 될까, 아버지가 살아 계셨더라면 어떻게 되었을까 하는 생각을 떨칠 수 없었다.[37]

이런 공상은 곧 상실된 현재를 보상하기 위한 심리 기제이다. 하인리히의 유년은 괴테의 경우와는 달리 교양의 목표로 작용하지 못한다. 아버지는 하인리히에게 〈정상적인 생활의 완전한 규범〉[38]으로 생각되지만 이것이 거부됨으로써 하인리히에게는 어떤 한, 즉 심리적 부채로 남아 있다. 그것은 개인적 삶의 세계를 억압하는 심리 기제로 작용하기도 하지만 한편으로 환상의 자유를 받는 계기가 되기도 한다. 그는 〈다섯 살배기 아이와 아내를 홀로 남기고 떠났는데 그 아이가 바로 나다〉[39]고 하면서 자신의 심리적 부채를 아버지에게 전가한다. 이것은 또한 이 작품의 화해 구조이자 보상의 메커니즘이기도 하다.

하인리히의 이런 보상책으로서의 상상력은 어린 시절부터 경제적 파산을 겪는 성년이 될 때까지 변하지 않고 지속된다. 그리고 무미건조한 어머니의 생활 방식도 하인리히가 그렇게 되는 데 일조했다고 볼 수 있다. 하인리히의 유년은 교우 관계에서도 대부분 부정적으로 형상화되어 있다. 그의 친구 마이얼라인과의 관계에서도 하인리히의 환상은 냉엄한 현실과 충돌한다. 하인리히가 하는 일들이 〈항상 환상적인 것, 멋있는 것 그리고 행동으로 옮기는 어떤 것으로 끝나는〉 데 비하여, 마이얼라인은 〈정확성과 끈기로〉[40] 일을 처리했다. 초록의 하인리히가 물질적 존재를 이용해 환상의 힘을 얻는 동안 이기주의적 장삿속으로 가득 찬 마이얼라인은 이런 가상을 십분 이용한다. 하인리히가 가상을 통해 시민 사회의 구성적 원칙으로서의 사회적 불평등을 지양하는 것이 그의 유년이라면, 마이얼라인은 시민 사회의 구성적 원칙으로서의 성년으로 기능화하고 있다.

마이얼라인은 친구의 돈으로 공동의 통장을 만들어 자기가 관리하며 그

통장에서 실제 주인인 하인리히에게 가불을 해주고, 또 그것을 지출할 때는 같이 지출하고 하인리히의 지출란에 기입한다. 그런가 하면 약삭빠른 내기나 온갖 하인리히의 시중을 다 들어준 뒤 수입란에 기입해 넣고 꾸준히 이 돈을 증식해 나간다. 마이얼라인은 〈끄덕도 하지 않고 부정한 방법으로 이득을 취하는 당당한 어른 장사꾼들〉[41]과 하나도 다를 바 없다고 화자는 서술한다. 마이얼라인이라는 인격은 자기가 직접 벌지 않은 돈을 사유화하는 자본가의 전신(前身)이자 돈을 빌려 주고 교환하면서 고객들을 자기가 이득 챙길 채무자의 관계로 바꾸어 놓는 성년 사회의 메타포이다.[42]

하인리히는 학교 교육에서도 사회화에 실패하는데, 그것은 받은 교육이 자유롭고 창의적인 분위기에서 나온 것이 아니라, 학교 규율을 엄하게 지켜야 하는 것뿐이었기 때문이다. 부분적으로 해방 후 한국의 학교 교육에서 군대식 교육이 횡행했던 것처럼, 여기서도 개인의 특성에 따른 교육이라기보다는 제식 훈련에 가까운 것이었다. 수업이 그에게는 〈어린 시절의 뇌리를 빨리 스쳐 지나가 버려야 할 안개라는 생각이 들었다. 이 일회적인 것, 다시는 써먹을 데 없는 것, 그리고 세상을 잘 알지 못하는 나이의 천진난만한 아이들에게 소용에 닿지 않는 것, 그저 시간이 지나서야 비로소 알고 싶어 할 것들을 이렇게 곧잘 그리고 완전히 망각하는 것은 그 내부에 지긋지긋한 그 무엇을 지니고 있다〉.[43]

때문에 하인리히는 학교에서 배우는 것이 주변 사회에서 보는 것과는 현저하게 차이가 난다는 것을 보면서도 이 두 영역 사이를 서로 연결시키지 못한다. 즉, 사회 질서와 개인적 삶의 다리를 놓는 데 실패한다. 이것이 결국 하인리히가 문제 있는 자아로서 죄의식을 갖든가 아니면 개체의 억압이라고 느끼는 계기가 된다. 그 대표적인 예로, 학교에서의 에피소드 하나를 들 수 있다.

하지만 나는 곧 하느님이란 실체와 의식적인 관계를 맺는 계기를 맞았다. 다시 말해 처음으로 육체적으로 그를 체험하는 계기를 맞았던 것이다. 그때는 내가 여섯 살 되었을 때였다. 날씨는 화창하지만 조금은 우울해 보이는 교실에서 모두 합쳐 50~60명쯤 되었던 우리는 수업을 받고 있었다. 그날따라 나는 다른 아이들 일곱 명과 함께 성만찬 식탁 주변에 반원을 이루며 둘러서 있었다. 그 위에는 큰 문자가 쓰여 있었는데 우리는 무엇이 나올까 궁금한 나머지 조용하게 기다리고 있었다. 우리는 모두 1학년짜리 신입생들이었기 때문에 나이가 지긋하고 대머리가 벗어진 교장 선생님이 이 첫 시간의 수업을 직접 맡았던 것이다. 교장 선생님은 곧장 이 이상한 것이 도대체 무엇일까 말해 보라며 궁금해하는 아이들을 종용했다. 나는 그전에 언젠가 품퍼니켈(호밀로 만든 빵인데 영국에서 온 것이다. 그러나 여기서는 〈곰보빵〉과 같은 저속한 말로 사용된 듯하다 — 옮긴이)이란 소리를 들은 적이 있다. 그 말이 내 귀에 쏙 와 닿았지만 그 당시로서는 그에 해당되는 실물을 찾지 못했다. 사실 이것은 멀리 떨어진 나라에 있었기 때문에 아무도 그 실물을 보여 줄 수도 없었다. 이제 내 차례가 되어 그 큰 문자 P가 뭔지 맞혀야 했는데 그것은 매우 이상하기도 했고 또 우스꽝스럽기도 했다. 내 마음속에는 그래, 바로 그것이야 라는 생각이 들어 분명히 이것은 품퍼니켈이다! 라고 당당하게 말했다. 주위에 대해서, 나 자신에 대해서, 그리고 품퍼니켈에 대해서, 나는 한 점의 의심도 없었다. 오히려 기뻤다. 하지만 내가 확실하면 할수록, 그리고 만족하면 할수록 교장 선생님은 나를 이 순간 미친놈, 뻔뻔한 놈이라 생각하는 것 같았고 이것이 그의 분노를 터뜨리고야 말았다. 그는 즉시 나를 덮쳐 내 머리채를 송두리째 낚아채었다. 그러고는 한참 동안이나 내 머리채를 이리저리 흔들어 대었는데, 내 귀가 멍멍하고 내 눈이 캄캄해서야 놓아주었다. 이 사건은 너무도 급작스럽고 충격적인 것이었기 때문에 가위눌린 꿈을 꾼 것 같았다. 그 순간 나는 아무 생각도 들지 않았다. 충격에 놀란 나머지, 말도 할 수 없었고 눈물

도 나오지 않았다. 그저 벙벙하게 그 어른을 쳐다만 보았을 뿐이었다.[44]

여기서 우리는 몇 가지 사실을 추론해 볼 수 있다. 첫째, 인식론적 관점에서 유년과 성년은 같은 대상을 두고 다르게 생각한다는 것이다. 교장 선생이 이미 이데올로기에(여기서는 종교로 나타남) 빠져 있기 때문에 품퍼니켈의 기능적인 의미 세계를 보고 그에 대한 위반이 자신의 권위에 대한 도전으로 받아들였던 반면, 아이는 품퍼니켈을 중심에 둔 상상력에 관심을 두고 있다. 이것은 사회가 개인의 언어나, 개인의 세계를 관용하지 않는다는 점을 보여 준다. 아이의 교육을 위임받은 학교가 이 작품에서는 교장 선생이라는 모습으로 폭력과 체벌의 장소가 되었다. 부진한 아이 하인리히를 선도하기는커녕 오히려 더욱 옆길로 빠지게 하고 만다.

하인리히로 대변되는 유년의 세계와 교장 선생으로 대변되는 성년 세계 사이에는 끝없는 심연이 놓여 있다. 서로 화해할 수 없고 서로 도움도 되질 않는다. 하인리히는 어릴 때의 경험이 성격 형성에 어떤 부정적인 영향을 미쳤는지 후일 성년이 되어서야 비로소 안다.

이제서야 막막하고 을씨년스러웠던 베일에 싸인 기억이 분명해진다. 그것은 이미 오래전에 겪었지만 살아온 삶의 절반이나 되며 나를 화나게 하기도 하고 쥐구멍이라도 있으면 찾게 만든다. 그때 나는 어른들을 이해하지 못했고 나를 이해시키지도 못했다. 선생님들은 마치 수수께끼 같아 보였고 그들은 한결같이 〈이놈은 참 이상한 놈이로군, 도대체 저놈한테는 대책이 안 서!〉라고 말했다.[45]

소설 구조상으로 볼 때 하인리히가 성년이 되어 무신론적 삶을 사는 것은 유년 시절에 형성된 거부감 때문이라고 목적 관계로 설명할 수 있다. 학교에서의 교리 수업이 안기는 절망감과 주기도문을 외우지 않는 아들을 가두고 하루 종일 굶긴 어머니 때문에 하인리히는 종교에 대한 반감을 갖고 하느님을 〈나름대로〉 해석하게 된다(〈이제 나는 강력히 하느님에 대한 생각을 나 나름대로 하기로 했다〉[46]).

이 소설에서 묘사된 자연은 지상의 영원성, 즉 켈러가 암시적으로 제시한 유년을 형상화한 것이다. 유년이 과거 시제로 서술된 데 반하여, 자연은 항상 현재 시제로 서술되어 있는 것은 과거의 일회적 삶인 유년이 역사상으로는 소멸되었지만, 주인공의 의식 속에서는 살아 움직이고 있음을 말해 준다. 다른 한편 유년은 성년의 현재로 말할 수 있는 문명화의 와중에서 소실되었고, 때문에 그것은 늘 주어진 것이 아니라 동경하고 찾아야 할 그 어떤 것으로 묘사되어 있다.

그리고 유년의 기억은 성년에 대해 적대적인 구도로 묘사되는데, 그것은 성년을 존재의 산문적 상황으로 대비시키는 것으로도 볼 수 있다. 이렇게 보면 켈러의 의미 구상은 분명해지는데, 전체적으로 도덕의 발생이 자연 형식으로 주어지는 것이 아니라, 즉 유년의 목표는 순수하게 성취되는 것이 아니라 유년 시절의 사유와 의식이(즉, 기억이) 지금의 의식 세계 내로 편입되는 과정에서 생기는 것이라는 점을 말해 주고 있다. 그의 무신론적, 범신론적, 저항적 사고 방식은 바로 이러한 구도에서 뚜렷이 나타난다. 이렇게 볼 때, 전체적으로 이 소설이 갖고 있는 회상 기억은 더 이상 만족할 수 없는 경제적 현실에 대한 현실 구성으로 기능하고 있다고 볼 수 있다.

마지막으로, 유년의 기억은 보상의 기능을 갖고 있다. 생산 미학적 측면에서 작가가 부정된 과거를 문학적으로 형상화함으로써 자신과의 화해 내지는 세계와의 화해를 이루고 있고, 수용 미학적 측면에서 이와 유사한 경험을 한 독자는 이 유사 현상을 심리적 보상으로 삼는다. 이렇게 하여 유년의 기억은(더

불어 그에 대한 묘사는) 단순한 문학적 상상력을 넘어서, 그리고 자연으로의 회귀라는 이념을 넘어서 문학의 존재 이유, 즉 현재를 보상하는 세계로 묘사되었다. 성년이 되어서야 비로소 말할 수 있는 유년은 객관적으로 커온 사실적 세계가 아니다. 이런 예비 성년에게는 여러 가지 것이, 이를테면 경제적 능력, 자유 의지, 양심의 표출, 성적 충동 등이 눌려 있거나 잠재되어 있다. 그것을 성인의 눈으로 구성한 것이다.

주

1 아동이 치아 갈이를 하는 7세는 이미 중세부터 인간 성장의 결정적인 시기로 여겨 왔다. 18세기의 독일에서 유년이라는 개념은 출생에서부터 7세 사이의 연령을 말한다. 그 당시 전기(傳記)들을 보면 유년은 종종 6세와 7세를 지나 〈소년기〉나 〈소녀기〉에서 벗어나면 끝이 난다. 19세기 중반 무렵의 전기를 보면 아동기에 이어 일반적으로 학교 시기가 온다. 그러나 이 글에서 말하는 유년은 학교 시기까지를 포함한 의식적인 시기로서, 광범위한 의미에 있어서의 아동의 시기를 말한다. Irene Hardach-Pinke, *Kinderalltag Aspekte von Kontinuität und Wandel der Kindheit in autobiographischen Zeugnissen 1700 bis 1900, Diss.*(Frankfurt a/M., 1981), 12면 참조.

2 이 개념은 게르하르트 슈뢰더Gerhart Schröder가 근대 초기의 심미적 영역을 일컬어 붙인 개념이다. 그는 〈새롭고 합리적인 지식에서 배척당한 모든 것이 이 공간에 모여 있다〉고 말한다. G. Schröder, *Logos und List*(Königstein, 1989), 18면 참고.

3 마르크바르트는『우연한 것의 변호 *Die Apologie des Zufälligen*』에서 이 문제를 언급하고 있다. 그는 〈인류는 장성하지 않는다*Man wird nicht mehr erwachsen*〉란 항에서 아리에스나 낭만주의 이후 인류가 유년의 문화*Natur*에 긍정적 태도를 취하고 성인의 문화에 적개심을 가지는 것을 비판하고 있다. 그러나 그가 여기서 취하는 담론은 어디까지나 문화나 현실, 철학으로서의 담론이지 근대 이후의 심미적 유희나 허구로서의 예술적 담론은 아닌 듯하다. 한 가지 확실한 것은 마르크바르트가 이성이나 합리성으로 ― 즉 학문으로 ― 전근대적 유산을 설명할 수 있다고 생각한 것이 지나친 욕심이라는 점이다. 합리 사회가 될수록 전근대적 유산이 없어지기도 하지만 필요한 것은 남아 있다. 그리고 예술로서의 문학이 아닌 학문으로 이것을 다 설명할 수 있다는 것도 어불성설이다. 문학과 학문은 이 점에서 크게 다르다. Odo Marquard, "Zeitalter der Weltfremdheit? Beitrag zur Analyse der Gegenwart, u. Über die Unvermeidlichkeit der Geisteswissenschaft", in: *O. M., Apologie des Zufälligen*(Stuttgart, 1986), 76~97면, 98~116면을 참조하라. 여기서는 특히 80면을 참조하라.

4 가스통 바슐라르,『몽상의 시학』, 김현 옮김(기린원, 1995), 112면.

5 하지만 이런 문제는 우리 모두가 독일 문학사에 관심을 두는 것이 아니기 때문에 옆으로 밀쳐 내고 오로지 회상으로서의 기억이 무엇인가에 집중하고자 한다.

6 Philippe Ariés, *Geschichte der Kindheit*(München, 1979), 92면.

7 참고로, 프란시스코 고야의 그림 「마리아 테레지아 드 부르봉Maria teresa de Borbon」이
나 「마누엘 오소리오 드 츠니가Don Manuel Osorio de Zuniga」의 그림을 보라. 아이의 얼굴은 작
은 어른같이 묘사되었다. Santrock, J. W. & Yussen, S. R., *Child Development*(5. ed.)
(Dubuque, IA: Wm.C. Brown Publishers, 1992), 9면.

8 같은 책 참조.

9 Peter L. Berger/Brigitte Berger, *Wir und die Gesellschaft. Eine Einführung in die
Soziologie — entwickelt an der Alltagserfahrung*(Reinbek, 1976) 참조.

10 원문에는 〈학교에서 사랑의 아버지에 대해 열심히 배웠다〉라고 표현되어 있다. 〈사랑의
아버지〉라고 쓴 것을 미루어 일기가 검열되었다는 것을 알 수 있다.

11 Irene Hardach-Pinke, 같은 책, 10면에서 재인용.

12 Roy Pascal, *Die Autobiographie. Gehalt und Gestalt*(Stuttgart, 1965), 27면.

13 Sigmund Freud, *Zur Psychopathologie des Kindes- und Jugendalters*, Bd.1(Bern,
Stuttgart, Wien, 1975), 223면.

14 작가들의 직접 경험이 이런 개연성을 보여 주는데, 대표적으로 김원일의 자전적 소설 「깨
끗한 몸」에서 찾아볼 수 있다. 〈나는 아버지의 민틋한 아랫배 아래 거웃이 시커멓게 나 있는 것을
보고, 어른들은 수염이 나다 못해 왜 거기에까지 털이 다 날까 하고 궁금하게 여긴 기억이 남아 있
기 때문이다. 그러나 어쩌면 그 기억 속의 아버지는 다른 어른이었을는지도 모른다. 어린 시절 목
욕탕에서 다른 어른의 거웃을 본 것이 아버지도 으레 그러려니 하는 연상을 낳게 되고, 그 연상이
머릿속에 제자리를 잡아 사실로 굳어져 버릴 수도 있으니깐.〉 김원일, 『마당 깊은 집』(문학과지성
사, 1996), 189~190면.

15 목적 관계 개념은 원래 고대 그리스 철학(특히 아리스토텔레스)에서 존재했던 원인과 결
과 간의 관계를 설명해 주던 개념으로 인과 관계 개념과 공존했는데 중세 교부 철학을 거쳐 근대
철학에서 사라졌다. 현대에 와서는 니콜라이 하르트만이 목적론을 설명하면서 이 개념을 다시 정
신에 적용시킨 일이 있는데 정신적 목표 설정은 인과 관계가 아니라 목적 관계임을 입증한 바 있
다. 인과 관계가 외부적 관계에 따라 이루어진 개념이라면 목적 관계는 내포적 관계(뿌린 씨앗 중
에 얼마나 많은 것이 열매를 맺을 수 있는가)임을 알 수 있다. 더 자세한 내용은 Walter Brugger,
Philosophisches Wörterbuch(Freiburg, Basel Wien, 1976), 109면, 〈목적성 원칙*Finalitätsprinzip*〉
항을 참조하라.

16 바슐라르, 『몽상의 시학』(같은 책), 113면.

17 같은 책, 116면.

18 같은 책, 119면에서 재인용.

19 Johann Wolgang von Goethe, *Wilhelm Meisters Lehrjahre*, Goethes Werke, Hamburger
Ausgabe in 14 Bänden, hrsg. von Erich Trunz, Bd. 7, 11. Aufl.(München, 1982). 이하 HA로 약기.

20 2. Buch, 9. Kapitel. HA 121면 이하. 번역은 내가 했음. 참고로 괴테, 『빌헬름 마이스터
의 수업 시대』I, 안삼환 옮김(민음사, 1996), 161~162면도 참조하라.

21 1. Buch, 2. Kapitel, HA 14면.

22 1. Buch, 6. Kapitel, HA 24면.

23 2. Buch, 14. Kapitel, HA 141면 이하.

24 같은 책, HA 142면.

25 죄르지 루카치, 『소설의 이론』, 반성완 옮김(심설당, 1985), 47면 이하.

26 4. Buch, 9. Kapitel, HA 235면.

27 1. Buch, 7. Kapitel, HA 26면.

28 이 점은 아이러니의 발생과 매우 흡사한데, 유년의 이상과 현실 간의 괴리, 즉 허위의식을 의미하고 있다. 이 점에 관해서는 졸고, 「미적 초기 현대의 양상」, 『독일 문학』 62집(1997), 66면 이하를 참조하라.

29 4. Buch, 15. Kapitel, HA 252면.

30 이에 대해서는 오한진, 『독일 교양소설 연구』(문학과지성사, 1989)를 참조하라.

31 1. Buch, 5. Kapitel, HA 22면.

32 죄르지 루카치, 같은 책, 175면.

33 여기서 다루려는 내용은 초고를 바탕으로 이루어졌음을 밝힌다.

34 Klaus-Dieter Sorg, *Gebrochene Teleologie. Studien zum Bildungsroman von Goethe bis Thomas Mann* (Heidelberg, 1983), 135면 참조. 나의 소박한 생각으로는 개작보다 원작이 여러 면에서 훨씬 더 큰 문학적 가치를 지닌다. 왜냐하면 개작에서의 화해가 독자로부터 〈화해해야 할 부정〉으로서의 심미감을 빼앗아 가버리기 때문이다.

35 같은 책 참조. 조르크의 비평에는 학자적 중립성이 엿보인다. 그러나 독자는 심리적으로 하인리히의 〈유년의 모습〉에 편들면서 읽어 간다. 나는 이런 점에서 해석과 수용이 구분된다고 생각한다.

36 이 점에 관해서는 졸고, 「시민 사회의 비판과 시적 변용이란 관점에서 본 〈초록의 하인리히〉의 지상 세계: 자연과 돈」, 『독일어 문학』 제4-1집(1996), 429~449면 참조. 특히 443면 참조.

37 같은 책, 73면.

38 Klaus-Dieter Sorg, 같은 책, 137면.

39 같은 책, 71면(I. Band, 4. Kap.).

40 같은 책, 177면(I. Bd., 8. Kap.).

41 같은 책, 177면(I. Bd., 8. Kap.).

42 마이얼라인의 나이는 하인리히보다 한 살 반 정도 많다. 그래서 하인리히가 심리적으로 어른으로 받아들일 수도 있다. 그러나 여기서 중요한 것은 마이얼라인의 기능이 이 글의 담론인 유년 자체가 아니라 작자의 기술 대상으로서 성년의 기능을 하고 있다는 점이다.

43 Gottfried Keller, hrsg. v. Jonas Fränkel und Karl Helbling, Erlenbach / Zürich / Mänchen / Bern / Leipzig 1926 f., Bd. XVI, 248면 이하. 이 부분은 앞에서 제시한 Klaus Dieter Sorg, 141면에서 재인용하였음.

44 Gottfried Keller, *Der grüne Heinrich*. Erste Fassung, Sämtliche Werke in fünf Bänden, Bd. 2, hrsg. v. Thomas Böning u. Gerhard Kaiser(Frankfurt a..M., 1985), 79면.

45 같은 책, 135면.

46 같은 책, 133면.

7 · 서사 문학과 기억

위에서는 독일 문학의 전형적인 작품들인 괴테와 켈러의 유년 묘사를 중심으로 살펴보았다. 이 논문의 전체 담론에서는 크게 빗나갈 것이 없지만 그래도 문화적으로 사뭇 다른 표정을 하는 것이 문학이므로 아래에서는 한국 문학 텍스트들을 기억이라는 주제로 살펴보고자 한다. 문학이 회상 기억을 중심으로 이루어져 있다는 측면에서 회상의 〈생각해 내는〉 기능을 다시 한 번 생각해 보자. 서문에서 우리는 〈~을 기억해 내다〉란 말은 인지 과학이나 뇌 과학적 측면에서 〈어떤 사실의 기억〉과는 전혀 다른 것이라는 점을 살펴보았다. 그러니까 기억이 과거의 일을 다룬다 하여도 과거를 다룰 수 있는 인식 구조가 만들어지기 전에는 과거를 회상할 수 없다는 의미에서 기억 행위는 복잡한 인식 관계 속에서 만들어진 구조적 활성화 과정이라고 말했다.

기억이 저장 기억이 아니라 현재의 관점에서 과거를 구성하는 힘이라는 주장을 게브하르트 루슈는 다음과 같이 표현한다.

환언하면, 우리들의 기억은 우리에게 우리가 경험하였다는 사실과 경험한 것을 말해 주지 않는다. 그 대신 우리의 상호 행위들이 진행되는 과정에서 우리의 신경계 안에서 이루어졌던 인지 구조들에 〈접근할 수 있게〉 해준다. 이것이 근원적이고 중요한 차이점이다. 이 차이점이 우리의 기억 속에 머물고 있는 삶의 이야기들 자체가 — 우리가 보통 생각하듯이 — 기억 행위가 아니라 우리 삶이 진행되는 동안 축적한, 여러 가지 행동의 종합적 중요성에 따라 확정된 인지, 동작, 그리고 지각 운동 등의 스키마라고 할 수 있는 이유를 말해 준다. 이런 생각에서 우리는 계속 우리 삶에 대한 회상 기억이라고 말하는 이야기들이 다시 경험할 수 없는 고유한 개인의 이야기이긴 하지만 우리가 직접 겪고 느낀 있는 그대로의 삶의 이야기는 아니라는 결론을 도출할 수 있다.[1]

우리는 이런 견해를 통해 우리의 회상 기억이 과거나 진실과는 다른 차원에 있는 하나의 활동적인 의미 생산 과정이라는 것을 알 수 있다. 그리고 그 의미의 생산은 바로 현재 처해 있는 사람의 인지와 느낌을 동반한 행위 욕구와 관련 있다.[2] 따라서 자연 회상의 반대편인 망각이 일정 부분 시간적으로 공간적으로 침투하여 삭제하거나 흐릿하게 하거나 베일로 쌌을 것임은 두말할 필요가 없다. 그래서 니체의 말처럼, 이런 현재의 행동과 욕망이 망각을 통해 회상을 가능하게 한다는 역설이 가능하다. 그러니까 우리가 몇 개의 주제로 다룰 아래의 소설들은 현재의 관점에서 재구성한 회상을 주제로 하고 있다.

7·1 문제성으로서의 기억: 이순원의 『19세』

이순원의 소설 『19세』는 전형적인 성장 소설이자 회상 기억을 주제로 다룬 자전적 소설이다. 특히 저자가 소설가로서 어쩌면 좀 색다른 각주라는 장치를 통해 서술한다는 것이 기억이라는 주제를 다루기에 적합하다. 그리고 이 소설은 근대적 산문 형식으로서의 소설의 전형성을 보여 주기도 한다. 고뇌에 찬 문제적 개인의 삶의 여정, 슬픔과 기쁨이 어우러지는 감동의 세계가 회상 기억으로 펼쳐진다. 우리가 소설을 루카치의 명제대로 〈문제성 있는 개인〉에 대한 생각으로 정리한다면 이 소설은 당연히 〈19세〉까지를 문제 삼는다. 19세 이전에 바라보는 〈19세〉와 19세 이후에 바라보는 〈19세〉가 곧 그것이다. 19세 이전에는 빨리 어른이 되고 싶어 했고 19세 이후에는 차근차근히 밟지 못했던 그 과정을 그리워하는 것이다. 그러니까 19세 이전에는 오지 않았기 때문에 아름다웠고, 19세 이후에는 지나갔기 때문에 아름다운 것이다.

그 무렵 무엇보다 나를 우울하게 했던 것은 지난 이태 동안의 내 삶에 대한 내 스스로의 생각이었다. 왠지 그 기간 동안 내가 했던 것은 어른 노릇이었던 것이 아니라 어른 놀이였다는 생각이 자꾸만 내 가슴을 무겁게 하던 것이었다. 이런 상태로 다시 한 해가 지나고 또 한 해가 지나 스무 살이 된다고 해도, 아니 그보다 더 많은 시간이 흘러 서른이 되고 마흔이 된다 해도 그 일에 대해 어떤 후회거나 미련 같은 것이 남는다면 그때에도 내가 하는 짓은 여전히 어른 노릇이 아니라 어른 놀이일 것 같은 생각이 들던 것이었다. 지난해와 마찬가지로 이번 해에도 배추 농사에서 큰돈을 만졌다 하더라도 지난여름 어느 날 갑자기 들기 시작한 그 생각만은 변함없을 것 같았다. 같은 나이의 다른 아이들이 하지 못하고 있는 무언가를 내가 하고 있다는 것이 아니라 같은 나이의 다른 아이들이 다 하고 있는 어떤 것을 나만 하지 못하고 있다는 생각이 뒤늦게야 어떤 후회거나 소외감처럼 조금씩 내 가슴에 스며 들어오던 것이었다.[3]

이 인용문에서 보듯이 19세 이전에는 〈어른 노릇〉이라고 생각했던 것이

19세 이후에는 〈어른 놀이〉, 즉 어른 흉내라는 것을 알 수 있다. 19세 이전에는 〈같은 나이의 다른 아이들이 하지 못하고 있는 무언가를 내가 하고 있다〉고 생각했던 것이 19세 이후에는 〈같은 나이의 다른 아이들이 다 하고 있는 어떤 것을 나만 하지 못하고 있다〉는 생각으로 바뀐다. 회상 기억은 그래서 기억 전이의 대표적인 경우라고 할 수 있다. 슈미트는 같은 맥락에서 다음과 같이 말하고 있다.

회상 기억은 과거와 관련이 없다. 그보다 과거가 회상의 방법을 통하여 정체성을 얻는 것이다. 말하자면 회상이 과거를 구성한다. 우리는 과거를 작동하는 것이 아니라, 현재의 상상이 스며들게 하는 이야기를 작동하는 것이다. 현재의 상상이란 과거의 특성들을 말한다. 그러니까 이야기에서 지시하는 기억들이란 기억 자체가 아니라 현재의 상상이다.[4]

그렇다면 이런 상상의 동기는 무엇일까? 평론가 박진은 책의 해설에서 〈반면에 『19세』는 《나》의 기억을 환기시키는 아무런 계기도 포함하고 있지 않다는 점에서〉 이순원의 여느 소설들과 성격을 달리한다고 말한다. 그러나 내가 보기엔 피에르 노라가 〈기억의 터 *lieux de mémoire*〉라고도 말한 기억의 동기를 이 소설이 생략하고 있는 것 같지 않다. 화자 스스로 이 부분을 등한시하지 않고 있다.

그때에도 학생 수가 많은 도시의 학교들은 앨범이라는 것을 만들었겠지만, 우리에겐 그 단체 사진 한 장이 앨범 대신이었다. 운동장 한가운데 책상과 걸상을 계단처럼 쌓아 놓고 그 위에 세 줄로 늘어서서 박은 것인데, 유독 내 얼굴만 젖은 양말을 입에 물다 뱉은 것처럼 오만상을 다 찌푸리고 있다. 사진 아래에 〈벗들아 영원히 잊지 말자. 졸업 기념. 1969. 2. 10〉이라고 쓰여 있어 그것이 열세 살 때의 것이 아닌가 생각할 수도 있겠지만, 2월 10일은 졸업식이 있은 날이고 사진은 그보다 두 달 빨리 박은 것이다.

「인상하고는. 꼭 『삼국지』에 나오는 위연 같다.」

학교에서 사진을 받아 왔을 때 형이 말했다. 언제나 그런 식이었다.

「어디가?」

『삼국지』는 4학년 때부터 매일 한 시간씩 할아버지와 할머니가 계시는 사랑에 나가 그것을 읽느라고 나도 여러 번 보았다. 아무리 어리고 생각 없이 자라도 거기에 나오는 위연이 누군지, 어떤 사람인지 하는 것 정도는 안다. 그러니까 제갈량이 오장원에서 자신의 수(壽)를 빌 때 등잔을 쳤던 사람. 뒷머리에 반골이 튀어나와 언젠가는 모반하고 말 사람. 그리고 끝내 모반을 꾀하다, 죽은 제갈량이 남긴 꾀로 말 위에서 한칼에 죽은 사람. 그러니까 형의 그 말은 〈너는 위연이고 나는 제갈량이다〉 하는 뜻까지를 포함해서였다.[5]

문학적 기억의 터는 반드시 물질성을 갖고 있는 장소나 공간이 아닐 수도 있다. 아니, 오히려 장소나 공간 또한 서술자 혹은 작가의 욕망에 의해 재구성된 것이다. 그러므로 여기서 회상의 동기는 꼭 사진만이 아니라 사진과 더불어 일어난 형과의 대화에 대한 기억이다. 〈너는 위연이고 나는 제갈량이다〉라는 의미가 이 소설의 전체 라이트모티프이자 내러티브의 동선이다. 화자가 형제 콤플렉스를 얻고 그것이 〈위연〉처럼 되게 한 행동을 만들었을지도 모른다는 어렴풋한 의식이 이 회상 기억으로 하여금 소설이 되게 만든 것이다. 그런 어린 시절의 충동이나 결핍이 다분히 어른 세계로의 〈뜻하고도 뜻하지 않은〉 입사 과정을 재촉하였고, 그것이 이 소설의 동기를 만들기에 충분하다.

나아가 이런 자서전적 텍스트는 서술하는 화자의 의식이 회상과 성찰 사이를 지속적으로 오가는데 이 부분에서도 형과 나 사이에, 즉 서술하는 나와 서술되는 나 사이에 팽팽하게 진행된다. 이것이 자전적 소설에 나타나는 회상과 정체성의 관계를 규정짓는다. 과거의 사건, 즉 〈형〉의 시각은 현재 〈나〉의 현실 구성이다. 과거에 나는 정체성이 묻혀 있었지만 그 과거가 현재화되는 이 이야기의 시점에서는 의미 있는 현실이다. 기억의 사건들이 그 사건의 맥락에서 빠져나와 시간성을 잃고 현재에 영향을 미치는 요인들로 전락하고 만 것이다. 때문에 사건의 실재성에 대한 의심이 가지만, 그것은 허위가 아니라 허구라고 한다.

이 소설은 소설에서는 보기 드문 각주 처리를 통해 저자가 회상이 〈은폐〉라는 것을 보여 주는 분명한 흔적을 남긴다. 스토리와는 전혀 관계없는 각주의 내용을 통해 그는 자신이 기억을 왜곡할 수 있다는 증거를 남기고 있다. 이 소설의 마지막 각주 26번은 진정한 의미의 각주라기보다는 전체적으로 소설에 각주를 단 것에 대한 변호이다. 내용은 이렇다.

그러고 보니 나는 이 소설에 이것까지 포함한다면 스물여섯 개의 주를 붙이는 셈이다. 내가 그 많은 주를 붙이는 이유는 이런 것이다. 이제까지 내가 본 어려운 글들은, 또 별로 어렵지도 않은 내용을 아주 어렵게 보이도록 쓴 글들의 경우도 많은 내용의 주들이 붙어 있다. 그런데 주라는 것이 무엇인가. 본문의 이해를 돕고, 전체 내용에 대한 이해를 돕기 위해 붙이는 것이 아닌가. 그런데 유감스럽게도 이제까지 내가 읽은 책들 대부분의 주들은 본문의 이해를 돕기 위해 붙인 것처럼 보이지 않고 오히려 이해를 방해하기 위해 붙인 것처럼 보이던 것이다. 그러니까 독자들의 이해를 돕기 위해 붙인 주들이 아니라 자기가 이렇게 많이 알고 있다는 걸, 또는 자기가 읽고 이해하고 또 거기에서 어떤 이론의 근거를 끌어대고 있는 책들의 수준이 이 정도라는 걸, 그래서 자기가 무척 똑똑하며 또 가방 끈이 무척 길다는 것을 과시하기 위해 붙인 것처럼 보이던 것이다. 그러나 주는 자기도 모를 말로 독자들을 주눅 들게 하기 위한 〈가방 끈의 경연장〉이 아니다. 반성할지어다. 자기도 제대로 이해하고 있는 바가 없으면서도 이 책 저 책에서 함부로 주를 끌어대기를 즐기는 주 중독증 환자들은.[6]

이 내용이 논리나 담론을 뜻하는 것이 아닌 소설, 즉 예술이라면 우리는 이 내용을 달리 평가해야 한다. 즉 그것은 소설의 일부분이라고 보면 된다. 그렇다면 이 소설의 다른 회상 기억과 마찬가지로 이 내용 또는 이 내용을 말하는 자세나 뉘앙스가 다른 회상 기억과 유추 관계에 있어야 한다. 그렇게 보면 〈가방 끈의 경연장〉은 곧 〈머리가 안 따라 주면 나중에 손발이 일찍 고생하는 수밖에 없다〉는 내용이나 〈야 인마, 촌 초등학교에서 할 만큼 하는 것하고, 전국 모의고사 도에서 1등 하는 것하고 같냐?〉는 언술과 유추 관계에 놓이게 된다. 그리고 〈위연〉이 〈제갈량〉에게 가지는 콤플렉스의 메타포다.

작가는 이 모든 것을 알고 있다. 무의식적일지라도 그는 바로 이 욕망의 전이를 회상의 기본 수단으로 삼고 있다. 회상 기억은 이처럼 전혀 다른 내용을 말하는 것 같지만 사실은 상실된 기억 흔적을 보충할 새로운 창조에서 출발한다. 막스 프리슈는 그런 의미에서 우리는 자신을 위해 과거의 기억 속에서 이야기를 끌어내 온다고 한다. 〈기억은 현재로부터의 배열이자 지금의 경험에서 본 서술이다. 현재 완료형의 형식으로 끝맺은 우리 경험의 원인이 있다면 그것은 바로 표현 이상도 이하도 아니다.〉[7] 그렇기 때문에 회상 기억은 사후성의 특징을 지니며, 원래의 기억이 수십 년이 지난 후에도 그 의미를 재경험할 수도 있다.

이런 유형의 소설로는 박경리의 『토지』나 이문열의 『젊은 날의 초상』, 이청준의 『서편제』 등을 꼽을 수 있고, 황석영의 『바리데기』 같은 소설도 여기에 포함된다. 실제 자신의 이야기든 남의 이야기든 현재 자신의 정체성으로 글을 쓴다는 원칙이 적용된다. 이들은 모두 신변잡기와 시시콜콜한 이야기를 하나의 기억이라는 강물에 띄우는 전형적인 근대 문학의 소산이다. 그들은 모두 작가의 기억의 권위를 인정하고 믿기를 원하고 있으며, 작가는 마치 신이나 된 것처럼 전지전능의 시점으로 서술한다.

7·2 편린으로서의 기억: 오정희의 「유년의 뜰」[8]

우리는 근대 이후에 문학의 표현 방식이 꾸준히 변하고 있다는 것을 목도한다. 그것은 무엇인가를 말로 표현하는, 즉 〈말하는telling〉 방법에서 〈보여주는showing〉 방법으로 바뀐다. 문학이 과거의 기억을 재구성한 것이라면 어차피 작가의 시점으로 재구성한다는 말은 의미가 없다. 왜냐하면 문학은 독자 스스로 작품을 이해하고 작가의 서술을 자신의 경험을 재구성하는 데 필요한 것으로 이해되기 때문이다. 우리가 문학을 수사학으로 이해한다면 이런 변화가 필요 없다. 그 이유는 독자는 작가에 감정 이입하고 사건이 차례로 나열된 그 이야기를 즐기면 그만이니까. 하지만 독자가 자신의 체험을 불러일으켜 줄 만한 그 무엇을 갈구할 때 작가는 무엇을 보게 함으로써 독자가 자신의 기억에 더욱 잘 접근할 수 있게 할 수 있다.

이런 〈보게 하기〉는 대체로 시간의 구성이나 인과의 구성에 따라 현격한 차이가 있다. 과거 서술의 방식은 시간의 차이에 따라 연대기적으로 이루어졌다. 그러나 기억의 본질을 알고 난 후의 서사 방식은 영화 편집 방식을 따른다. 우리의 (회상) 기억은 사실상 그 시간의 배열을 정확히 알 수 없기 때문이다. 그리고 서술은 시간의 배열에 따라 그 귀납이 다른 효과를 내고 있다는 것을 프루스트 이후의 작가들은 알고 있다. 이런 의미에서 우리는 문학의 주된 매체인 서사에 대한 회의를 하지 않을 수 없다. 그런데 문자의 기억 또한 한 가지 방식으로 기억을 재현하는 것은 아니다. 기억을 고정하는 심리적 기제는 변화한다. 체험을 할(했을) 때는 격정 같은 것이지만 회상할 때는 그것이 상징적 의미로 변하고 동시에 의미 구조를 만들어 내기 때문에 작가는 내면에서 편집을 한다.

가령 「유년의 뜰」에서 오정희가 화자로서 체험한 에피소드들, 예를 들어 공부를 두고 일어나는 엄마와 오빠 사이의 긴장감, 순자의 엄마가 바람났던 일, 오빠에게 맞은 일, 어머니의 돈을 훔치던 일, 할머니의 뽀얀 살, 아버지의 부재 등은 소설을 쓰는 현재 회상하거나 상상하는 것으로서 각각의 조각으로 남아 있다. 그렇기 때문에 이 구슬을 꿰어 낼 작품의 동선을 만들 필요성이 있다. 이 소설은 유독 회상 기억들이 영화의 숏처럼 흩어져 있고 그것이 프루스트의 『잃어버린 시간을 찾아서』에서 회상하는 기억처럼 앞뒤 맥락이 없는 것이 많다. 이것을 우리는 음악 용어인 주제와 변주로 설명하는 것이 좋을 것 같다. 왜냐하면 주제도 은유적으로 선택한 것이고 변주 또한 은유적 결합이라는 점에서 그렇다. 주제로서 엄마와 아들의 관계를 택했다면, 나와 아버지, 오빠와 나, 부네와 부네의 아버지가 전체적인 주제에 맞는 변주일 뿐이다.

결국 출발점과 종점으로 나뉘는데 출발점은 엄마와 아들, 중간은 내가 소외되는 것, 또는 부네의 갇힌 삶, 종점은 아버지가 나를 찾아오는 것이다. 이렇게 여러 가지 회상 기억의 편린들을 인과 관계와 시간적 연속선상에 배열함으로써 소설은 편린으로서의 회상을 하나의 이야기로 만든다. 이때 우리는 〈이야기는 설명하면서 동시에 서술한다〉[9]는 원칙을 찾아볼 수 있는데, 이 소설에서 후자, 즉 서술 기능을 담당하는 것이 늘 마음속에 부채처럼 남아 있는 〈부네〉의 삶과 죽음이다. 언뜻 보기에 부차적으로 보이는 이 주제는 이야기의 의미를 구성하는 역할을 하고 있다.

저 문의 안쪽에 정말 머리를 깎이고 벌거벗긴, 귀신처럼 예쁘다는 부네가 있는 걸까.

사람들은 그녀, 부네의 아비, 그 늙고 말없는 외눈박이 목수가 어떻게 그의 바람난 딸을 벌건 대낮에 읍내 차부에서부터 끌고 와 어떻게 단숨에 머리칼을 불밤송이처럼 잘라 댓바람에 골방에 처넣고, 마치 그럴 때를 위해 준비해 놓은 듯 쇠불알통 같은 자물쇠를 철커덕 물렸는지에 대해 오랫동안 이야기했다.(173면)

부네 나는 그녀를 한 번쯤 본 듯도 하고 전혀 본 적이 없는 것 같기도 했다. 그런데 창호지 한 겹 너머 문의 안쪽에서 숨 쉬고 있는 그녀를 생각할 때면 이상한 두려움과 가슴 한 귀퉁이가 무너져 내리는 듯한 슬픔에 잠기곤 했다. 나는 이러한 감정을 달래듯 풋감을 또 하나 주워 씹었다. 떫고 단맛이 위로처럼 따뜻하고 축축이 목 안으로 차올라 나는 이유 모를 감동으로 눈물을 글썽였다.(176면)

부네에 대한 회상은 곧 자신의 과거 체험과 상처에 대한 메타포로 읽힐 수 있다. 다시 말하면, 체험으로서의 기억은 그 출처가 불확실하지만 회상으로서의 기억은 현재에서 자신의 인생을 거꾸로 더듬어 가면서 해석하는 틀이다. 그러니까 전자가 흔적으로 만들어져 있다면 후자는 의미로 만들어져 있다. 전쟁에 나갔던 아버지, 유학을 위해 허황된 영어를 공부하는, 가장의 부재를 메우는 힘겨운 오빠, 술집에서 일하는 엄마, 기생이었다는 할머니 등은 모두 있는 그대로가 아니라 화자 자신이 현재의 욕망에서 파악한 자신만의 고유한 아버지, 오빠, 엄마이다. 다른 문장을 보자.

아버지는 내게 연약한 넓적다리, 혹은 발목을 잡던 악력(握力), 막연히
따스하고 부드러운 것, 보다 커다란 것, 땀으로 젖어 있던 등허리로 남아 있
었다. 그러나 이 모든 기억 역시 내 상상이 꾸며 낸 더 먼 꿈속의 일은 아니었
을까.(198면)

내가 기억하는 한의 시간은 늘 그랬다.(163면)

유년은 더 이상 유년 그대로가 아니라 화자의 기억에 상징으로 모습을 바
꾼다. 그러므로 문학이란, 세월을 살면서 획득한 해석의 틀을 만들어 그 틀에
따라 평가한 기억일 수밖에 없다. 여기서 해석의 틀이란 작가적 시점을 말한다.
그런 작가적 시점이란 늘 그러하듯 사후에 생기는 것이다. 그러니까 정작 문학
성의 문제는 기억의 편차에 있다. 처음에 오빠와 엄마 사이의 팽팽한 긴장은 아
빠와 나 사이의 관계로 전이된다.

홧 아유 두잉? 당신은 무엇을 하고 있습니까? 아임 리딩 어 북. 나는 책
을 읽고 있습니다. 홧즈 유어 프랜드 두잉? 당신의 친구는 무엇을 하고 있습
니까?(163면)

이 텍스트가 문장에서 의미를 가지려면 이 문장들이 단순한 묘사가 아니
라 다른 상황과 대비되어야 한다. 엄마는 아들에게 집을 떠난 남편(아버지)에
대한 대상 심리(代償心理)를 갖고 있다. 이런 긴장이 〈낯설게 하기〉의 정서를
유발한다. 루카치가 말한 〈문제성 있는 개인 *das problematische Ich*〉은 바로
대비에 의해 가능하다는 점을 기억해야 할 것이다. 보호를 받는 오빠와 보호를
받지 못하는 나, 보호를 받았지만 엄마를 배반하는 오빠와 보호를 받지 못했지

만 아빠를 그리워하고 만나는 기쁨을 가진 나 사이에서 문제성 있는 개인이 그 흔적을 보이고 있다. 하지만 그런 기억의 편린이 이런 구도를 가능하게 할 수는 없을 터, 우리는 그 의미를 꿰는 실마리를 찾아야 할 것이다.

> 역시 둥글고 배가 부른 자물쇠가 시커멓게 매달린 채 고요했다. 늘 마당을 사이하고 바라보이는 방이건만 그 앞을 지나갈 때는 눈을 내리깔고 발소리를 죽여 빨리빨리 걷다가 훨씬 지나친 후에야 엿보듯 흘깃 돌아보는 것이 우리들의 버릇이었다.
>
> 해 질 녘의, 그림자 같은 정적 속에서 할머니는 벌겋게 달아오른 얼굴로 풀무질을 하고 뒤꼍의, 꽃이 진 감나무에서는 고욤 알만큼씩의 감이 다닥다닥 열어 가고 있었다.
>
> 윤기 나는 검푸른 빛으로 빳빳하고 단단히 약이 오른 고추를 한 움큼 따서 치마폭에 담는데, 동생을 업고 텃밭 가에서 목을 빼어 길 쪽을 살피던 언니가 급히 몸을 숙였다.(168면)

장면과 장면들이 현재의 회상이라는 작가적 시점을 따라 일관성 있고 유기적으로 연결되어야 하는데 그렇지 않다. 단락과 단락 사이는 이것저것이라는 인상을 준다. 하지만 이런 에피소드, 또는 인상들의 연결은 은유적 통일성을 지닌 채 부네에 대한 느낌으로 연결된다. 연결할 수 없는 이미지의 (저장) 기억이라는 점에서 사실적 글의 진정성이 드러나는데, 전통적인 문학적 서사성은 동시에 퇴각하고 만다.

의식적 회상의 경우에는 회상 과정에서 당연히 의식적인 성찰이 차지하는 비중이 높다. 앞의 이순원의 글이 오정희의 글보다 더 의식적이다. 우리가 한국 문학사에서 그야말로 소설가라고 하는 작가들은 대부분 이런 문체를 가지고 있다. 이것은 기억이 전성기를 누리고 있(었)던 시대의 소산물들이다. 그러나 오정희의 이런 소설은 기억의 문화적 위상이 떨어진 시대를 반영한다고 말하면 좋겠다. 서양에서 기억이 명성을 누리던 시대의 작품을 단테의 『신곡』에 빗 댄다면 기억의 위상이 낮게 평가된 시기는 프루스트의 『잃어버린 시간을 찾아서』에 빗댈 수 있다.[10]

프루스트는 문학과 기억을 같은 것으로 보았다. 그는 우리의 논지와 같은 맥락에서 의도적 기억과 무의도적 기억을 구분하고 있다. 프루스트가 작품에서 화자로 하여금 〈내 기억과 이성의 노력은 여전히 실패했다〉고 고백하는 것도 같은 맥락에서 이해할 수 있다. 무의도적 기억이란 이성이나 의지의 통제를 교묘히 무력하게 만들어 그 영향력에서 벗어나는 기억 형태를 말한다. 이 기억은 언젠가 오랜 시간이 흐른 후 어떤 추억이 즉흥적으로 돌아오는 경우를 말한다. 그렇기 때문에 회상하게 하려는 사람이나, 또는 회상하려는 사람은 애써 회상하려 하거나 회상하게 해서는 안 되고 인내심을 가지고 절대적으로 수동적인 자세를 취해야(또는 취하게 해야) 한다고 한다. 차에 곁들이는 과자 한 조각의 맛이나, 숟가락이 접시 끝에 부딪혀 달그락거리는 소리뿐만 아니라, 휘발유 냄새까지도 이런 기억을 전해 주는 소재들이다.

그런데 이보다는 덜하지만 대략 중간 위치에 차지한 중급 감각이라는 것이 있는데, 바로 청각이다. 프루스트의 작품에서 청각의 회상력은 주로 언어 기억, 그중에서도 특히 고유 명사를 대상으로 하고 있다. 가령 그의 소설에서는 조르주 상드의 소설 『프랑수아 르 샹피』에 나오는 샹피 같은 특정 인명이 있다. 우리의 예를 들자면 할머니의 자장가 소리 같은 것을 들 수 있다. 청각 다음에 저급 감각이 차례차례 나오는데 우선 후각의 대표적인 예로 프루스트의 작품에 나오는 서양 산사나무 울타리를 들 수 있다. 이 울타리가 양쪽에 늘어서 있는 길은 서양 산사나무꽃의 〈눈에 보이지 않는 진한 향기〉로 가득하다. 그다음에는 미각을 들 수 있는데, 차에 곁들이는 과자 마들렌이다. 화자는 그것을 맛보는 순간 유년기로 되돌아간다. 마지막으로 촉각이 있다. 프루스트는 촉각의 범위를 손에 제한하지 않고 사지를 포함한 온몸으로 넓혔다. 그는 어깨라든가 엉덩이나 허벅지가 잠잘 때 무의식적으로 이런저런 자세를 취하게 되면 꿈에서나 잠에서 깰 때 잠자는 이의 의식에 소년 시절부터 오래 잊고 있었던 것을 되불러 올 수 있다고 말한다. 이를 우리는 〈몸의 기억〉이라고 한다. 그러므로 정신은 의식하지 못하지만 이 기억 속에는 유달리 몸과 밀접한 저급 감각에 의해서만 도달할 수 있는 것이 모두 간직되어 있다. 오정희의 「유년의 뜰」 또한 이런 기억들로 가득하다.

할머니는 머리를 감고 오라고 우리를 개울로 내쫓았다. 머리를 깎고 난 뒤면 모두 허옇게 기계총이 먹어들기 때문이다.
노랗고 윤기 없는 머리털이 발밑에 어지러이 떨어져 있었다. 바람결에 맥없이 후루룩 날리기도 했다. 나는 그곳에 침을 뱉고 발로 문질렀다. 그때 문득 나는 기억해 낼 수 있었다. 바로 아버지의 머리에서 풍기던 기름 냄새였다.(171면)

맹렬히 이빨 가는 소리 속에 우리들이 저마다 뿜어 대는 땀 냄새, 떨어져 내리는 살비듬 내, 풀썩풀썩 뀌어 대는 방귀 냄새, 비리고 무구한 정욕의 냄새, 이 모든 살아 있는 우리들의 냄새는 음험하게 끓어올랐다.(186면)

아버지는 내게 연약한 넓적다리, 혹은 발목을 잡던 악력(握力), 막연히 따스하고 부드러운 것, 보다 커다란 것, 땀으로 젖어 있던 등허리로 남아 있었다. 그러나 이 모든 기억 역시 내 상상이 꾸며 낸 더 먼 꿈속의 일은 아니었을

까.(198면)

어느 순간 감청색의 창호지가 부풀어 오르고 그 안쪽에서 어른대는 그림
자를 얼핏 본 것도 같았다.

아아아 아아.

그 소리는 다시 들리지 않았다. 분가루처럼 엷게 떨어져 내리는 햇빛뿐
이었다. 내가 들은 것은 환청인지도 몰랐다.(200면)

이처럼 이 소설은 무의식적 회상, 무의도적 기억의 비중이 높다. 그것은
또한 일회적인 기억뿐 아니라 전체 문장의 응집력이 높지 않은 점으로 재현되
고 있다. 이 소설에서는 〈플롯을 만들고 의지를 반영하는 의식이 큰 의미를 띠
지 못한다. (……) (그래서) 그런 이미지들을 과거 자기 삶의 연속에 배치하여
시간 공간적으로 재구성하기가 쉽지 않다〉.[11]

오정희는 이렇게 기억과 싸운 경험을 작품화하고 있는데, 이런 시도나 노
력이 오히려 그 작품 또는 작가의 기억의 신빙성을 높여 준다.

고대 수사학에서는 기억술이 많이 동원되었는데, 이 기억술은 절대적으로
구체화 원칙에 근거하고 있었다. 이들은 오감 가운데 시각을 최상의 감각으로
여기고 이성과 가장 밀접한 감각으로 생각했다. 그 때문에 기억술의 관점에서
는 시각이 가장 선호되는 감각이다. 그러나 이 작품은 이 최상의 규칙을 가장
무력하게 만든다. 그보다는 다른 감각, 즉 시각보다는 낮은 차원의 감각이라고
볼 수 있는 청각, 후각, 미각, 촉각을 인정한 것이다. 이 작품에서 보듯이, 전통
의 수사학이나 기억술에서 무시되어 온 감각들이 명료성은 부족할지 모르지만
그 인상은 지속적이며 긴 세월이 지난 후에도 회상함에 있어 다른 기억보다 더
우수하다는 것을 알 수 있다. 그러니까 시각은 단기 기억에는 뛰어나지만 장기

기억에는 몸에 각인된 다른 감각보다 못하다는 것을 알 수 있다.

7·3 망각으로서의 기억: 연암의 『열하일기』

하랄트 바인리히는 『망각의 강 레테』에서, 세르반테스야말로 『돈키호테』 란 작품을 기획하면서 시간의 공간적 패러다임을 시간적 패러다임으로 바꾸었다고 보았다. 왜냐하면 이 작품이 정신 활동과 기억의 근본적인 불화를 인정하고 전통적인 기억 문화에 도전장을 냈기 때문이다. 오늘날 서구의 전통을 따르는 모든 근대 문학은 『돈키호테』에서 그 시원을 찾는데, 이는 이 작품이 특별히 기릴 만한 내용을 수사학적으로 수식하여 멋있게 장식한 것이 아니라, 기릴 만하지도 않고 수사학에도 쓸모없는, 어느 독특한 화자가 마음 내키는 방식으로 세상을 구조화하기 때문이다. 이렇게 되자면 자연히 많은 부분을 파괴하고 망각하여야 하는데 세르반테스는 그것을 작품 서문에서 독자들에게 아주 강하게 호소하고 있다.

이런 기억의 전복, 또는 시간적 패러다임으로의 이행이 우리 문학사에도 있으니 그가 곧 연암 박지원이다. 그가 비록 소설을 쓰지는 않았다 하더라도 문체 반정에 맞선 그의 글쓰기는 『돈키호테』를 넘어선다. 나는 그의 책을 원서로 읽을 수도 없는 처지라 다른 사람이 쓰거나 번역한 텍스트를 가지고나마 기억과 망각을 이야기하고 싶다. 우선 정민이 쓴 『비슷한 것은 가짜다』에 나오는 산문을 시작으로 이야기를 펼치자.

송욱이 취해 자다가 아침에야 술이 깼다. 드러누워 듣자니 솔개가 울고 까치가 우짖으며 수레 끄는 소리와 말발굽 소리가 떠들썩하였다. 울타리 아래서는 방아 찧는 소리, 부엌에서는 설거지하는 소리, 늙은이가 소리치고 아이가 웃는 소리, 계집종이 잔소리하자 사내 종이 헛기침하는 소리, 무릇 밖에서 벌어지는 일은 하나도 모를 것이 없는데, 유독 제 소리만은 없는 것이었다.

이에 그만 멍해져서 말하였다.「집안사람들은 모두 있는데, 나만 어째 혼자 없는 걸까?」눈을 둘러 살펴보니, 저고리는 옷걸이에, 바지는 횃대에 있고, 갓은 벽에 걸려 있고, 허리띠는 횃대 끝에 매달려 있었다. 책상 위엔 책이 놓여 있고, 거문고는 가로 놓이고, 비파는 세워져 있었다. 거미줄은 들보에 얽혀 있고, 파리는 창문에 붙어 있었다. 무릇 방 안의 물건도 모두 그대로 있지 않은 것이 없는데 유독 자기만 보이지 않는 것이었다.

급히 몸을 일으켜 일어나서 그 자던 곳을 살펴보니, 베개를 남쪽으로 놓고 자리를 폈는데 이불은 그 속이 들여다보였다. 이에 송욱이가 발광이 나서 벌거벗은 몸으로 나갔구나 하며 몹시 슬퍼하고 불쌍히 여겨, 나무라고 또 비웃다가 마침내 그 의관을 끌어안고, 가서 옷을 입혀 주려고 길에서 두루 찾아다녔지만 송욱은 보이지 않았다.[12]

이쯤이라면 독자들도 가히 이 작품이 그 근대성에 있어서 『돈키호테』를 넘어 카프카의 「변신」에까지 이르는 작품이라는 것을 짐작하고도 남을 것이다. 세상이 요구하는 것은 미친 사람의 이야기가 아니다. 왜냐하면 연암이 살았던 당시의 주도적 정체성은 미친 사람의 정체성이 아니기 때문이다. 그러나 그가 겪은 사회는 이 글의 주인공 송욱이 보여 주는 처사와 다를 바 없다. 그는 과거에 나가서도 밟혀 죽지 않고 살아 있는 것을 다행히 여겨 자신의 답안지에 〈스스로 비점(批點)을 치고 높은 등수를 큰 글씨로 써놓았다〉. 이 이야기는 산문으로 작성되어 콩트처럼 여겨져서 그렇지 연암의 생각과 의지를 분명히 보여 주는 문학이다. 송욱이 보여 준 정체성의 상실은 곧 연암으로 하여금 지금까지의 기억을 전면 부정하게 한다. 세상을 새로운 방식으로 보고 그것을 표현하려던 연암의 엄청난 망각 기획을 읽을 수 있다. 기득권들만의 방식으로 전개되는 지식과 권력을 송두리째 무너뜨리려는 새로운 세상 읽기가 표현되어 있다.

고미숙은 『열하일기, 웃음과 역설의 유쾌한 시공간』에서 연암의 이런 면모를 봉상스의 해체라고 말하면서, 〈중세적 엄숙주의와 매너리즘이 전복되면, 그 균열의 틈새로 전혀 예기치 못했던 일들이 솟구치기 때문이다. 그 순간, 18세기 조선을 지배했던 통념들은 무력하게 허물어진다〉[13]고 말하고 있다. 여기서 〈18세기〉는 18세기까지를 의미할 터, 그 18세기까지란 문체 반정으로 표현된 수사학적 기억을 의미한다. 연암은 양식(봉상스*bon sens*)과 상식, 즉 학습 기억과 보편적인 문화적 전통에 어긋난 기억, 즉 상상력을 통해 교양 기억을 실천한다.

1천2백 리에 걸쳐 한 점의 산도 없이 아득히 펼쳐지는 요동 벌판을 보고 연암은 처음으로 탄성을 터뜨린다. 통곡하기 좋은 곳이라니? 어리둥절한 동행자 정 진사의 물음에 연암의 장광설이 도도하게 펼쳐진다. 〈사람이 다만 칠정 중에서 슬플 때에만 우는 줄 알고 칠정 모두가 울 수 있음을 모르는 모양이오. 기쁨이 사무치면 울게 되고, 노여움이 사무치면 울게 되고, 즐거움이 사무치면 울게 되고, 사랑이 사무치면 울게 되고, 욕심이 사무치면 울게 되는 것이다. 불평과 억울함을 풀어 버림에는 소리보다 더 빠름이 없고, 울음이란 천지간에 있어서 우레와도 같은 것이다. 지정이 우러나오는 곳에는, 이것이 저절로 이치에 맞을진대 울음이 웃음과 무엇이 다르리요.〉(「도강록」)[14]

연암의 새로운 기억 방식은 획기적인 것이다. 17세기 중반의 의사이자 신학자였던 토머스 브라운 경은 〈지식은 망각을 통해 얻어지는 것이다. 그러므로 우리가 분명하고 설득력 있는 진실의 본질을 얻기 원한다면 머릿속에 착근된 많은 것들로부터 분리되어야만 한다〉[15]고 말하고 있다. 사실이지 연암의 글쓰기 방식은 더 이상 시대의 것이 아니다. 정사와 한 가마를 타고 삼류하를 건너 냉정에서 아침을 먹고 10리 남짓 가서 산모롱이 하나를 접어드는 순간, 정 진사의 마두 태복이가 갑자기 말 앞으로 달려 나와 엎드려 큰 소리로 말한다. 〈백탑이 현신함을 아뢰옵니다.〉[16] 이것이 당시 전승으로 이루어진 기억의 서술 방법이다. 그러니 툭 트인 드넓은 평원을 두고 〈아, 참 좋은 울음 터로다. 가히 한번 울 만하구나〉라고 말해서는 안 된다. 이것이 바로 정신과 기억의 불화이다. 연암은 한국 문화에서 정신과 기억의 불화를 최초로 받아들이고 그것을 극복한 사람이다. 이제 자연이 다르게 보이는 것이다.

니체는 역사적 기억이 삶에 지나치게 많은 짐을 지우는 불필요한 것으로 보았다. 그는 『반시대적 고찰』에서 삶에 필요한 기억과, 삶과는 거리가 먼 역사적 기억을 서로 대립시켜 서술한다. 그는, 역사는 전적으로 〈기억〉을, 삶은 〈망각〉을 필요로 한다고 보았다. 또한 그는 역사를 골동품적 역사, 기념비적 역사, 비판적 역사로 나누고 〈어떤 개인이나 어떤 민족이라도 자신의 목표나 힘, 고난에 따라 과거에 대한 어느 정도의 지식을 필요로 한다〉[17]고 말하고 있다. 그러나 과거에 대한 지식은 어느 때를 막론하고 현재를 약화시키며, 생명력 있는 미래의 뿌리를 말살하기 위해서가 아니라 미래와 현재에 봉사하기 위해 탐구되어야 한다고 주장하고 있다. 이런 주장과 위의 체험에 대한 이야기는 서로 멀리 떨어져 있지 않다.

니체의 〈기억〉에 대한 인식은 19세기 역사 학문의 부흥과 더불어 지나친 역사적 기억이 독일인들의 발목을 잡은 데 대한 통절한 인식이었다. 이런 인식은 연암의 문학 정신에도 적용된다. 문체 반정으로 복고를 겨냥한 정조에 대해 연암은 기억의 재편을 필요로 하였는데, 그것이 곧 연암의 망각으로서의 기억 전략이다.

7·4 허구로서의 기억: 정이현의 「오늘의 거짓말」과 가와시마 왓킨스의 『요코 이야기』

요즘 베스트셀러 대열에서 각광받고 있는 정이현의 「오늘의 거짓말」이라는 작품은 기억이 어떻게 상상에서 만들어지고 자리 잡을 수 있는지를 보여 준다.[18] 작품 속의 화자는 인터넷 홍보 회사에서 근무하며 회사에 의뢰된 상품들의 사용 후기를 쓰는 일을 직업으로 갖고 있다. 회사에서는 이들에게 진심이 아니지만 진심을 담아 쓰도록 종용한다. 그것이 사업 목표니까. 이렇게 거짓말 아닌 거짓말을 하면서 자신의 정체성에 대해 회의한다. 가령 〈남자 친구는 우리 아버지가 근무 중 지뢰 사고로 돌아가신 줄로만 알고 있었어〉라고 말하는 것으로 보아 자신의 아버지에 대해서도 거짓말을 한다.

그런데 하루는 자기 집 위층에서 쿵쿵쿵 하는 소리가 나서 그 집 주인을 찾았더니 그 주인은 어디선가 본 얼굴이라는 확신을 가지게 된다. 늘 텔레비전에서만 보던 사람이 죽은 줄로만 알았던 사람(추측컨대 박정희)이 살아 있다고 생각한다. 그러면서 혼란에 빠진다. 여기서 작가는 아스라이 사라져 간 기억들이 오늘도 살아 있음을 보여 준다. 결국 그 집을 방문한 화자는 그 집에서 사용하는 러닝 머신에서 소리가 난다는 것을 확인했지만 사실은 자신이 소음이 나지 않는다고 리뷰를 쓴 W사의 제품이었다.

실제로 소리가 나든지 안 나든지 그것은 화자의 의식과는 상관없는 일이다. 그가 생각하는 대로 기억하니까. 이것이 기억의 왜곡이 아니라면 무엇이 기억의 왜곡이라 할 수 있을까? 아버지가 부하 직원과 성(性) 스캔들에 연루되어 죽었다는 것이 사실인지, 지뢰를 밟고 죽었다는 것이 사실인지 따지는 것은 무의미한 일이다. 결국 오늘의 거짓말이 그 사람의 기억을 만들고 있다.

결국 화자는 거짓말을 끝내는 것으로, 정체성을 찾고자 한다. 자신의 진짜 아이디로 새로운 리뷰를 작성한다. 그러고도 왜 노인이 〈그때 그 사람으로〉 죽지 않고 살아 있는 것처럼 느껴지는지 의문을 가진다. 〈헛되고 헛되니 모든 것이 헛되면 좀 어때〉[19]라는 화자의 고백은 오늘날 우리에게 진실이란 기대하기 힘들다는 뜻으로 들린다. 참을 수 없는 존재의 가벼움으로 살아가는 세태를 잘 그린 작품이다. 이 글을 읽으면 누구나, 문학은 엄밀하게 말해 기억하기 위해 쓰는 것이 아니라 망각하기 위해서 쓴다는 것을 인정하게 될 것이다.

소설 『다빈치 코드』가 사람들이 보편적으로 기억하는 것을 뒤집어 놓았던 것을 사실화하면서 새로운 기억을 만들어 내듯이 「오늘의 거짓말」 또한 허구가 하나의 기억으로 자리 잡을 수 있는 개연성을 보여 준다. 때문에 우리가 작품의 주장이 맞느냐 맞지 않느냐를 논의하는 것은 문학의 목적과 위배된다. 그 주장의 사실 여부를 떠나 문학적 기억의 특성이 어떠한가에 초점을 맞추지 않을 수 없다. 지난 40여 년 동안 기독교와 예수에 관해서 작가가 주관적으로 해석한 책, 영화 및 텔레비전 프로그램들이 홍수처럼 쏟아져 나왔다. 이들은 한결같이 역사적인 자료의 언어를 문맥에서 따로 떼내어, 작가가 자신이 원하는 의미를 가지도록 왜곡한다. 그렇기 때문에 사극이나 이런 소설을 두고 사실 여부를 검증하는 것은 옳은 태도가 아닐 것이다. 왜냐하면 허구로서의 문학은 다시 기억을 만들어 내기 때문이다.

이런 담론에서 한국인의 심기를 건드리는 소설이 있다. 그것은 바로 『요코 이야기』(원제는 〈대나무 숲 저 멀리서〉)이다. 한국인이 광복 무렵 일본 여성들을 괴롭히고 성폭행했다는 등 편파적이고 왜곡된 내용이 담긴 소설이다. 현재 미국에 살고 있는 저자 요코 가와시마 왓킨스는 일제 고관의 딸로 1945년 일본이 패망하자 11세의 나이로 함경북도 청진시 나남에서 가족과 함께 일본으로 돌아갔다. 요코는 당시 경험을 바탕으로 11세 소녀가 바라본 전쟁의 참상을 전하는 소설을 썼다고 밝혔다. 하지만 한국인들이 일본 여성들을 성폭행하는 장면을 적나라하게 묘사함으로써 전쟁 피해자인 한국인을 가해자인 듯 표현했고, 함북에 아열대 식물인 대나무가 숲을 이뤘다거나 아직 창설 전인 조선 인민군의 추적을 받았다는 등 사실과 다른 내용을 담고 있어 비판을 받고 있다. 그렇다. 소설이고 11세 아이의 기억으로 쓴 것이니 기억이 왜곡될 수밖에 없다.

이에 대해 하버드대 한국사 교수인 카터 에커트는 「역사 해석의 문제」라는 글에서 다음과 같이 밝히고 있다.

보스턴 도버-세르본 지역 교육 위원회가 요코 가와시마 왓킨스의 책 『요코 이야기 *So Far from the Bamboo Grove*』를 6학년 정규 교과 교재로 포함하는 문제에 대해 논쟁하는 것은 곧 문학을 통한 역사 교육의 중요성을 강조하는 것이며, 이것은 본문이 구체적인 역사상의 시간과 장소를 다룰 경우에는 특히 더하다. 작가의 삶을 기반으로 한 『요코 이야기』는 제2차 세계 대전이 종결되는 시점의 일본 식민지하의 한국 북부 지역에서 있었던 열한 살의 일본인 소녀와 그녀의 가족이 겪었던 비참한 경험에 초점을 맞추고 있다. 이 책은 공포와 생존을 다뤄 흥미 있게 잘 쓰였으며, 요코라는 소녀의 1인칭 화자 시점 서술 방식으로 쓰여 6학년 연령의 독자들에게 훨씬 더 강렬히 와 닿는다. 교육은 학생들이 〈미국식 자민족 중심주의 틀 밖〉에서 사고하도록 하고 문화와 역사의 경계를 가로지르는 인류의 공통점에 흥미를 집중하도록 해야만 한다. 이런 목표를 달성하기 위해서는 『요코 이야기』는 아직 가야 할 길이 멀다. 문체상의 마법과 여주인공과의 동화를 통해 학생들은 머나먼 색다른 시간과 장소로 되돌아가, 마치 그들의 것인 양, 요코의 시련과 정복을 경험할 수 있게 된다.

그러나 글에서 중요한 것은 사건의 배경과 균형 있는 시각이다. 『요코 이야기』는 생존에 관한 이야기로 독자의 흥미를 유발한다. 하지만 이 책이 강력한 영향력을 가질 수 있었던 까닭은 요코와 그 가족이 한국에서 생활했던 당시의 역사적 배경이 빠져 있기 때문이다. 요코의 성장기였던 1937~1945년에는 전쟁이 한창이었는데, 이 시기에 극에 달한 일본의 잔혹함과 40년간의 일본 식민지 통치에 관한 내용이 책에 언급되어 있지 않다는 얘기다.

몇몇 한국인들의 삶은 더 나아졌을지 몰라도, 대부분의 한국인들은 제국주의 일본이 일으킨 전쟁터에 강제 노역과 성적 노예인 정신대로 끌려갔으며, 동시에 조선 총독부는 한국의 정체성을 말살하기 위해 강력한 문화 동화 정책을 추진하였다. 이런 사건들이 벌어지고 있을 때 아직 어렸던 요코에게 점령에 대한 책임을 물어 비난할 수는 없겠지만, 그녀의 책은 큰 역사적 배경을 빠뜨린 채 기술됐기 때문에 불완전하다. 비록 왜곡은 아니라고 해도 말이다.

그 예로, 책에는 〈한국인들은 일본 제국주의에 속해 있었지만, 일본인들을 증오하고 전쟁에 대해 기뻐하는 기색이 없었다〉라는 부분이 있다. 하지만 이에 대한 더 이상의 배경 설명이 없기 때문에 일본의 식민 지배나 전쟁의 잔학 행위에 대해 거의 모르는 어린 독자들은 〈한국 사람들은 한 몸이었던 일본 제국주의에 감사할 줄도 모르는 비협조적인 민족〉이라고 생각할지도 모른다는 얘기다. 마찬가지로 저자가 한국인을 〈반일 공산군〉이라 묘사한 것에도 문제가 있다.

첫째, 누구를 지칭하는가가 문제이다. 김일성 휘하의 병력이나 만주의 게릴라 부대를 제외하면 한국의 반일 공산군은 찾아볼 수 없으며, 그들이 출현한 것도 『요코 이야기』에 묘사된 시기보다 훨씬 후인 1945년 9월 초이다.

물론 저자가 나남 지역에 산개해 있던 공산당원을 지칭한 것일 수도 있다. 그들은 제국주의하의 분노를 과격하게 분출하였다. 그런 과격성은 눈감을 수 없는 것이었다 해도 1945년경 한국 공산주의자를 지역의 악의 집단이라고 묘사하는 것은 사실의 왜곡일 뿐만 아니라 당시의 반일 감정과 한국인들의 정서적 공감대를 설명할 수 있는 공산주의 개념을 한국의 역사적 맥락에서 제외시키는 행위이다. 실제로 1945년 당시 공산주의자들은 잔인한 제국주의에 항거하여 목숨을 담보로 활동한 애국자라고 여겨졌다.

도버-세르본 지역 교육 위원회는 일상적인 주제를 넘어 아시아를 다룬 문학 작품을 교과 과정에 반영하려 했다는 점에서 칭찬받을 만하지만, 『요코 이야기』는 그러한 시도에 부합하지 않는다. 특히 역사적 맥락에 대한 설명 없이 한 개인의 영웅적인 생존 체험기가 수업 교재로 사용된다면 더욱 그렇다. 이는 교재의 검열이나 사용 금지를 논하자는 것이 아니다. 『요코 이야기』가 학교 교재로 사용되지 못할 이유가 없으며, 다른 교재와 함께 신중하고도 현명하게 혼용된다면 개인적·역사적 특수 환경에 따라 사건을 보는 관점이 어떻게 달라질 수 있는지 학생들에게 교육할 수 있을 것이다. 예를 들면, 1940년대 일본 제국주의를 경험한 한 한국 소년의 자전적 소설인 리처드 김의『잃어버린 이름』이 적절한 교재로 혼용될 수 있다. 『요코 이야기』를 역사적 사실에 근거하지 않고 학교에서 가르치는 것은 한 독일 관료 가족의 1945년 네덜란드 탈출에 관하여 동정 어리게 묘사한 소설을 나치 점령의 참상이나 안나 프랑크(『안네의 일기』 주인공)의 공포에 관한 언급을 생략하고 가르치는 것과 같다.[20]

이 글을 장황하게 인용하는 것은 이 책의 허두에서 밝힌 대로 역사적 기억과 문학적 기억의 차이를 재차 강조하기 위함이다. 어차피 이 책은 역사 왜곡이라는 현실적인 장벽을 만나서 그렇지, 만약 다른 관점에서 쓰였다면 그 문체나 기억의 묘사에서 뛰어난 작품임에 틀림없을 것이다. 중요한 것은 문학적 기억은 우선적으로 역사적 기억과는 대응 관계에 있지 않다. 다시 말해 일본인이 그렇게 볼 수 있다는 것이다.

대나무라든가 공산당을 본 기억이 설령 틀린 기억이라 할지라도 작가의 기억에는 그렇게 각인되어 있고 그것을 기억하지 않는 이상 기억의 고정체 전체가 흔들린다. 내가 이 책의 2장 〈은폐 기억〉 항에서 초등학교 시절 기억을 말하면서 고추를 문고리에 맨 것을 천장에 매었다고 기억한 예를 들었다. 마찬가지로 요코에게는 그렇게 해야 기억이 된다. 기억이 생생하게 작가의 상상력을 자극한다. 만약 다른 방식으로라면 이야기는 생동감을 갖지 못하고 만다.

우리는 이미 앞에서 전대미문의 사건이나 격정적인 것이 우리의 기억에 오래 각인된다는 것을 역설하였다. 『요코 이야기』 또한 어린 요코가 함북에 아열대 식물인 대나무가 숲을 이뤘다고 본 것은 분명 어떤 격정으로 인한 기억의 착오에서 비롯된 것이다. 여기서, 다시 말해 문학적 회상(기억)의 신빙성은 요코의 격정밖에 없다. 그러나 그 격정이 신빙성을 갖고 있다 해서 기억이 정당화되는 것은 아니다. 자신은 사건을 기억하고 있지만 그 기억의 객관적 신빙성은 없다. 이것은 앞에서 켈러의 유년의 회상에서도 살펴본 바 있다. 어린 하인리히가 성찬식의 빵을 보고 품퍼니켈로 기억하고 있는 것처럼.

그런데 『요코 이야기』에서 짚고 넘어가야 할 점이 있다. 그것은 왜 가와시마 왓킨스가 자신의 기억이 성인이 되어 회상했을 때 잘못된 기억이라는 점을 밝히지 않았는가 하는 점이다. 박완서나 켈러의 경우에서는 이런 점이 문학적 유머를 발생시키는 중요한 지점이 되었다. 문학이 기억의 편차라는 점을 알았다면 그저 어린아이가 겪었을 트라우마에만 집중할 수 없다. 왜냐하면 이 작품의 독자는 화성에 사는 사람이 아니기 때문이다. 작가 입장에서는 어느 정도 이런 비판에 억울할 수 있다. 자신이 겪은 회상이 받아들여지지 않을 변수가 발생되었기 때문이다. 에커트 교수의 말처럼 이야기를 뒤집어서 나치의 딸이 만약 유대인에게 폭력을 당했다는 글을 쓰면 받아들여질까?

나는 가와시마 왓킨스가 일본인이라 하여도 『요코 이야기』의 진정성을 믿는다. 중요한 것은 회상 기억이 아무리 상상이나 격정에 의해 만들어진다 해도 그것만으로 어떤 문학적 미학을 충족시킬 수 없다는 사실이다. 문학은 (저장) 기억에 의해서도 감정에 의해서도 만들어질 수 없고 망각을 동반한 회상(기억)에 의해서만 가능하다. 하지만 그 회상(기억)은 자의적이지 않고 현재의 욕망(권력)에 의해 제어받는다. 아무것도 모르는 미국 아이들에게는 그 이야기가 진정한 회상으로 들릴지 모르지만 한국 사람들에게는 마치 퇴각하면서 고생한 나치의 이야기처럼 들린다.

여기서 연상되는 이야기가 있어 소개한다. 메리 앤틴이 쓴 『약속의 땅 *The Promised Land*』이라는 자서전이다.[21] 그녀는 백러시아에서 태어나 20세기 초에 미국으로 이주하였다. 미국으로 이주하면서 과거가 되어 버린 동유럽 문화를 기록하고자 한 것이다. 그녀는 네 살 때 있었던 할아버지의 죽음을 회상하면서 다음과 같이 쓴다. 〈그때 난 아마도 죽어 가고 있는 할아버지에게 아무런 관심도 없었을 것이다. 그리고 나중에 내 최초의 기억이 무엇인가를 찾는 과정에서 이 장면을 만들어 내면서 이 사건에서 내가 어떤 역할을 했는지도 만들어 냈을 것이다.〉

이렇게 그녀는 기억의 확실성을 의심하면서도 다른 부분에서는 기억의 신빙성을 고집하고 있다. 이웃집 꽃밭에 피어 있던 달리아에 관한 서술 부분이다. 〈나의 달리아 말인데, 물론 나는 그 꽃이 달리아가 아니고 양귀비꽃이었다는 사실을 전해 들었다. 내 이야기가 신빙성이 있으려면 난 여기서 내가 들은 이야기를 알려 주지 않으면 안 될 것이다. 하지만 나는 내가 직접 겪은 인상을 고집할 권리가 있다. 기억 속에서 그 꽃밭을 살려 내려면 난 정녕 그게 달리아였다고 고집하지 않을 수 없다. (……) 나에게는 이 착각이 현실보다 더 사실적인데

어떻게 하란 말인가?〉

우리는 그것이 양귀비든, 달리아든 무슨 상관이 있겠는가 하는 생각이 들 것이다. 하지만 달리아와 관계된 격정이 기억을 취소할 수 없는 어떤 것으로 만들었다는 사실을 알 수 있다. 이렇게 기억은 수정할 수 없다는 것을 알면 『요코 이야기』가 원래부터 사실이냐 아니냐는 논의부터 무의미한 일이다. 기억은 우리가 과거에 대해 강렬한 인상이나 격정을 가지고 있으면 존재하고 그렇지 않을 경우 사라지고 만다. 이와 관련하여 정이현 소설의 기억 담론을 다시 살펴보면 현실에서 없는 이야기일지라도, 다시 말해 현실에 기반을 두고 있지 않은 허구적 기억일지라도 그것은 다시 우리의 현실 기억에 재편될 수 있다는 추론을 해볼 수 있다.

주

1 Gebhard Rusch, *Erkenntnis Wissenschaft Geschichte. Von einem konstruktivistischen Standpunkt*(Frankfurt a.M., 1987), 347면.

2 Siegfried J. Schmidt, *Mnemosyne*(같은 책), 386면 이하 참조.

3 이순원, 『19세』(세계사, 1999), 232면.

4 Siegfried J. Schmidt, 같은 책, 388면.

5 이순원, 같은 책, 10~11면.

6 같은 책, 234~235면.

7 Max Frisch, *Stichworte, ausgesucht von U. Johnson*(Frankfurt a.M., 1975), 126면.

8 여기서는, 오정희, 『옛 우물』(청아출판사, 2003)을 참조하였음.

9 Arthur Danto, *Analytical Philosophy of History*(Cambridge, 1965), 141면과 235면.

10 하랄트 바인리히, 같은 책, 236면을 참조하라.

11 Oliver Sill, "Fiktion des Faktischen", Zur autobiographischen Literatur der letzten Jahrzehnte, in: Walter Delabar/Erhard Schütz(Hrsg.): *Deutschsprachige Literatur der 70er und 80er Jahre: Autoren, Tendenzen, Gattungen*(Darmsradt, 1997), 88~90면.

12 정민, 『비슷한 것은 가짜다』(태학사, 2000), 203면 이하.

13 고미숙, 『열하일기, 웃음과 역설의 유쾌한 시공간』(그린비, 2004), 284면.

14 같은 책, 286면에서 재인용.

15 알라이다 아스만, 『기억의 공간』(같은 책), 12면에서 재인용.

16 고미숙, 같은 책, 284~285면을 참조하였음.

17 프리드리히 니체,『반시대적 고찰』(같은 책), 316면 참조.

18 정이현,『오늘의 거짓말』(문학과지성사, 2007) 참조.

19 같은 책, 124면.

20 2006년 12월 16일자「더 보스턴 글로브The Boston Globe」에 실린 글. Carter Eckert,「A Matter of Context」.

21 알라이다 아스만,『기억의 공간』(같은 책), 328면 이하에서 재인용.

8 · 서정 문학과 기억

산문 문학, 즉 소설의 기억이 회상과 특수한 개인의 회상에 집중적인 관심을 보이는 반면, 서정 문학, 즉 시의 기억은 〈애상 기억〉, 즉 몸의 기억에 더 많은 관심을 보이고 있다. 그런 의미의 시는 기억 속의 상처를 찌르는 무기이자 그 상처를 치유하는 약이기도 하다. 다시 말하면 회상 기억이 가지는 능동성에서 벗어난 몸의 기억인 무의식적 상처가 어떤 특정한 시를 통해 환기되고, 또 그 시를 통해 치유된다. 그러므로 애상 기억은 능동적인 기억 작업과는 거리가 멀다. 그래서 시각이나 기억의 내용과는 거리가 먼 이런 형식의 기억을 떠올리기 위해서는 촉각이나 후각, 미각, 청각 같은 수동적 감각 기관을 통해야 한다.

　의식적으로 명상이나 침정한 상태가 되지 않고서는 이런 애상 기억의 경험을 할 수 없다. 침정한 상태라 하여 명상과 같은 밝은 분위기만 생각해서는 안 된다. 비가 오고 눈이 오거나, 어둠의 정적이 내릴 때, 슬픔과 같은 어떤 진지한 분위기가 엄습할 때, 인간은 침정한 상태에 도달할 수 있다. 아름다운 저녁노을, 호수에 비치는 달빛, 갑자기 불어난 물, 평화롭기 그지없는 수평선을 볼 때 우리는 이런 영감이 도래하는 셰키나〔현존(現存)〕의 순간을 경험할 수 있다. 물론 이러한 영감이 현현하는 순간은 자연뿐만 아니라 죽음이나 아이들의 천진한 모습에서도 발견하게 된다. 우리는 언뜻 시인이 감정이 고양되었을 때 시를 쓸 수 있다고 생각하지만 그 감정이 침정한 상태가 되고 아픈 기억이 떠오를 때 가능하다.

8·1 가요의 노랫말과 기억

우리가 서정 문학으로 손쉽게 접근할 수 있는 가요의 노랫말을 통하면 무엇보다 기억과 서정성을 쉽게 접할 수 있다. 어떤 시/노래를 봐도 기억과 관련되지 않은 것은 없는 듯싶다. 하지만 우리가 미학이라고 말하는 예술성을 가진 것은 그리 많지 않다. 노랫말은 예술로서의 진화 과정이며 일반적 기억을 많이 담고 있다. 그런 만큼 알 수 없는 언어보다는 의식적인 언어를 많이 보여 준다. 이런 노랫말을 살펴보면 어떻게 소실된 기억이 상기되는지, 또 어떻게 아픈 기억을 지울 수 있을 것인지를 좀 더 구체적으로 체험할 수 있다. 먼저 인기 있는 대중가요 나훈아의 노래 「영영」을 살펴보자.

> 잊으라 했는데 잊어 달라 했는데
> 그런데도 아직 난 너를 잊지 못하네.
> 어떻게 잊을까 어찌하면 좋을까.
> 세월 가도 아직 난 너를 못 잊어 하네.
> 아직 나는 너를 사랑하고 있나 봐
> 아마 나는 너를 잊을 수가 없나 봐
> 영원히 영원히 네가 사는 날까지

아니 내가 죽어도 영영 못 잊을 거야

　노랫말이 뭔가 이상하다. 〈아직 나는 너를 사랑하고 있나 봐〉, 이 말은 내가 나에 대해 잘 모르고 있다는 말로 해석할 수 있다. 그렇다면 기억의 현상은 우리의 의식으로는 온전히 파악할 수 없는 그 무엇이라고 볼 수밖에 없다. 다시 말하면 무의식적 기억 또는 몸의 기억이 작동하고 그것이 우리를 움직이는 작용일진대, 그것이 의식의 통제 밖에 있다는 뜻이다. 이런 기억의 현상은 노랫말에 단골로 등장하는 메뉴다. 그것은 〈잊어 달라 했는데〉 또는 〈잊으려 했는데〉 잊히지 않는다는 것은 기억이 사람에게 얼마나 큰 상처로 남아 있는지를 대변해 주고 있다.

　이 말을 듣는 독자는, 또는 청자는 그것이 모순이라는 것을 몸으로 느낀다. 화자가 모순적인 감정에 휩싸여 있다는 것을 스스로 잘 알고 있다. 그도 그럴 것이, 그 뒤 문장들이 그런 기억을 그대로 재현하고 있기 때문이다. 〈아마 나는 너를 잊을 수가 없나 봐〉라는 말은 기억의 주체가 욕망의 주체와 분열되어 있다는 뜻이다. 기억은 상처가 되어 트라우마로 자리하게 되었다. 그러나 단순 기억, 이미 화해된 기억은 아래와 같다. 펄시스터즈의 노래이자 김건모가 리메이크한 노래 「빗속의 여인」은 기억에 대한 근본적인 문제를 노래하고 있다.

　　잊지 못할 빗속의 여인
　　그 여인을 잊지 못하네
　　노란 레인코트에
　　검은 눈동자 잊지 못하네
　　다정하게 미소 지으며
　　검은 우산을 받쳐 주네

내리는 빗방울 바라보며

말없이 말없이 걸었네

잊지 못할 빗속의 여인

그 여인을 잊지 못하네

　좋은 기억이기 때문에 화자는 그 기억과 화해되어 있는 경우이다. 그는 기억의 〈터〉와 대상, 이미지를 중심으로 즐기고 있는 것이다. 그러므로 이런 노래는 트로트나 발라드보다는 디스코나 록 음악으로 들어도 무리가 가지 않는다. 펄시스터즈나 김건모의 노래 모두 다 들어도 자연스럽다. 하지만 나훈아의 노래는 아픈 것이 기표의 절대 우위, 즉 몸의 기억으로 드러나야 그 핍진함이 체현된다. 만약 노랫말과 노래의 분위기가 맞지 않다면 그것은 시대에 따른 추세일 뿐이다. 조성모의 리메이크 곡 「가시나무」 또한 아픈 애상의 기억을 새로운 은유로 보여 준다.

내 속엔 내가 너무도 많아

당신의 쉴 곳 없네

내 속엔 헛된 바람들로

당신의 편할 곳 없네

내 속엔 내가 어쩔 수 없는 어둠

당신의 쉴 자리를 뺏고

내 속엔 내가 이길 수 없는 슬픔

무성한 가시나무 숲 같네

　이 노래도 1930년대의 노래나 1980년대의 노래와는 판이하게 다르다는 것만은 분명하다. 왜냐하면 그 내용이 분명한 상처를 드러내는 것이 아니라 추상적이고 막연한 기억에 대한 은유를 만들고 있기 때문이다. 내 속에 내가 너무도 많다는 절절한 심정은 오늘날 여러 얼굴로 살아가야 하는 현실을 분명히 보여 주고 있다. 그리고 나에게 지난날의 기억이 너무 많아 새로운 기억이 자리할 기억의 공간이 없다는 것을 보여 준다.

이와 같이 한국 가요의 트로트나 발라드 장르에서 보여 주는 노랫말들은 대부분 잊히지 않는 기억이나 잊을 수 없는 기억, 혹은 잊어야 하는 기억을 노래하고 있다. 이런 노래에서 보다시피 문학 속의 기억을 찾는 작업은 궁극적으로 우리 자신을 찾는 것이다. 다시 말해, 나 자신이 속해 있는 공동의 화두가 무엇인지를 탐색하는 과정이라 할 수 있다. 문학과 기억은 결국 나의 모습, 나의 기억을 되찾는 일이다. 따라서 문학과 기억은 과거와 현재가 만나는 동시에 과거의 나와 현재의 나가 만나는 지점이다.

이런 소재는 그 기억의 이면, 즉 망각의 소재와도 같은 것이다. 그런 노래를 주변에서 쉽게 찾아볼 수 있다. 최성수의 「해후」라는 노래도 마찬가지다. 문학적 픽션을 이용해 마치 해후가 현장에서 이루어진 것처럼 노래하고 있다. 문학이 〈마치 ~인 것처럼〉으로 만들어져 있다는 것을 보여 주는 셈이다.

> 어느새 바람 불어와 옷깃을 여미어 봐도
> 그래도 슬픈 마음은 그대로인걸
> 그대를 사랑하고도 가슴을 비워 놓고도
> 이별의 예감 때문에 노을 진 우리의 만남
> 사실은 오늘 문득 그대 손을 마주 잡고서
> 창 넓은 찻집에서 다정스런 눈빛으로
> 예전에 그랬듯이 마주 보며 사랑하고파

어쩌면 나 당신을 볼 수 없을 것 같아

사랑해, 그 순간만은 진실이었어.

첫 4행은 현재의 애상 기억을 노래하고 있고, 잊었던 과거를 노래하지만 〈사실은……〉 이하는 그것을 현재화하는 회상 상황에 전념하고 있다. 그러나 그 애상 기억과 회상의 상황은 차이가 날 것이기 때문에, 다시 말해 애상 기억은 상처로 얼룩져 아프고 회상의 상황은 다정스런 눈빛으로 이루어진 사랑의 현장으로 차이가 난다. 이런 모순을 화자는 〈어쩌면 나 당신을 볼 수 없을 것 같다〉고 노래한다. 이런 기억의 아픔은 아래 플라워(고유진)의 「플리즈Please」란 노래에서는 망각의 방법으로까지 확대된다.

제발 나를 보아요. 고개 들어 웃음을 보여요. 그대여

슬픔을 보이면 보낼 수 없잖아. 웃으며 나를 떠나가 줘요.

왜 이제야 떠나는 거냐고 원망하며 붙잡지 않을게, 그대여,

날 잊어버리고 행복할 수 있게. 나 먼저 그대를 돌아설게.

잊지 못할 것 같아. 하지만 그대 지워야만 해.

이젠 그대를 위한 선택이야. 정말 사랑했다면

나보다 좋은 사람 만나기를 바라. 못 다한 사랑을 위해

미안하다 말하지 말아요. 함께했던 수많은 추억도 버리고

우연히 만나도 모르는 것처럼. 나 먼저 그대를 외면할게

내 마지막 바람이야

이 노래도 자기 암시일 수 있지만 한 걸음 더 나아가 망각의 방법에까지 이른다. 웃으며 떠나가야 상처의 기억이 자리 잡지 않을 터, 노래하는 슬픔을

보이지 말자고 제의한다. 그리고 상대방이 먼저 돌아설 수 없다면 내가 먼저 돌아섬으로써 버려지는 듯한 느낌을 애서 지우려 한다. 이 노래를 통해 우리는 기억의 법칙 중 두 번째, 잊어야 하지만 잊을 수 없는 것이 기억이라는 것을 알 수 있다. 그리고 기억은 늘 선택의 기로에 서 있고 우리가 선택한 기억은 망각한 동전의 뒷면이라는 것을 알 수 있다. 때문에 이 노래의 기억은 은폐 기억일 수밖에 없다. 기억은 이런 식으로 취사선택된다는 것을 노랫말이 적나라하게 가르쳐 주고 있다. 특히 현대 한국 사회에서의 노랫말에 나타나는 문화 현상으로서의 기억은 그 모습이 기억이라기보다는 차라리 망각에 가까운 것을 알 수 있다. 여기서 우리 잠시 눈을 1930년대로 돌려 그때의 노랫말에 나타나는 기억은 어떠했는지 살펴보자. 김정구의 「눈물 젖은 두만강」이다.

두만강 푸른 물에 노 젓는 뱃사공
흘러간 그 옛날에 내 임을 싣고
떠나던 그 배는 어디로 갔소
그리운 내 임이여, 그리운 내 임이여
언제나 오려나.

여기에도 쓸쓸한 기억이 실려 있지만 그 기억은 자연에 대한 기억과 함께 어우러져 있고 〈5백 년 도읍지를 필마로 돌아드니〉 하는 시조 내용과 같은 기억, 다시 말하면 회상의 기억이 대부분이다. 마치 자연 시를 대하듯 자연의 정황과 인간의 시정이 함께 조응하고 있다. 크게 왜곡되거나 부자연스럽게 망각하려는 자세는 보이지 않는다. 장소, 즉 자연이 모든 것을 기억나게 하는 기억의 자극제로 작용한다.

널 만난 그 순간 모든 것이 멈춘 듯

움직일 수 없었어

처음엔 두 손이 그담엔 두 눈이

하나 둘씩 떨려 왔어

똑같은 시간에 내가 걷는 거리에

하필이면 너도 같은 거릴 걷고 있는지

우연은 지독하게 내 뒤에 서서

날 괴롭히는 게 좋은가 봐

날 보던 그 순간 죄를 지어 버린 듯

내 얼굴을 가렸었어

나를 본 게 맞을까 나를 알아봤을까

서둘러서 걱정했어

혹시 나를 다정히 부른 네 목소리에

나도 몰래 반갑다고 대답할지 몰라서

아무 말 할 수 없게 입마저 가리고 고개 돌렸는데

위의 거미의 노래 「손 틈새로」는 잊으려 하는데 잊을 수 없는 기억을 말해 주고 있다. 그것은 이미 몸의 일부분이 되어 아무 준비도 없이 불쑥불쑥 떠오르는 기억을 말한다. 언젠가 나는 〈기억과 문학〉이라는 수업을 진행하다가 어떤 학생이 이 노래 가사와 비슷한 경험을 했다고 털어놓는 이야기를 들은 적이 있다. 이 학생은 친구와 헤어지고 난 후 한동안은 길을 가다 그 사람과 비슷한 옷을 입은 사람만 보아도 가슴이 철렁 내려앉았다고 고백했다. 그리고 시간이 흘러 기억도 무뎌질 쯤, 그 사람과 마주치는 순간 모든 것이 또다시 떠오르더라고 하면서 〈몸의 기억〉을 노래한 이 노래를 추천했다. 이렇게 노랫말은 일상적 감정의 일천한 것에서 예술적 정서에 이른 작품에 이르기까지 다양한 방법으로 기억을 포장한다.

8·2 노래에서 시로: 미당 서정주의 시

서정 문학의 기억을 논하면서 이제 심미적 가치를 지닌 미당(未堂) 서정주의 시를 다루고자 한다. 그를 선택한 것은 그가 우선 두 가지 길에서 매우 의미심장한 지표를 보여 주기 때문이다. 하나는 미당은 오래 기억될 것이고 또 오래 기억되어야 한다는 한국 문학의 소망에서 나온 것이고, 다른 하나는 그가 민족 시인이라곤 하나 이육사나 윤동주와는 다르고, 이순신이나 을지문덕처럼 나라를 지킨 장군도 아니기 때문에 그의 추모와 그에 대한 기억을 다루어 보지 않을 수 없기 때문이다. 한때 그는 친일의 그림자를 변명과 회한으로 지우려 했고, 그때 사람들은 괴테를 보라, 벤을 보라 하면서 〈시에 감동되면 내용의 진위를 가리지 않는다〉는 심미성의 원칙으로 그를 변호하고 보호했다.

그렇다면 미당이 칭송받을 영역은 시라는 표현의 영역일 터, 시는 무엇이며, 기억과 무슨 관계가 있으며, 그리고 역사적 기억과는 어떻게 다른가 하는 점을 살펴보아야 할 것이다. 분명 시적 기억은 역사적 기억에 영향을 받지 않는 〈단자 Monade〉 같은 존재이다. 거기서 또한 자율성의 개념이 출발한다. 문학이 기억의 내용과 관계되는 것이 아니라 기억의 형식과 관계되는 일이라면 미당의 행적과 그의 시적 업적은 서로 침투되지 않는 고유한 영역으로 남아 있을 것이다.

여기서 보듯이 현대 시의 난제는 시의 바깥에서 일어나는 것을 시가 내재적으로 매개할 수 없다는 데 있다.[1] 경험이 시로 표현되면서 시인의/동시대인의 경험적 과거는 묻히고 마는 것이다. 이때 경험으로서의 역사와 표현으로서의 시 사이에는 이율배반이 발생하게 되며 이때부터 민족적 정체성으로서의 시는 종말을 고하는 것이다. 때문에 미당의 시를 읽을 때는 두 가지 고민에 빠진다. 민족적 차원의 기억으로 읽을 경우 그는 민족적이 아니며, 개인적 차원의 기억으로 읽을 경우 그는 너무 민족적이다. 그래서 우리는 어쩌면 니체의 〈인간은 과거사에 대해 정의롭지가 못하며 인간이 관심을 두는 유일한 권리란 바로 앞에 벌어지게 될 현실적 관심일 뿐이다〉란 명언을 탁월한 견해로 받아들여야 할지도 모른다.

시적 기억의 기능

잘 기억하는 것이 인간에게 항상 능사는 아니다. 어쩌면 기억이 병(病)이 될 수도 있다. 그러나 만약 기억이 없다면 우리 인류는 살아야 할 아무런 의미가 없을 것이다. 왜냐하면 삶의 의미란 과거와 현재의 정합성 문제에서 만들어지기 때문이다. 시가 의미와 정서를 생명으로 하는 만큼 — 이것은 무의미 시도 마찬가지다 — 경험적 과거는 그만큼 중요하다. 그러나 그 경험적 과거가 시가 아니라는 것을 주장하려면 동시에 시가 경험적 과거 없이 이루어지는 것도 아니라는 사실을 주장하는 것이 된다.

원래 시는 기억의 한 방편이었다. 구비로 전승되던 때도, 문자로 고정되어 전달될 때도 시는 여전히 기억의 한 수단이었다. 기억을 잘하기 위해 운을 만들고 음을 붙였으며, 기억을 잘하기 위해 이미지와 이야기를 만들었다. 그리고 이런 기억은 역사로 남길 만한 무엇인가를 칭송하기 위해 생긴 것이다. 말하자면 오늘날의 문학/예술이 고대에는 그저 기억을 위한 장식품이었을 따름이었다. 그리고 고대에는 동서양을 막론하고 송덕(頌德)으로서의 시가 거의 영웅적 행위에 버금가는 일이었다. 특히 우리의 유교적 문화권의 전통에는 이를 뒷받침해 줄 만한 유산들이 많다. 두보(杜甫)의 시나 소동파(蘇東坡)의 부(賦)가 대표적이다.

고대 그리스에서도 기억하고 송덕하는 이들은 매우 중요했는데 그 대표적인 사건으로, 아킬레우스의 무덤에서 눈물을 흘리는 알렉산드로스 대왕을 들 수 있다. 알렉산드로스는 아킬레우스의 송덕비에 기대어 〈행복한 이여! 그대의 명성이 위대한 시인의 입에서 팡파르처럼 흘러나오니!〉라고 마음에서 우러나오는 탄식을 한다. 그러나 정작 알렉산드로스가 탄식한 것은 아킬레우스의 용감한 행위 때문이 아니었다. 그가 탄식한 것은 바로 위대한 시인 호메로스가 아킬레우스를 칭송한 것이 부러웠기 때문이었다. 추측컨대 알렉산드로스는 아킬레우스에게는 저런 위대한 시인이 있었는데 자신의 업적을 기릴 시인은 어디 있나 하는 한숨을 쉬었을 것이다.

그런데 기억의 한 가지 특징은 그것이 지나간 일이라는 점이다. 마치 시 문학이 그렇듯 무엇이 지나가지 않은 것은 기억이되 회상으로 불러올 필요가 없다. 회상 기억은 무엇이 끝나고 그것이 어느 정도 망각되고 난 후, 그것을 다시 불러오는 데 그 정체성이 있다. 이 말은 결국 어떤 현상이 의식되어 문학으로 표현되기 위해서는 그 현상이 완전히 사라진 후에야 비로소 가능하다는 뜻을 내포하고 있다. 〈사랑을 잃고 나는 쓰네〉로 시작하는 기형도의 「빈집」은 바로 사랑의 쓰라린/즐거운 경험이 사라지고 난 뒤에야 비로소 의식된다는 기억 이론의 단순하고도 명료한 진리를 대변해 준다. 그렇다, 사랑을 바라보고 있으면서 사랑에 대해 말하는 멍청이는 세상에 없을 것이다.

이런 시간의 추이 과정에서 우리는 다른 기억의 모순을 유추해 낼 수 있는데, 그것은 기억을 어떻게 보관하느냐 하는 문제다. 무엇보다 경험적 기억이 퇴색하고 아무런 의미가 없어진다는 사실이다. 분명 우리 민족이 처절하게 겪었을 정신대나 6·25의 동족상잔, 4·3 사태 같은 사건은 우리의 입으로 아무리 말해 봐야 그저 평범한 사건일 수밖에 없다는 것이다. 더구나 세대 교체와 더불어 관심사와 관찰의 대상이 변하게 되면 이런 일은 더욱 심화된다. 일제의 징용이나 전쟁, 정신대의 집단 강간 같은 경험들은 오히려 본인들에게서조차 몸서리치는 일인 만큼 자꾸 잊히고, 잊어야 할 것이다(정신분석학적으로 잊어야 살 수 있다). 그리고 잊는 과정에서 생존자들의 〈현실 과거〉는 차츰 경험이 배제된 〈순수 과거〉로 옮겨 가게 된다.[2]

　　이때 이 순수 과거는 기억을 유일하게 잡아 둘 〈터〉가 되는 것이다. 그것이 기억, 즉 과거의 현실을 잘 말해 줄 수 있는 문학 또는 시와 같은 것이 된다. 때문에 이런 현실 과거에서 순수 과거로 전환하는 것은 기억과 망각이라는 두 가지 과정을 동시에 수행하는 것이다. 따라서 우리가 문학에서(특히 시에서) 경험할 수 있는 것은 경험 내용이 축소된 것이며, 미당이 쓴 친일적 시나 그에 따른 행위에 대한 증언은 누락되고, 그 책임 소재가 모호해지며 모든 존재론적인 맥락을 상실하고, 작가는 용서되고 그의 과거는 묻히는 것이다.

　　이런 점에서 시적/문학적 기억은 역사의 기억과 너무 거리가 멀다. 그리고 기실 시적 기억이 역사적 기억을 담보해야 할 아무런 이유도 없다. 오히려 그 반대로 왜곡되는 경우가 더 많다. 그러나 여기서 축소되고 누락되고 상실되는 것은 막을 수 없는 망각 과정에 대한 다른 표현들로서, 이는 바로 시가 되는 필연적 과정을 말한다. 이런 구도하에 개인적으로 생생한 기억과 문학적/시적 추상화는 분명히 대비된다.

　　경험이 시가 되기 전에 우선 당사자들의 머리, 마음과 몸 안에서 〈죽어야〉 하는 만큼, 당사자들과 그들의 감정, 주장, 항변 들이 존재하는 한, 시학적 비평 또한 왜곡의 위험에 항시 노출되어 있다. 시적 기억에 대한 비판은 단순히 비판의 규준을 말하는 방법의 문제만일 수가 없다. 그것은 기억의 사멸, 퇴색을 말해 주는 사망 선고의 문제이다.[3] 즉, 시란 경험 기억을 죽여 순수 기억으로 옮기는 장례식의 문제이지 문화적 기억이 아니다.[4] 시대의 증인들이 갖고 있는 경험 기억은 미래에 상실되지 않기 위해 이렇게 문학적 기억으로 번역된다. 모든 역사는 현실 경험이 아닌 순수 경험으로서 비로소 존재하는 것이다.

〈요적 수사(謠的修辭)〉에서 시(詩)로

미당이 호메로스에 버금갈 만한 인물이라고 한다면 그것은 결국 그가 개인적 경험을 문학적 기억으로 구출하는 데 성공했기 때문에 붙인 말일 것이다. 우리는 그가 문화적 과거/기억을 어떻게 성공적으로 망각에서 구출해 내는지 알아볼 일이다.

「아미산월가라

아미산월이반연추하니

영입평강강수류를……」

일고여덟 살 또래의 우리 書堂 패거리들이

여름달밤 그 마당의 모깃불가를 돌며

요렇게 병아리 소리로 唐音을 合唱해 읊조리는 것은

고것은 전연 고 意味 쪽이 아니라

순전히 고 뜻모를 소리들의 매력 때문이었습니다.

그리고 또 어이턴, 모깃불의 신바람에,

달밤에 우리 소리를 울려 펴 보내는 것이었습니다.

〈여자의 이쁜 눈썹〉 같은 거니 뭐니

고런 생각일랑은 전혀 아니었습니다.

이 시는 1960년대 말에 쓰인 시인의 『안 잊히는 일들』에 실린 「당음(唐

峩)」이라는 작품이다. 여기서 우리는 자기의 개인상에 있어 어떤 한순간을 기억의 강 저편에서 건져 내고 있음을 볼 수 있다. 그런데 그 기억을 유지시켜 주는 기능을 하는 매개물이 바로 첫 3행에 인용한 기송(記誦)의 구절이다. 그러므로 이 시에서 산문적으로 표현하려는 시의 주제는 분명 시의 기의 쪽이 아니라 기표임을 분명히 알 수 있다.

물론 이런 문장을 이해하지 못하는 독자들은 그것이 어떤 것도 매개할 수 없다고 주장할 수 있으나 그 기표는 대비에 의하여 새로운 기표로 전이되어 기의를 생산해 낼 수 있으므로 시인이 경험한 구체적, 일회적 기억은 별로 중요한 것이 아니다. 이렇게 보면 「아미산월가」를 암송한다는 그 자체가 어떤 체험을 불러일으키는 계기가 되고 있음을 시인은 토로하고 있다. 이것이 앞에서 인용한 슈미트의 언술 〈현재의 상상이란 과거의 특성들을 말한다〉를 정당화할 수 있는 계기다. 어쩌면 감정이 그런 계기를 만들 수도 있지만, 이 계기는 단절된 기억에 의해 만들어진 것이다.

정서는 감정에서 만들어지고 시는 정서에서 만들어지므로 사실상 시와 감정 사이를 직접적으로 연결할 수 있는 통로는 없는 셈이다. 좀 더 적나라하게 표현하자면 나이브한 시들이 아무리 시적 형식을 갖추었다 할지라도 시가 될 수 없는 것은 바로 이런 이유 때문이다. 즉, 시는 감정으로 만들어지는 것이 아니라 기억의 변화 과정에서 만들어진다. 주위에서 우리가 관찰하는 대상 가운데는 한마디만 말해도 지난 기억이 환기되는 것들이 있다. 미당이 여기서 의도하는 것 또한 그가 말하듯 〈여자의 이쁜 눈썹〉으로서의 〈아미산월가(峩眉山月歌)〉가 아니다. 그보다는 〈아미산월가라 / 아미산월이반연추하니 / 영입평강강수류를……〉하는 구절을 기송하면서 떠올리는 전 시대의 기억의 형식이다.

서정주의 시가 요적 수사에서 시적 아우라를 생산하는 과정으로 넘어가는 길목을 잘 보여 주는 시다. 기송하는 시는 시조와 가깝다. 시가 근대성을 갖게 되는 것은 읊조리는 데서 탈피할 때부터이다. 다른 말로 하자면 망각을 통해 새롭게 보는 것이 바로 시적 근대성의 문턱이라는 뜻이다. 아래 박목월의 시 「이슬」의 한 부분을 보자.

운다는 것은
차라리 마음이 넉넉하다.
그냥
풀잎에 맺히는 이슬과 이슬의
그 가벼움

내가 나를
부른다.
가벼운 박목월
나는
벗어날 수 없다
이미 이슬 안에
저절로 스몃는 나……

바람이 운다
흔들린다
구름이 간다
흔들린다[5]

허만하 시인은 박목월의 시적 추이 과정을 정지용의 평을 토대로 살펴보면서 목월의 이 시가 요적 수사에서 시로 이전하고 있음을 힘주어 강조하고 있다.[6] 그는 목월의 시는 민요적 운율이 있는 소월의 시와 같은 계열이지만 이 시를 기점으로 하여 내면성을 띤다고 주장한다. 한국 문학사를 잘 모르지만, 기억을 연구하는 나로선 이런 추이가 매우 중요하게 느껴진다. 왜냐하면 시의 내용만큼이나 시의 형식 또한 근대성에 큰 역할을 하기 때문이다. 시에선 이슬이 중요한 역할을 한다. 박목월의 「청노루」나 「나그네」에서 보이는 리듬은 시가 시간의 추이에 의한 회상 기억으로 만들어진 흔적이 텍스트에 매개되어 있지 않기 때문에 시적 인식이 경험적이지 못하고 초월적인 느낌을 부여한다.

하지만 위의 시 「이슬」에서는 〈청노루〉나 〈나그네〉처럼 〈이슬〉 자체를 노래하는 것이 아니라, 이슬을 객관화하고 시간적으로 사후에 〈이슬이 된 나〉를 관찰하는 태도가 살아 있다. 그래서 정지용은 〈요적 수사(謠的修辭)를 정리(整理)하면 목월(木月)의 시(詩)가 비로소 신선(新鮮)하다〉고 평하였던 것 같다. 이슬은 목가적인 자연에서 〈흔들리는〉 인간의 내면으로 다가온다. 불변하는 자연의 기억이 아니라 흔들리는, 다시 말해 바뀌는 내면의 공간으로 넘어온다. 그러면 자연의 정체성은 인간의 경험에 따라 굴절하고, 그러면서 새로운 의미를 부여받게 된다.

단순한 감각상으로는 문학성을 얻기 힘들다. 근대 철학자들이 중요시한 경험과 기억이 문학성의 절대 기준이라는 것을 한국 문학사의 분기점에 서 있던 비중 있는 시인들은 감지하고 있었다. 우리의 생각과 의도, 정서와 행위는 모두 그 전 단계의 가치 기준이 아닌 의미 기준으로서의 감각상(感覺像)이었다. 좀 더 정확히 말하자면 감각적 인상의 기억상(記憶像)에 의미, 가치, 목적 등의 언어가 결부되고 나중에 사상(思想)이 결부된 것이다. 그러므로 기억으로서 내용이 없는 것 같은 목월의 초기 시들이나 「아미산월가」의 음송은 원초적 욕동을 자극함으로써 무의식적 기억을 전면에 부상시키는 역할을 한다.

이런 의미에서 시의 리듬이나 아름다운 언어 또한 부수적이지만 중요한 기억을 매개한다. 미당과 소월의 직정(直情)한 언어들은 〈감정의 오류〉이지만 또한 이런 기억상을 효과적으로 떠올리는 통로이기도 하다. 그러나 분명한 시의 의미는 시간의 흐름에서 변화된 인식, 망각의 심연을 넘어 새로운 눈으로 바라보는 기억의 사후 작용 없이는 불가능하다.

상상력으로서의 아남네지아

시인 윌리엄 워즈워스는 〈미래의 치유를 위해 / 과거의 영혼을 간직할지니〉라고 적고 있다. 시인이 쓴 정확하지도 않고 가치를 지니지도 않은 기억을 우리가 보관해야 하고 그런 시인을 존경하는 이유를 우리는 시인에게서 찾을 수 있다. 아니 오히려 가슴 아픈 이야기이기 때문에 더 오래 기억할 가치가 있고 많은 것을 기억하게 할 수 있다. 여기에 시의 생명이 놓여 있다. 시는 늘 낮의 언어(이성의 언어)로만 말하지 않는다. 설령 낮의 언어로 말하는 순간에도 밤의 언어로 말하는 경우가 허다하다.

을씨년스러웠던 날들, 가슴 아팠던 일들, 원과 한에 맺힌 사람들, 그들 모두를 용서하지 않은 채(못한 채), 그냥 세월의 강물과 함께 흘러가게 두었다. 그러나 이런 기억의 침전물들은 흘러간 것이 아니라 때로는 강어귀에, 때로는 강바닥에, 때로는 강의 얼음으로 남아 있는 것이다. 이는 마치 꽃이 시들어도 향기는 남아 있고, 별이 지고 없어도 별빛은 총총히 남아 있는 것이나 같은 이치이다. 이런 상처는 그대로 몸에 고스란히 스며 있다.

사람이 죽는다 해도 그 원혼이 사라지지 않는다는 것은 우리가 다 알고 있는 터, 가슴을 옥죄고 한을 맺히게 한 기억은 사라지지 않는다. 좋은 기억은 편안하게 살다가 죽은 망자의 혼처럼 더 이상 우리를 괴롭히지 않지만, 가스실에서 독살당한 유대인, 징용으로 끌려가 수없는 고초 끝에 맞아 죽은 자들의 혼은 살아서 떠돈다. 그러므로 결국 시라는 것은 어떤 표현이기 이전에 삶의 흔적이요, 상처인 것이다. 그러나 그 기억이 사대부의 송덕비로, 또는 정사(正史)의 사료로 남아 있지 않으므로 우리의 정서적 기억 속에서 때로는 우울로, 때로는 불안으로 살아 떠도는 것이다.

상처받은 어린 영혼처럼 우리의 육체 속에서 시는 오래 지속된다. 이런 의미에서 시는 내용적 기억이기 이전에 바로 그 시의 기표 자체가 기억되는 특수한 성격을 가지고 있다. 서정주의 시 「풀리는 한강 가에서」가 그에 대한 증거를 보여 준다.

江물이 풀리다니
江물은 무엇하러 또 풀리는가
우리들의 무슨 서름 무슨 기쁨 때문에
江물은 또 풀리는가

기러기같이
서리 묻은 섣달의 기러기같이
하늘의 어름짱 가슴으로 깨치며
내 한평생을 울로 가려했더니

무어라 江물은 다시 풀리어
이 햇빛 이 물결을 내게 주는가
저 멀둘레나 쑥니풀 같은 것들
또 한 번 고개 숙여 보라함인가

黃土 언덕

꽃 喪輿

떼 寡婦의 무리들

여기 서서 또 한 번 더 바래보라 함인가

江물이 풀리다니

江물은 무엇하러 또 풀리는가

우리들의 무슨 서름 무슨 기쁨 때문에

江물은 또 풀리는가[7]

위로되지 않을 한은 한강의 〈어름짱〉에 갇혀 있다. 그 〈어름짱〉 밑에는 〈黃土 언덕 / 꽃 喪輿 / 떼 寡婦의 무리들〉이 있다. 이런 기억 저변에는 경험의 아우라를 열어 줄 매개체들이 있다. 이 매개체들은 단순히 그런 경험을 환기시켜 줄 뿐이 아니다. 그 자체가 기억이며 상흔이다. 이 세 마디의 문화적 순수 기억은 다른 어떤 단어의 선택보다 더욱 적나라하게 당시의 체험을 상기시킬 수 있는 능력을 지니고 있다. 역사나 산문의 언어가 자세히 파악하지 않은 인상과 경험들을 육체는 〈각인〉이라는 특별한 그림들로 우리의 기억을 고정하는 방법을 갖고 있다.

이런 〈능동적 상상력〉을 불러일으키는 데 위의 시는 특별한 언어를 갖고 있다고 말할 수 있으며 특별한 경험을 갖고 있다고 말할 수 있다. 중세까지는 ― 서양이든 동양이든 ― 암송이라는 것이 불가능했다 한다. 소리 내지 않고 읽는 방법이 널리 보급되자 시는 리듬을 잃어버렸다. 음악성을 상실한 것이다. 그와 더불어 사람에 따라 기억하는 방법 또한 달라졌다. 사람들은 개인적인 꿈의 세계에서부터 문화적 무의식에 이르는 상징과 원형에서 이를 재발견하였다. 육체는 그 자체가 일종의 매체라고 볼 수 있는데, 의인화된 강물은 몸의 이런 흔적을 은유로 표현하고 있고, 우리는 이것을 아남네지아라고 부른다.

육체는 습관화를 통해 기억을 안정시키고, 정열의 힘을 빌려 그것을 강화한다. 기억의 육체적 성분으로서의 정열은 양가적 자질을 가지고 있다. 이를테면 신빙성의 표시로도 볼 수 있고 왜곡의 원동력으로도 볼 수 있다. 몸속에 저장된 기억이 의식에 의해 전적으로 단절되었을 경우, 이를 우리는 트라우마라한다. 그것은 몸으로 캡슐화된 일종의 경험, 즉 증상으로 나타나고, 회상할 수 있는 기억을 차단한다. 이 시의 〈어름쨩 가슴〉은 트라우마의 전초 단계라 볼 수있는데 심하면 분열증적인 모습을 띤다.

또한 우리는 시에 나타나는 대상인 장소와 사건을 외부적 기억이라 명명할 수 있다. 〈황토 언덕〉, 〈상여〉, 〈과부〉는 한국의 특정한 정서적 기반을 마련한다. 종교적, 역사적 또는 개인적으로 의미를 띤 대상과 장소는 집단적 기억을확인하고 보존할 수 있는 〈기억의 터〉가 된다. 과거와의 단절이 일어난 후 시인들은 순례자처럼 의미심장한 장소를 찾는데, 그들이 찾는 것이란 그저 산천이나 기념비, 폐허뿐이다. 시적 상상력을 통해 장소는 기억을 되살릴 뿐만 아니라, 또한 기억이 장소를 되살리는 경험을 가능하게 한다.

치유으로서의 망각

우리는 무엇을 기억하기 위해 반드시 무엇을 잊어야 한다. 그것은 저장의 기억에도, 기능 기억에도 모두 적용된다. 만약 미당이 기억하는 방법을 유지한다면 새로운 기억의 방법은 생겨날 수 없다. 이는 시에도 그대로 적용된다. 유종호는 그의 미당 평문에서 〈정신분석학 이후 우리는 표층과 심층을 대립적으로 파악하며 심층적인 것과 깊이를 동일시하는 습관을 길러 왔다. 따라서 모호하고 다의적인 것만 이를 깊이 있고 심각하며 가치 있는 것이라는 증명되지 않은 가정을 내면화하게 되었다〉[8]라고 말한다.

그러나 이런 생각은 타당한 생각일지언정 객관적 타당성을 얻기엔 부족하다. 왜냐하면 기억의 정당성이 쉽게 표현하는 것을 허용하지 않기 때문이다. 어차피 시의 기억이 어떤 내용이나 그가 말한 어떤 〈현실〉에 대한 기억이 아닌 만큼, 시가 하나의 방법으로 기억될 이유는 없는 것이다. 이상의 시를 읽으면 다의적이지도 않다. 그것은 해석학자들의 시각일 뿐이다. 다만 큰 상처를 안고 있는 것같이 느껴진다. 한마디로 이상이 시에서 표현하는 기표 자체가, 시적 기억은 뭔가를 생각나게 하는 〈(포스트)모더니스트〉의 기억인 것이다.

어쩌면 미당의 시 또한 유종호가 생각하는 것처럼 그렇게 간단히 읽을 수 없는지도 모른다. 미당 또한 자기의 기억을 잊고서야 시를 쓸 수 있을 때는 〈잊어버리자. 잊어버리자. / 히부연 종이燈 불밑에 애비와, 에미와, 게집을, / 그들의 슬픈 習慣, 서러운 言語를〉(서정주, 「逆旅」 부분)처럼 산문으로 말하기도 하지만, 견딜 수 없는 트라우마(외상)는 그저 깨진 기와 조각처럼 그의 시에 굴러다닌다.

애비는 종이었다. 밤이 깊어도 오지 않았다.

파뿌리같이 늙은 할머니와 대추꽃이 한 주 서 있을 뿐이었다.

어매는 달을 두고 풋살구가 꼭 하나만 먹고 싶다 하였으나……흙으로 바람벽한 호롱불 밑에 손톱이 까만 에미의 아들.

갑오년(甲午年)이라든가 바다에 나가서는 돌아오지 않는다 하는 할아버지의 숱 많은 머리털과 그 커다란 눈이 나는 닮았다 한다.

스물 세 해 동안 나를 키운 건 팔할(八割)이 바람이다.

세상은 가도 가도 부끄럽기만 하더라.

어떤 이는 내 눈에서 죄인(罪人)을 읽고 가고

어떤 이는 내 입에서 천치(天痴)를 읽고 가나

나는 아무것도 뉘우치진 않으련다.

찬란히 틔어 오는 어느 아침에도

이마 위에 얹힌 시(詩)의 이슬에는

몇 방울의 피가 언제나 섞여 있어

볕이거나 그늘이거나 혓바닥 늘어뜨린

병든 수캐마냥 헐떡거리며 나는 왔다.[9]

누구든 자신의 지식과 양심을 잊어야 한다. 잊는 것은 새로운 기억을 통해 가능하다. 때문에 새로운 언어로 기억하는 것은 곧 잊어버리는 것을 의미한다. 〈애비는 종〉이었다는 사실도 이제는 잊어야 하고, 〈애비는 종이었다〉는 표현은 역사적 기억으로서의 〈한민족의 일제 치하의 고난〉도 아니요, 서정주의 친일 부역이라는 꼬리표는 더더욱 아니며 자신의 진실한 기억(〈정말로 그의 아버지가 종이었다〉는 식의)도 아니다.

시적 화자는 자신의 과거 또는 정체성과 마주하고 있을 뿐이다. 그 정체성은 일련의 사건을 나열한 역사적 기억과는 판이하게 다르다. 종인 아비 — 파뿌리같이 늙은 할머니 — 풋살구가 먹고 싶은 어미 — 손톱이 까만 어미의 아들 — 바다에 나가서는 돌아오지 않은 할아버지 — 바람 — 죄인 — 천치 — 피가 섞인 이슬 — 병든 수캐는 실제적 사건의 진행이 아니다. 기억과 기억을 만든 느낌을 담보하는 유사성을 가진 시적 화자의 정체성을 나타내는 메타포, 즉 기억의 편린일 뿐이다.

시가 망각의 치유가 아니고서야 우리는 삶을 계속 영위할 수 없다. 어떻게 미당처럼 눈이 시리게 아름다운 〈모국어〉 시인이 친일이라는 것을 알고도 시를 읽을 수 있으며, 열일곱 살의 꽃다운 처녀를 선인장 무기로 짓밟은 일제를 잊지 않고 살 수 있는가? 이를 잊기 위해 우리는 『화사집』을 읽고 『질마재 신화』를 읽을 것이다. 또한 우리를 구획하고 포획하는 유종호 같은 학자의 답답함을 잊기 위해 미당의 「조광조론」을 읽어야 한다. 우리는 미당의 시를 통해 모국어의 금자탑과 망자의 위령탑 두 개를 세워 놓고 기억과 망각을 위한 살풀이굿을 벌여야 한다. 그리고 〈그들의 슬픈 褶慣, 서러운 言語를…… 잊어버리〉며, 동시에 〈그들의 슬픈 褶慣, 서러운 言語〉라는 그 언어 자체를 기억해야 한다.

8·3 기억의 터로서의 몸

대체로 기억은 어딘가 몸에 남아 있다. 그것은 전근대의 문화를 살펴보아도 쉽게 알 수 있다. 이야기를 좀 더 에둘러 망각이라는 우회의 길로 이 문제를 살펴보자. 니체는 『도덕의 계보』 제2논문 「〈죄〉, 〈양심의 가책〉 그리고 그와 유사한 것들」에서 이렇게 시작한다. 〈약속할 수 있는 동물을 기르는 것 — 이것이야말로 자연이 스스로 인간에게 부여한 바로 그 역설적인 과제 자체가 아닐까? ……이 문제가 높은 수준에서 해결되었다는 사실은 망각의 힘이라는 반대 방향으로 작용하는 힘을 아주 중하게 여기는 사람에게는 한층 놀라운 일로 보일 것임이 틀림없다.〉[10] 니체는 인간이 저절로(아니, 니체에 의하면 무의식에서 능동적으로 이루어지는) 망각에 대비하기 위해 태곳적부터 각인이라는 방법, 즉 기억술이라는 끔찍한 방법을 사용했고 그것이 바로 몸에서 이루어져 왔다고 주장했다. 그리고 고통만이 기억에 가장 좋은 방법으로 알려져 왔다고 말한다. 〈기억 속에 남기기 위해서는, 무엇을 달구어 찍어야 한다: 끊임없이 고통을

주는 것만이 기억에 남는다.〉[11]

이는 시에 있어 기억의 문제를 풀어 줄 열쇠에 해당한다. 자연 시나 송덕 시, 선시를 제외한다면 현대 시는 대체로 몸에 남은 상처나 정서적 트라우마를 노래하기 때문이다. 즉, 현대 시는 사회의 감시와 처벌을 통한 기억에 대항해 우선적으로 그 낙인의 포획을 고발하고, 그것을 노래함으로써 그것에서 풀려 나오는 것을 목표로 하기 때문이다. 소름 끼치는 고문이나 죽음, 할례, 잔인한 의식 등은 고대의 문헌을 통해 오늘날까지 전달된다. 유대인의 할례, 환관의 거 세, 각종 형벌 등은 이제는 거의 없어졌다고 하나 그와 유사한 현상으로서의 내 면적 처벌, 조롱, 소외, 몰수 등은 남아 있다. 그러니 니체가 말한 대로 〈잔인함 없는 축제란 없다〉는 명제가 바로 시를 만든다. 아래에서 김종삼의 시 「민간인」 을 보자.

1947년 봄
심야(深夜)
황해도 해주(海州)의 바다
이남(以南)과 이북(以北)의 경계선 용당포

사공은 조심조심 노를 저어가고 있었다.
울음을 터뜨린 한 영아(嬰兒)를 삼킨 곳.
스무 몇 해나 지나서도 누구나 그 수심(水心)을 모른다.[12]

이 시를 단순한 역사적 기억, 즉 일반적 기억으로 보면 〈1947년 봄 심야에 이남과 이북의 경계선인 용당포가 있는 황해도 해주의 바다를 건너 사공은 조 심조심 노를 저어 월경하고 있었다. 그때 어떤 영아가 울었고 사람들은 살기 위

해 그 아이를 바다에 던졌다. 그 기억이 너무 가슴 깊이 충격적으로(또는 아프
게) 새겨져 있다〉는 내용일 것이다. 이 회상(기억) 내용이 시가 되는 데는 불과
한 줄밖에 필요하지 않았다. 그러나 그 내용을 단순한 기억처럼 〈가슴 아프게〉
식으로 말하지 않고 〈스무 몇 해나 지나서도 누구나 그 수심을 모른다〉처럼 묘사
하였다. 이로 인하여 이미지가 만들어진다. 문학적 기억은 바로 이 이미지 자체
이다. 특히 그런 이미지가 몸에 각인되어 있다는 점, 그것을 체험한 사람, 듣는
사람에게 형벌로 각인된다는 점이 바로 문학적 기억의 정수를 포함하고 있다.

그러므로 역사적 기억이 사건 자체의 신빙성에 무게를 둔다면 문학에서의
기억은 사건보다 그것을 어떻게 표현하느냐가 중심 과제이다. 마음에 새길 만
한 기억들은 많다. 그리고 영아 살해에서 영아 죽음에 관한 기억들도 많을 것이
다. 그것을 망각에서 건져 내는 것은 바로 이런 언어에 의해서다. 이 시에서의
몸은 단순히 이 사건을 체험한 몸일 뿐 아니라 전체적 전쟁 트라우마를 상징하
는 몸이기도 하다. 몸은 상처의 기억을 담고 있다. 그것을 풀기 위해서는 다시
그 기억을 떠올리고 하나의 기념비(또는 경고비)를 만들어야 한다. 이런 몸의
기억은 깊이 각인되어 있어서 그 〈수심(水深)〉을 알 수 없다. 물의 깊이란 뜻의
수심이 이 경우에는 근심이란 의미의 〈수심(愁心)〉으로 읽힐 수 있는 이유다.
심리적 강제의 경험, 즉 트라우마의 경험은 오래 지속된다. 그러니까 시를 시답
게 하는 결정적인 요인은 감정이 아니라 정서이며 그 정서는 기억에 의한 이미
지로 만들어진다.

아침에 샤워를 하며
알몸에게 말한다
더 이상 나를 따라오지 마라
내가 시인이라 해도

너까지 시인이 되어서는 안 된다

어제 나는 하루에 세 살을 더 먹었다

문득 그랬다

이제 백 년 묵은 여우가 되었다

그러니 알몸이여, 너는 하루에 세 살씩 젊어져라

너만큼 자주 나를 배반한 적은 없었지만

네 멋대로 뚱뚱해지고

네 멋대로 주름이 생겼지만

나의 시가 침묵과 경쟁을 하는 사이

네 멋대로 사내를 만났지만

그래도 그냥 너는 알몸을 살아라

책상보다 침대에서

양귀비꽃 머리에 꽂고 싱싱하게

나의 방앗간, 나의 예배당이여[13]

문정희의 대부분 시들이 그렇지만 이 시 「다시 알몸에게」에서도 정체성 문제를 다루고 있다. 인간에게 있어서 정체성은 매우 중요하다. 왜냐하면 인간은 변화, 지속, 동일함의 과정에서 살아가기 때문이다. 전통적 형이상학에서 정체성이란 우선 변화 속에 어떤 것이 지속하느냐 하는 것이고, 두 번째는 같은 시간에 존재하는 것의 동일성 확보가 어떻게 이루어지느냐 하는 것인데 전통적 형이상학에서는 이것이 실체를 확보함으로써 해결되었다. 그러나 경험론에서는 허구적 상황에서와 같은 실체 없는 동일성 확보가 문제시되었다. 이 시에서는 이런 현상을 구체적으로 보여 주고 있다. 주체가 〈알몸〉에게 말한다. 〈더 이상 나를 따라오지 마라 / 내가 시인이라 해도 / 너까지 시인이 되어서는 안

된다.〉

옛 수사학에서는 기억술이 많이 동원되었는데, 이 기억술은 절대적으로 구체화 원칙에 근거하고 있었다. 이들은 오감 가운데 시각을 최상의 감각으로 여기고 이성과 가장 밀접한 감각으로 여겨 기억술의 관점에서는 시각이 가장 선호되는 감각이다. 그러나 프루스트는 이 최상의 규칙을 반대로 이해했다. 그는 다른 감각, 즉 시각보다는 낮은 차원의 감각이라고 볼 수 있는 청각, 후각, 미각, 촉각에 기억에 관한 한 최상의 위치를 부여하였다. 프루스트의 생각으로는 기억술에서 무시되어 온 이 감각은 명료성은 부족할지 모르지만 감각의 인상은 지속적이며 오랜 세월이 지난 후에도 회상함에 있어 다른 기억보다 더 우수하다.

그런데 이런 몸의 감각은 항상 기억보다는 망각으로 자리하고 있다. 의도적 기억이 일시적 목적을 따르는 것과 달리 몸의 기억인 촉각은 오래 지속된다. 무엇인가를 유발하는 느낌과 그것을 추억으로 체험하는 것 사이에는 몇 년이나 몇 십 년의 공백이 있을 수 있다. 이 두 지점 사이에는 긴 시간적 공백이 있지만 그 시간적 거리는 의식되지 않는다. 그러므로 촉각 같은 무의도적 기억은 깊은 망각 아래 하나의 터널을 뚫는 것이나 다름없다. 이렇게 우연히 기억 속으로 올라오는 것은 그간 망각의 깊은 심연 속에서 잠자고 있기 때문이다.

의도적 기억은 이용 가치가 없어지면 곧바로 망각의 강에 흘려보낸다. 이러한 기억은 시에서는 아무런 의미가 없다. 망각이 충분히 오래 지속되고 난 후에야 무의도적 기억은 움직이기 시작하여 이성이나 의지의 통제 없이 이 망각의 심연에서 예기치 못한 것을 노출한다. 예기치 않게 드러난 것은 오래 지속된 망각으로 말미암아 모든 우발성이 정화되어 사라졌기 때문에 질적으로 인간적인 것이며 근본적으로 시적인 것이다. 의도적이고 진부한 기억은 오랜 망각의 터널을 통과한 후에야 무의도적이고 시적인 기억이 된다.

8·4 기억에서 이미지로: 현대의 시들

　　어느 날 나의 중학교 1학년인 아들이 다가와서 현대 시에 관심이 많은 아
버지에게 자기도 시를 음송할 수 있다고 하면서 읊은 시다.

> 눈을 감으면
> 어린 시절 선생님이 걸어오신다.
> 회초리를 드시고
>
> 선생님은 낙타처럼 늙으셨다.
> 늦은 봄 햇살을 등에 지고
> 낙타는 항시 추억한다.
> ― 옛날에 옛날에 ―
>
> ― 이한직, 「낙타」 부분

　　현대 시에서의 기억은 사실 상상이다. 낙타를 보는 순간 선생님이 생각나
고, 선생님을 생각하는 순간 생각하는 것 같아 보이는 낙타가 떠오른다. 이것이
그야말로 시적인 상상력이고, 그 상상은 기억에서 연유하는 것이다. 그 회상 기
억은 망각이라는 강을 건너 새로 만들어진 것이다. 선생님의 이미지(또는 낙타
의 이미지)는 그때 그 체험의 순간에 만들어진 것이 아니다. 아니, 낙타처럼 늙
은 선생님은 없다. 아마도 낙타라는 이미지는 어떤 사람의 사려 깊은 편안한 이
미지를 의미할 것이다. 선생님이 낙타가 아니고 낙타일 수 없고 그런 기억으로
만 존재하는 것이 바로 시의 힘이다. 이런 이미지는 기억이 현재의 관점에서 굴
절되어 나타난다. 아래의 시를 더 살펴본다.

벙어리가 어린 딸에게
종달새를 먹인다

어린 딸이 마루 끝에 앉아
종달새를 먹는다

조잘조잘 먹는다
까딱까딱 먹는다

벙어리의 어린 딸이 살구나무 위에 올라앉아
지저귀고 있다 조잘거리고 있다

벙어리가 다시 어린 딸에게 종달새를 먹인다
어린 딸이 마루 끝에 걸터앉아 다시 종달새를 먹는다

보리밭 위로 날아가는
어린 딸을
밀짚모자 쓴 벙어리가 고개 한껏 쳐들어 바라보고 있다[14]

첫 연 〈벙어리가……〉는 현실적으로 시인에게 일어나지 않는다. 그것은 과거의 기억이다. 시인은 다만 그것을 상상하거나 회상할 뿐이다. 그러므로 시인은 어떤 침정한 상태에서 책상 앞에 앉거나 벤치에 앉아서 펜을 잡고 글을 쓰고 있을 것이다. 그러니까 〈벙어리〉는 실제 기억과는 다른 어떤 것, 이를테면 〈말을 못하는 상황〉일 수 있고, 어떤 상황에 대한 메타포일 수 있다. 침정한 시인의 상상은 바로 어떤 기억에서 출발한다. 〈보리밭〉과 〈종달새〉에 대한 기억과 마루 끝에 있는 어린아이에 대한 기억들에서 시는 시작된다. 이제 시인은 그의 노트북 앞에 있든지 누워 천장을 바라보고 있든지 삶의 우울을 곱씹고 있든지 할 것이다. 그런데 이 시가 시가 되는 것은 〈조잘조잘 먹는〉 아이의 모습이 예쁘다든가 보리밭이 그립다든가 하는 상념 때문은 아닌 것 같다. 그보다는 어떤 소환할 수 없는 시간에 대한 고통이 이 시를 만들고 있다.

5연에서 〈어린 딸이 마루 끝에 걸터앉아 다시 종달새를 먹는다〉와 6연 〈보리밭 위로 날아가는〉 사이에는 시간의 단절, 즉 망각의 강이 흐르고 있기 때문에 이 시는 시로서의 품위를 갖고 있는 것이다. 〈고개 한껏 쳐들어 바라보고 있는〉 〈벙어리〉의 기억과 현실이 이 시의 긴장감을 더하고 있는 것이다. 다시 올 수 없는 것, 그러나 기억에는 현존하는 것, 그것이 시를 만든다. 물론 모든 시제가 형식적으로는 현재로 되어 있으나 마지막 연에 가서 우리는 그 앞의 시제가 과거로 바뀌는 것을 관찰할 수 있다. 그러니까 진정한 시적 화자 또는 시인의 현재는 마지막 연이다. 이것은 시가 시간 예술이되 시간 예술이 아니라 공간 예술에 가깝다는 사르트르의 문학관과도 연관 있다. 그것은 조금 뒤에 살펴보기로 한다.

이런 〈애상 기억〉이 낭만주의에서 처음으로 발견된 것은 이유 없는 일이 아니다. 인간의 의식이 계몽이라는 이름으로 이성의 지배를 확고히 했을 때 그 이성의 기획에서 밀려난 감정이나 소외, 고립은 사라지지 않고 기억으로 남아 있는데, 계몽주의에서는 그것을 정신 활동으로 보고 있다. 그러나 곧바로 문화적으로 회춘하고자 하는 낭만주의에서 바로 이성의 기획에 대한 야심 찬 반란이 시작된다. 그것이 문학적 창의력인데 낭만주의는 개인의 초기 기억에 많이 남아 있는 것으로 알려진 상처는 성인이 되었을 때 회상으로 되돌아온다고 보았다. 그러므로 자연 지배와 더불어 상실된 낙원은 성스러운 아우라를 갈망하게 한다. 이것이 산문으로 옮길 수 없는 기억의 시적 발현이다.

그러니까 오로지 애상 기억만이 이런 아우라와 계시의 순간을 성스러운 승화의 과정으로 옮길 수 있다. 만약 어떤 사람이 현실에 만족하고 과거에 큰 불만이 없다면 그는 이런 승화의 과정을 실현할 아무런 동기도 얻을 수 없다. 스탕달이 말한 대로 시가 〈행복에의 약속〉이라면 행복한 사람에게 약속은 필요 없을 것이다. 현대의 우리를 보라. 모든 것을 복제할 수 있고 대체할 수 있는 행복한 사람들에게 승화의 욕구는 필요 없는 과잉일 것이다. 벤야민이 지적한 복제 기술 시대는 우리의 삶에도 그대로 영향을 미치고 있다.

기억의 메커니즘에서 기억이 활성화되고 상상이 만들어지는 것을 신경 과학자들은 작화의 수준으로밖에 말하지 않지만 우리는 이런 과정이 바로 의미의 부채를 겪고 있는 인간의 필수적인 인간학적 과제임을 부정할 수 없다. 물론 이런 기억들이 특별한 저장 기억의 소재에서 출발하고 있는 것은 사실이다. 하지만 애상 기억에서는 그런 소재가 중요한 것이 아니라 그것의 활성화 과정이 더 중요하다. 현대의 시를 보면 상상으로 가능한 회상 기억에 필요했던 통합적 구조로서의 뼈대가 사라지고 그저 파편만이 시로 만들어진 경우를 종종 본다. 기억의 전략이 바뀌었다고 볼 수 있을까?

그것은 좀 더 다른 각도에서의 상술을 필요로 한다. 사르트르는 『문학이란 무엇인가』에서 산문과 시를 이렇게 구별한다. 〈기호의 왕국은 산문이며 시는 회화, 조각, 음악과 같은 편이기 때문이다. (……) 시는 산문과 똑같은 방식으로 말을 사용하는 것이 아니다. 심지어 시는 말을《사용하는》것이 결코 아니라고까지 말할 수 있다. 그보다는 차라리 시는 말을 섬긴다고 하고 싶다.〉[15] 사르트르의 말에 따르면, 말하고 의미를 만드는 산문 작가에 비해 시인은 그저 보여 줄 따름이다. 그러니까 같은 기억으로 밥을 짓는다 해도 산문에서는 어느 정도 상술된 의미를 짐작할 수 있지만 시에서는 그 기억이 파편처럼 제물처럼 제시될 뿐이다. 그런 그의 말뜻을 보여 줄 시를 한 편 살펴보자.

　　　머리를 일산 시장 좌판에 내놓았는데 며칠이 지나도 사가는 사람이 없다

　　　머리를 옥션 경매에 올렸는데 클릭을 해도 머리에서 모래시계가 생겨나
지 않는다는 연락이 왔다

　　　머리를 벼룩시장 난전에 가져갔더니 대뜸 풍선처럼 불어 본다 쭈글쭈글
한 머리가 조금씩 펴지고 입이 벌어진다 남의 지문을 씹고 있는 입은 다행히
아직 울부짖지는 않는다[16]

　어떤 상황에서 이런 그림이 떠오를까? 어떤 상황에서 이런 그림을 보여
줄까? 독자들은 어떤 상황에서 이런 그림을 상상할까? 만약에 우리가 사르트
르의 뜻에 따라 시를 그림이라고 한다면 어떤 그림을 그렸는가? 좌판대 위에
사람의 머리를 갖다 놓았는가? 돼지 머리를 갖다 놓았는가? 옥션 경매에 왜 머
리를 올렸는가? 이 머리는 어떤 상황에서 리콜을 당할 수도 있는가? 머리를 불
어 풍선처럼 만드는 것은 어떤 상황에서 유의미해지는가? 〈남의 지문을 씹고〉
있는 그림이란 또 무엇에 대한 상징인가?
　기억과 현재를 언어적 의미로 표현할 때 산문 문학이 발생한다면 시는 그
과거를 그냥 그림으로 제시하는 것이다. 물론 그렇기 때문에 시는 산문보다 의
미의 스펙트럼이 더 넓다. 제목으로 제시된 자화상이란 바로 정체성을 의미하
는데 그 정체성은 기억한 것과 현실 사이의 차이에서 발생한다. 모든 것을 다
망각하고 하나의 그림만으로 만든 자화상이 있기에, 또 그것이 보이는 현실이
아니라 그린 이미지이기 때문에 이 작품을 우리는 시라 말한다. 이런 유추를 가

능하게 하는 또 하나의 시를 보자.

연대기란 원래 없는 것이다. 짓밟히고 만 고유한 목숨의 꿈이 있었을 따름이다. 수직으로 잘린 산자락이 속살처럼 드러낸 지층을 바라보며 그런 생각을 했다. 총 저수 면적 7.83평방킬로미터의 시퍼런 깊이에 잠긴 마을과 들녘은 보이지 않았으나 묻힌 야산 위 키 큰 한 그루 미루나무 가지 끝이 가을 햇살처럼 눈부신 소리를 지르고 있었다. 사라져라, 사라져라, 흔적도 없이 정갈하게 사라져라. 시간의 기슭을 걷고 있는 나그네여, 애절한 목소리는 차오르는 수위에 묻혀 가고 있었다.[17]

〈연대기란 원래 없는 것이다〉라는 말보다 더욱더 핍진하게 욕망이 기억을 왜곡한다는 말을 설명할 수 있을까. 시인은 모두 기억에 대한 대단한 학자들이다. 그 왜곡은 이 시에서 〈짓밟히고 만 고유한 목숨의 꿈〉이다. 실제로 상상력이 바로 실현되지 못한 욕망의 언저리라고 본다면 시의 언어가 바로 기억과 상상력의 관계를 말해 준다. 많은 시인들이 감정에서 시를 만들려 노력하고 있으나 허만하 시인은 기억에서 시를 만들려 하기 때문에 대부분 그의 시가 큰 충격과 감동을 자아낸다. 감정으로 만든 시는 만질 수 있고 볼 수 있는 것으로 만들지만 — 물론 이 경우도 전제는 기억과의 편차가 시를 만든다는 사실이다 — 기억으로 만든 시는 만지는 것 같은, 보는 것 같은 환상으로 만든다. 그러니까 이 경우는 자연을 그린 자연화가 아니라 상상화라고 할 수 있다.

보존도 재생도 될 수 없는 기억들은 어디로 가는 것일까? 어쩌면 역동을 부여하는 상상이라는 전략으로 더욱더 분명히 말할 수 있을 것이다. 어차피 몸의 기억이라는 것이 말로 표현할 수 없는 것이라면 말로 표현하지 않고 말로 표현하는(이것이 모순이다. 앞의 말은 기의적 말이고, 뒤의 말은 기표 자체로서의 말이다) 전략이 시적 전략일 것이다. 애상의 도취는 회상 기억의 이면에서 수동적, 무의도적으로 살아 숨 쉬고 있다. 그러면서 잠시 잠깐씩 개인의 주관적 의식이 아닌 그림자의 모습으로 이미지의 모습으로 드러난다.

주

1 이런 모순을 두고 아도르노는 〈아우슈비츠 이후에 시를 논하는 것은 야만이다〉라고 말한 바 있다.

2 Reinhart Koselleck, *Nachwort zu: Charlotte Beradt, Das Dritte Reich des Traums* (Frankfurt a.M., 1994), st 2321, 117~132면 참조.

3 Aleida Assmann, *Erinnerungsräume. Formen und Wandlungen des kulturellen Gedaechtnisses*(München, 1999), 13면.

4 이런 맥락에서 우리는 고은 시인의 참여 시에 대한 문학성을 부정적으로 볼 수밖에 없다.

5 이남호, 『박목월 시선집』(민음사, 2003).

6 허만하, 「〈謠的 修辭〉에서 詩로─잊혀진 박목월의 시 〈이슬〉을 중심으로」, 『현대시학』, 2007년 4월호, 19면 이하.

7 서정주, 『미당 서정주』(문학사상사, 2002).

8 유종호, 『문학의 즐거움』(민음사, 1995), 13면 이하.

9 서정주, 같은 책.

10 프리드리히 니체, 『선악의 저편·도덕의 계보』, 김정현 옮김(책세상, 2004), 395면.

11 같은 책, 400면.

12 김종삼, 「민간인」, 『한국 현대 대표 시선(2)』(창비 편집부, 1992).

13 문정희, 「다시 알몸에게」, 『양귀비꽃 머리에 꽂고』(민음사, 2004).

14 유홍준, 「오월」, 『나는, 웃는다』(창비, 2006).

15 장 폴 사르트르, 『문학이란 무엇인가』, 정명환 옮김(민음사, 2004), 17면.

16 이원, 「자화상」, 『세상에서 가장 가벼운 오토바이』(문학과지성사, 2007).

17 허만하, 「지층」, 『비는 수직으로 서서 죽는다』(솔, 2000).

9 · 기억의 소멸 또는 치유

외상 후 스트레스 장애에 쓰이는 정신 요법 중 하나가 EMDR(*Eye Movement Desensitization Reprocessing*, 안구 운동 민감 소실과 재처리 요법)이다. EMDR는 프란신 샤피로 박사가 안구 운동이 자신의 생각에 미치는 영향에서 출발했다고 한다. 샤피로 박사에게는 자신을 괴롭히던 생각이 있었는데 어느 날 길을 걸어가며 그 생각이 떠올라도 더 이상 괴로워하지 않는 자신을 발견하게 되었다. 그는 아무런 조치를 취하지 않았는데도 이런 일이 발생한 것을 두고 이런 생각을 떠올릴 때 일어나는 빠른 안구 운동 덕분이었다고 주장했다. EMDR이란 심리적 충격을 받았을 때 그것을 말로 치료하는 것이 아니라 어떤 자극을 통해 뇌가 스스로 충격을 극복하게 하는 방법이다.[1]

안구 운동이 뇌에 어떤 영향을 미치는지는 아직까지 밝혀지지 않았다. 하지만 그 메커니즘을 설명하는 좋은 방법으로 흔히 렘수면(REM, *Rapid Eye Movement*)과 비교한다. 렘수면이 우리가 위에서 말한 것처럼 낮 동안의 부정적 기억과 그것의 처리 내지는 정리와 관계된다면 이것이 외상을 씻어 버리는 역할을 한다고 볼 수 있다. 잠자리에 들기 전 무엇인가로부터 방해를 받았을 때

잠을 자고 일어나면 잘 해결되는 경우와 비슷하다고 할 수 있다.

프로이트는 이와 비슷한 맥락에서 문학을 백일몽, 즉 꿈과 비슷한 기제로 보았다. 그렇다면 우리가 문학을 이런 심리적 외상의 치유에 이용할 수 있다는 것이 명백하고, 그 이전에 문학이 마음의 치유를 위한 기제였다는 가설을 세울 수도 있다. 마음에 두면 불편한 것을 끄집어내 이야기를 하면서 정리하고 왜곡하면서 상처를 치유해 간다는 것을 입증할 수 있다. 문학은 자기가 받은 정보를 프로세스해서 재경험 내지는 추체험하게 하고 통합함으로써 그 일을 전보다 더 잘 이해하게 한다. 렘수면 때 정보가 해마에서 피질로 이동하면서 적절한 장소를 찾아 저장되는 것 이상으로 문학적 기록은 마음속의 번민이나 고통을 글을 읽거나 글로 정리함으로써, 다시 말해 외부 기억 장치로 옮김으로써 더 쉽게 그 기억에서 해방될 수 있다.

마음속의 상처란 입력으로 고정된 뒤에 더 이상 흘려버리거나 망각의 강으로 흘러가지 못한 자료들을 말한다. EMDR 기법처럼 특정 자극을 통해 처리 메커니즘을 활성화시키는 것이라 볼 수 있다. 나는 어릴 때 학교에서 폴리에스테르 소재의 잠바를 입고 다녔는데 친구 중 하나가 비닐을 둘둘 뭉치고 다니느냐고 여러 사람 앞에서 면박을 주는 바람에 큰 상처를 입었고 그것을 지금까지도 생생하게 기억한다. 진화 관점에서 보면 무리에서 분리되는 트라우마를 경험한 셈이다. 지금도 그때의 상황을 떠올리면 내 옷이 어디 잘못되지는 않았나 불안해한다. 그리고 그런 (무)의식은 전이되어 남의 앞에서 조금만 잘못한 것 같은 느낌만 가져도 크게 괴로워하거나 강박적 행동 특성을 갖는다. 이것은 현재의 사건이 기억 네트워크에서 처리되지 못한 과거의 기억과 만나기 때문에 일어난 현상이다.

그러므로 현재의 나의 강박적, 또는 신경증적 행위는 그때의 기억, 즉 나는 값어치가 없는 놈이다, 라는 기억과 만나게 되고 그 기억이 활성화되어 현재의 사건에 강하게 반응하는 것이다. 정신분석에서는 이를 〈전이 *Übertragung*〉로 설명하고 있는데, 문학 또한 과거의 기억과 쉽게 만날 수 있다는 이점을 갖고 있다. 문학은 치유라는 것, 전이라는 것, 은폐 기억이라는 지금까지의 논의를 통합해 보면 문학이 어떻게 치유에 응용될 수 있는지 알 수 있다.

우리는 이제 기억과 기억을 재현하는 기술에 대해 살펴보았다. 이를 통해 마음의 상처를 지우는 법을 생각해 보는 것도 필요하다. 요컨대 기억 이미지가 마음에 깊이 각인되어 있어 우리가 원하는 것보다 더 오래 지속되는 것이 질병이라면 우리는 이미지를 바꾸는 상상력을 이용하여 그것을 지우면 된다. 그 방법은 여러 가지가 있겠으나 기억이 한 번 만에 소멸되는 것은 아니므로 그 기억을 흐리게 하거나 헝클어지게 하거나 둔화시키는 방법을 찾아야 한다. 예를 들어 보고 싶은 마음과 그 마음의 기억을 지우고자 하는 경우, 정지용의 「호수」라는 시를 갖고 실행해 볼 수 있을 것이다.

얼굴 하나야
손바닥 둘로
폭 가리지만,

보고픈 마음
호수만 하니
눈 감을밖에.

보고 싶은 마음이 어떤 상처로 깊이 각인되어 있을 것이다. 특별한 격정으로 휩싸여 우리를 전율케 했던 기억이나 고통으로 인한 기억을 유추 과정을 거쳐 〈호수만 한 보고픈 마음〉이라는 그림으로 덮어씌우면 그 기억은 퇴색한다.

앞에서 말한 EMDR과 유사한 방법이다. 그리운 사람이나 대상을 떠올리며 이 시를 암송하거나 시를 쓴다면 그때 기억은 왜곡되거나 퇴색하게 된다.

신경 과학적으로 설명하자면 새로운 경험을 하거나 단어를 외울 경우 인간의 뇌에서는 신경 세포 사이의 시냅스들이 강화된다고 한다. 이런 과정을 통해 인간은 체험을 기억의 저장고에 각인한다. 거꾸로 기억을 떠올릴 때는 강화된 시냅스들이 불안정해지는데 이 원리를 이용하면 문학의 치료적 중재가 가능하다.

인류가 쓴 가장 오래된 책 중 하나인 호메로스의 저술에는 기억을 지우는 것에 관한 서술이 많다. 그중에서도 『오디세이아』 제7권에서 오디세우스가 이타카로 돌아가는 길에 난파당하여 표류하다가 파이아케스 쪽에 사는 스케리아 섬의 물가에 밀려간 과정은 특히 그렇다. 탈진한 오디세우스는 해변에서 나우시카 공주와 그녀를 수행 중인 여인들에게 발견되어 왕궁으로 호송된다. 궁전에서 오디세우스는 극진한 손님 대접을 받는다. 그리고 사흘간 머문 후에 주인이 마련해 준 배를 타고 떠나려 한다. 떠나기 전, 이들이 베푼 송별연에서 사람들은 그에게 과거 이야기를 들려 달라는 주문을 한다. 그래서 오디세우스는 『오디세이아』 제9권에서 제12권 사이에 쓰인 내용과 같이 그간의 여정을 간추려 이야기하고 있다.

그중에서도 가장 재미있는 이야기가 로토파고이족과 키르케와 칼립소의 이야기이다. 오디세우스는 우선 로토파고이족 이야기부터 한다. 이야기는 오랜 세월을 거슬러 가는데 그때만 해도 상황이 좋아서 함대는 12척이나 된다. 오디세우스는 이들과 함께 어느 낯선 해안에 정박한 뒤 섬을 정찰하기 위해 배에 타고 있던 군사를 육지로 보낸다. 그러나 그들은 돌아오지 않는다. 이상하게 여긴 오디세우스는 그들을 찾아간다. 사실은 섬 주민들이 이 정찰대를 친절하게 맞아 손님으로 대접하였다. 그들이 준 먹을 것과 마실 것에는 기분 좋은, 꿀

맛이 나는 로토스라는 과일이 있었는데 이 과일은 망각하게 하는 특성이 있었다. 오디세우스의 정찰대는 로토스 과일 맛을 보고 나서는 고향 이타카로 돌아가려던 여행의 목적은 말할 것도 없고, 정찰 임무조차 까맣게 잊어버리고는 달콤함에 빠져 있었던 것이다.

이 망각의 쾌감에 취한 이들은 함대로 되돌아오지 않으려고 울면서 저항하였다. 그러자 오디세우스는 이들을 끌고 와 노 젓는 좌석에 단단히 붙들어 맨다. 그리고 오디세우스는 다시는 선원들이 이 약을 맛보지 못하게 엄중히 경고한다. 오늘날 술이나 마약에 의지하는 것도 오디세우스의 군사들이 고통에서 벗어나기 위해 로토스 열매를 먹는 것과 마찬가지가 아닌가 싶다. 여기에 기억 지우기의 쉬운 기술이 있다. 오늘날도 사랑의 상처를 입은 사람은 즉시 소주를 마시지 않는가.

기억 지우기에 관련된 두 번째 일화는 『오디세이아』 제10권에 들어 있는 키르케 이야기이다. 수행원들과 함께 낯선 해안에 이른 오디세우스는 또다시 정찰대를 보낸다. 이들은 정찰 중에 키르케의 궁에 가게 되는데 키르케는 온갖 마술을 부릴 줄 아는 여자다. 키르케는 마술 지팡이로 이들을 쳐서 돼지로 변하게 만든다. 그리고 우리 안에 가둔다. 이때 키르케가 건네준 마법의 약물이 망각의 약이었던 것이다. 이 약도 로토스처럼 고향에 대한 기억을 소멸시킨 것이다. 호메로스의 시에는 이 약의 성분이 무엇인지 약리학적으로 자세히 묘사되어 있다. 이 약은 프람노스 포도주와, 치즈와 밀가루와 노란 꿀을 잘 섞은 것이다. 이번에도 키르케가 준 이 치명적인 약이 효능을 발휘하여 멋모르고 이 약을 맛본 손님들은 고향에 대한 기억을 모조리 잃고 만다. 그래서 이들은 오히려 돼지로 사는 고통을 견디기 쉬웠을지 모른다. 다시 말하면 술을 마시는 것도 괴로운 일이지만, 사랑의 열병을 기억하는 것보다는 쉽다는 뜻이다.

이런 기억 지우기의 방법은 일시적인 것이다. 왜냐하면 술이 깨면 다시 기억이 작동하기 때문이다. 그래서 중세의 시인 오비디우스는 마음 조절법을 통한 기억 지우기 기법을 개발한다. 하랄트 바인리히는『망각의 강 레테』에서 그에 대해 상세한 이야기를 쓰고 있다.[2] 아마도 오비디우스가 살았던 때에도 사랑에 번민하고 그것을 잊고 싶었던 사람이 많았던 것 같다. 고대 로마의 처녀, 총각들은 사랑에 문제가 생기면 곧장 콜린의 성문으로 달려갔다고 한다. 그곳 베누스의 사원 옆에는 망각의 아모르 성전이 있었기 때문이다. 만약 파렴치한 애인이 더 이상 사랑할 가치가 없게 되면 아모르 신은 철저히 망각할 수 있도록 도와준다. 그래서 많은 젊은이들이 망각의 아모르 조상에 달려와 때로는 망각을 간청하기도 했다. 그렇다면 이 신은 젊은이들을 어떻게 도와주었을까.

　　망각의 신 아모르는 고통스러운 사랑의 불꽃을 어떻게 꺼버렸을까. 사랑에 관한 한 망각술의 대가인 오비디우스가 바로 그 신의 망각의 기술을 재연하고 있다. 하지만 그는 술이나 마약 같은 약물을 사용하지 않고 이 기술을 설파한 최초의 사람인 듯싶다. 오비디우스의 독창적인 망각 기술은 기억의 기술을 교묘하게 거꾸로 이용하는 것이다. 그러니까 환자가 된 구애자는 기억력을 동원하여 기억술의 모든 규칙에 따라 애인이 얼마나 멋있었는지가 아니라 얼마나 추하였는지를 가능한 한 생생하게, 눈앞에 그려보는 방법을 사용하였다. 이를테면 그녀의 키스는 얼마나 달콤했는가 하는 기억이 있으면, 그것을 억지로 지우려 하지 말고 그것을 상상하되 그 입에서 퀴퀴한 냄새가 났어, 라고 기억하는 것이다. 그녀의 몸은 얼마나 가냘프고 섹시했던가, 라는 기억이 있으면 아니야, 힘이 없어서 쓰러질 것 같았던 적도 있었어, 라는 기억으로 지워 버린다.

　　말하자면 사랑의 달콤한 기억을 가능한 한 또렷이 기억으로 불러내어 그것을 무가치하도록 다른 기억으로 덮어씌운다는 전략이다. 이것은 오늘날 우리가 대하는 한글 워드 프로세서에서 〈기존의 문서를 덮어쓸까요〉라는 지시어-실행과 같은 기법이라 할 수 있다. 이외에도 오비디우스는 애인의 기억을 망각하기 위해 집에 있는 애인의 그림을 모두 없애고 애인의 편지는 불 속에 던져 버리고, 그가 만났던 장소에 다시는 가지 않는다는 철칙도 함께 세웠다고 한다. 내가 여기다 좀 더 보태어 설명한다면, 우선 애인을 잊어버리려 노력하지 말고 다른 사람을 많이 만난다가, 일에 집중하면 된다. 대체로 실연한 사람이 일에 빠지는 경우가 많은데 바로 이런 원리이다. 그것도 충분치 않으면 먼 곳으로 떠나면 된다. 멀리서 새로운 삶에 적응하다 보면 사랑의 기억은 잊히는 것이다. 이때 먼 곳이란 단순히 지리적인 것만을 의미하지 않는다. 독서를 통한 여행 같은 것도 거기에 속할 것이다.

우리가 사는 세대는 앞서 노랫말에서도 보았다시피, 기억이 안 되는 것보다 기억을 지울 수 없는 문제가 더 크게 부상해 있다. 우리는 이미 병리학적 문제로서 망각의 문제가 기억의 문제만큼 중요하다는 것을 알 수 있다. 요즘은 뉴스에서 간혹 법원의 판결에 의해 무죄를 선고받았음에도 불구하고 기사화된 사건이 지워지지 않는다고 신문사에 기사를 지워 줄 것을 요청하는 경우를 종종 보는데, 이는 기억의 보존이 개인의 권한을 얼마나 침범하는지 알 수 있게 한다. 이렇게 오랫동안 보관되는 매체의 발견은 오늘날 우리들에게 그것을 지우는 것을 과제로 삼게 한다. 이는 문학적 기억에도 마찬가지로 적용된다. 문학은 전면에서 기억을 보존하는 것 같지만, 그 이면에는 그것을 망각하는 기능을 갖는 동전의 양면이다. 그래서 사람들은 문학을 통한 망각법과 그 기술을 문학 치료란 방법으로 응용하게 되었다.

문학(창작) 치료에 관해서는 나의 다른 저서들에서 상세히 기술하였기 때문에 여기서는 간략하게 기억과 관련되는 부분만 말함으로써 대신하고자 한다.[3] 문학 치료는 글쓰기나 책 읽기, 드라마 연행을 통해 상처, 즉 심리적 외상을 치유하는 것을 목표로 하고 있다. 그 이유는 심인성 질병이나 마음의 병은 고착된 기억에서 시작되기 때문이다. 어떻게 보면 황당하기 짝이 없는 동화나

난센스 시를 씀으로써, 또 기억보다 더 진실한 장면을 재연하면서 기억을 불러와 그것을 상징화하고 소멸시키는 기법이 바로 문학 치료다. 문학 치료에서는 자유로운 분위기에서 생기는 자발성을 통해 클라이언트가 무엇을 창조하며, 그 창조성을 통해 그가 자신의 고착된 기억에서 해방되게 한다.

주

1 이영돈, 『KBS 특별 기획 다큐멘터리 마음』(같은 책), 249면 이하를 참조하였음.
2 하랄트 바인리히, 『망각의 강 레테』(같은 책), 39면 이하.
3 변학수, 『문학 치료』(학지사, 2007, 2판) 또는 『통합적 문학 치료』(학지사, 2006)를 참조하라.

마치며

생텍쥐페리의 『어린 왕자』를 끝으로 〈문학적 기억의 탄생〉 원고를 마치고 싶
다. 여섯 살 때 아이는 굉장한 그림을 하나 본다. 그런데 그 그림은 보아 뱀이
코끼리를 먹어 치운 그림이었고, 아이는 굉장히 무서워했다. 하지만 그 그림을
본 어른들은 〈모자가 뭐 무섭다는 거니?〉 하고 대꾸한다. 아이는 어른들이 상
상력이 없다고 생각한다. 물론 어른들이 그런 것을 체험한 기억이 없기 때문이
다. 하지만 기억이 있다고 해서 상상력이 만들어지는 것은 아니다. 어른들은 끝
내 그런 상상력에 대해서는 외면하라고 충고한다. 아마 이런 기억이 남아 있는
가운데 작가가 그것을 실현하려 했던 의지가 이 상상력으로 충만한 작품을 만
들어 내는 원동력이었을 것이다.

　문학적 기억이 탄생하는 순간이다. 그러나 사실 문학적 기억이라는 말은
없다. 나의 상상력이 만든 조어(造語)일 뿐이다. 독자들이 이 책을 읽으면서
〈상상〉이란 말 대신 사용하는 이 말에 어떤 생각을 가질지 궁금하다. 아마 생텍
쥐페리는 이 말에 동의하였을 것이다. 왜냐하면 어린 왕자가 양을 그려 달라고
했을 때, 소년이 〈원하는〉 양 그리기에 실패한 그가 상자를 그려 주며 〈네가 원

하는 양은 그 안에 있어〉라고 말할 수 있었기 때문이다. 기억은 이처럼 재현할 수 없다. 회상 과정에서 어쩔 수 없이 상실을 겪었기 때문이다. 그리고 우리의 욕망이 있는 그대로 재현하기를 원하지 않기 때문이다.

우리는 살아가면서 기억과 망각의 대차 대조에 의해 우리의 운명이 결정된다는 것을 알 수 있다. 지나친 전통의 무게가 삶을 짓누르는 것을 경험하기도 하고, 새로 바꾼 얼굴이나 삶이 우리의 기억을 소멸시키는 것도 경험한다. 우리가 선택한 기억은 상상력이 될 수도 있고, 상처투성이의 노이로제가 될 수도 있다. 실용적인 측면에서 버려야 한다는 것을 알면서도 정체성 때문에 버릴 수 없는 기억도 있다. 기억이 문학에 의미를 띠는 것은 바로 이 때문이다. 어정쩡하게 버리지도 수용하지도 못하고 어딘가에 방치된 채 존재하는 기억을 우리는 어떻게 할 것인가. 문학이라는 예술은 그 사각지대에 터를 잡고 그 기억을 작업한다.

은희경 작가가 2007년 11월 어느 날, 동인문학상을 받으면서 〈제가 가진 단점을 장점으로 만들어 주는 문학의 선량하지 않은 본성에 감사드립니다〉라는 인사말을 했다. 이렇게 문학은 선량하지 않은 기억과 불가분의 관련성을 맺고 있다. 우리는 그것을 살펴보면서 일반적인 역사 기억과 문학적 기억의 면모를 살펴보았다.

기억이 조야한 행동과 광기를 표출하는 상상이나 창의력과 불가분의 관계에 놓일 때가 있었다. 이때는 영웅시대이자 신적인 총체성의 시대였다. 그 후 그들의 업적은 한동안 송덕과 추모를 위한 덕의 영웅주의로 전락하여 마치 그것을 표현하는 수사학, 즉 저장 기억이 문학으로 기능할 때가 있었다. 이때는 아도르노의 말대로 〈봉사하는 문학〉이었고 문학의 자율성을 찾을 수 없는 시기였다. 그러나 문학이 차츰 계몽되는 시기부터는 문학적 기억 또한 단순한 저장을 위한 수사학의 위치에 있지 않았다. 그것은 반역이었고 왜곡이었고 욕망이었다.

그러면서 문학은 이제 지나간 일을 다시 회상하는 회상 기억의 길로 접어들게 되었다. 환언하면, 기억의 공간적 패러다임이 시간적 패러다임으로 바뀌게 되었다. 그러나 이러한 문학적 기억의 현상 또한 오래지 않아 그 토포스가 바뀌었다. 프로이트나 프루스트의 주장대로 문학이, 다시 말해 증상이 더 이상 기억이 아니라 반복이라면 문학 또한 의식적인 회상 기억을 더 이상 믿을 수 없다는 걸 알았기 때문이다. 그래서 문학은 이제 알지 못할 그 무엇으로서의 역할을 수행하게 되었다. 그뿐 아니라 문학은 상상이라는 관점에서 기억의 실제적 재현이 아니라 생생한 재현, 다시 말해 기억의 왜곡 작용에 의한 은폐 기억이라는 점을 알게 된다. 허구라는 개념과 함께 발전한 상상이라는 개념은 문학적 진술이 사실이냐 아니냐를 넘어 어떤 미학적 가치와 의미를 가지고 있느냐라는 부수적인 문제를 주된 문제로 보게 되었다.

이와 동시에 전날 문화적 기억으로 확실히 자리 잡은 기억조차 흔들어 새로운 흔적을 만들고, 그것을 새로운 해석으로 기억의 원본처럼 보게 되었다. 피닉스처럼 살아난 문학적 기억의 부활인 셈이다. 동시에 이런 전복적 기억 작업은 문학의 힘을 빌려 새로운 이정표를 만들게 되었는데, 오직 문학적 기억만이 이런 작업을 할 수 있고 또 문학적 기억을 통해 인간의 다른 측면이 어두움에서 빛으로 얼굴을 내밀 수 있게 되었다. 이제 기억에 관한 한 아무것도 자명한 것이 없다는 사실이 자명해졌다. 포스트모더니즘의 파도를 타고 이제 역사적 기억 또한 심각한 도전을 받고 있다.

독일의 중세 신비주의자 에크하르트 수사는 〈아무것도 알아서는 안 된다〉[1]는 말을 했는데 이 말은 문학적 기억과 매우 불가분의 관계에 있는 것이라 생각된다. 같은 맥락에서 던진, 〈인간이여, 그대의 지식을 비워 버리라〉는 요구는 알고 있는 것을 잊어버리라는 뜻도 되지만 그보다 우선적으로 알고 있다는 사실을 잊어버리라는 뜻이다. 문학적 기억이란 기능적인 내용을 말하는 것이 아니다. 어떤 특정한 작가의 삶의 내용을 전달하려는 것도 아니며, 자신이 작가일지라도 어떤 내용을 전달하려는 것이 아니다. 그보다는 문학 생산자와 소비자의 기억을 일깨워 줄 수 있는 매체이자, 기억과 체험을 서술하려는 상상의 힘이며, 현재의 욕망에 따른 세계의 재편이다. 이런 활성화된 기능 기억의 의미에서 문학은 이제 새로 탄생하는 것이다.

주
1 에리히 프롬, 『소유냐 존재냐』(같은 책), 91면.

지은이 **변학수** 1958년 문경에서 출생하였으며, 경북대학교 사범대학 독어교육과를 졸업하였다. 콘라드 아데나워 재단의 장학생으로 선발되어 독일 슈투트가르트 대학교 대학원에서 문학 석사, 철학 석사, 문학 박사 학위를 받았다. 현재 경북대 사범대학 독어교육과 교수로 재직 중이다. 한국연구재단 전문위원RB이고 한국통합문학치료학회 회장, 한국아데나워학술교류회 회장을 역임했으며, 문학평론가, 문학치료사 슈퍼바이저(프리츠 펄스 연구소)이기도 하다. 저서로는『프로이트 프리즘』,『통합적 문학치료』,『문학치료』,『내면의 수사학』,『감성독서』등이 있으며, 역서로는『시와 인식』,『제국의 종말 지성의 탄생』,『이집트인 모세』,『기억의 공간』,『독일문학은 없다』등이 있다.

문학적 기억의 탄생

발행일　2008년 3월 20일 초판 1쇄
　　　　2013년 3월　5일 초판 4쇄

지은이　변학수
발행인　홍지웅
발행처　주식회사 열린책들

경기도 파주시 문발로 253 파주출판도시
전화 031-955-4000　팩스 031-955-4004
www.openbooks.co.kr

Copyright (C) 변학수, 2008, *Printed in Korea.*
ISBN 978-89-329-0824-3 93800

이 도서의 국립중앙도서관 출판시도서목록(CIP)은 e-CIP 홈페이지(http://www.nl.go.kr/ecip)와 국가자료
공동목록시스템(http://www.nl.go.kr/kolisnet)에서 이용하실 수 있습니다.(CIP제어번호 : CIP2008000619)